Ronso Kaigai
MYSTERY
281

ブランディングズ城のスカラベ騒動

P.G.WODEHOUSE
SOMETHING NEW

P・G・ウッドハウス
佐藤絵里［訳］

論創社

Something New
1915
by P. G. Wodehouse

目次

主要登場人物

アッシュ・マーソン……………ロンドン在住の青年。探偵小説を書いているがスランプ気味
ジョーン・ヴァレンタイン………アッシュと同じアパートに住む若い女性
アリーン・ピーターズ…………ジョーンの学友。アメリカの億万長者の令嬢
J・プレストン・ピーターズ………アメリカの億万長者。アリーンの父親
エムズワース伯爵クラレンス………イギリスの名門貴族。ブランディングズ城主
フレデリック（フレディ）・スリープウッド……エムズワース伯爵の次男。アリーンの婚約者
レディ・アン・ウォーブリントン……エムズワース伯爵の姉。ブランディングズ城の女主人
ジョージ・エマソン……………スコットランド出身、香港の警察官。アリーンに求婚中
R・ジョーンズ（ディッキー）………骨董商、賭博の胴元。フレディの競馬の指南役
ルパート・バクスター…………エムズワース伯爵の秘書
ビーチ……………………………ブランディングズ城の執事
ミセス・トウェムロウ…………ブランディングズ城の家政婦長
ジャドソン………………………フレデリックの従者
ホレス・マント大佐……………エムズワース伯爵の長女レディ・ミルドレッドの夫
ゴダルミングの司教……………エムズワース伯爵の親戚

ブランディングズ城のスカラベ騒動

第一章

I

　よく晴れた春の朝、麗らかな陽射しがロンドンの街に降り注いでいた。陽射しの温もりが活力源となり、ピカデリーを行く車も人も溌剌として、バスの運転手は軽口を叩き、お抱え運転手たちの口元にさえ愛想のいい笑みが浮かぶ。巡査は持ち場で笛を吹き、事務員は仕事場へ向かい、物乞いは見ず知らずの相手に近づいては生活の苦しさを訴えて、援助を得ようと試みる。皆、お天道様がくれる活力のおかげで絶好調だ。そんな幸福な朝のことである。

　午前九時きっかりに、レスター・スクエアのアランデル街7番Aのドアが開き、青年が一人、出てきた。

　ロンドン市中に裏町と呼ばれる場所は数あれど、レスター・スクエアのアランデル街ほどその名にふさわしい場所はない。広場北側の鋪道を進み、ピカデリーと交わる所まで行っても、このちっぽけな袋小路の狭い入り口はほとんど目につかない。

　昼となく夜となく、人波は轟々と通り過ぎるだけで、誰もこの路地に気づかない。全長四十ヤード

（一ヤードは〇・九一四メートル）に満たず、ホテルが二軒あるものの、しゃれた建物ではない。しがない裏町である。アランデル街の形状はイタリアの安ワインを入れておく平らな石の甕《かめ》にそっくりだ。レスター・スクエアに開いた細い口から入っていくと、いきなり小さな中庭へ出る。その二方をホテルが占める。残る一方の建物は今のところ家具つきの安下宿屋になっている。こういう建物は「開発」の名の下に取り壊されて新しいホテルに場所を譲るのが常だが、この路地はそういう運命には無縁だ。今のまま、この先何世代にもわたり変わらないだろう。

下宿屋はささやかな広さのシングルルームを提供している。ベッドは昼間、古びた衝立の陰に慎ましく隠される。テーブル、安楽椅子、硬い椅子、書き物机が一つずつ置かれ、金属製の丸い浴槽はベッドと同様に、有用な役目を無事に果たすと姿を隠す。そんな部屋が朝食込み週五ドルで借りられる。アッシュ・マーソンは、その一部屋を借りていた。7番A三階正面の部屋だ。

この物語の幕開けから遡ること二十六年、サロップ（現シュロップシャー）のマッチ・ミドルフォールド在住の牧師ジョゼフ・マーソン師と妻サラに息子が生まれた。息子は裕福な伯父にちなんでアッシュと名づけられ（伯父はその後、全財産を慈善事業に遺贈するという裏切りに及んだ）、しきたりどおりオックスフォード大学に進み、聖職者を目指して学んだ。当時の記録から確認される限りでは聖職者になる勉強に打ち込みはしなかったものの、一マイル（約一・六キロメートル）を首尾よく四分半で走り、半マイルも同じ速度で走り、幅跳びの技術も探求して、一目置かれた。

運動選手にとって名誉ある青章を受章し、クイーンズ・クラブでのケンブリッジ大学との対抗試合では二年連続で一マイル走と半マイル走で優勝し、何千という人々を歓喜させた。しかしながら、他の雑事に追われるまま、卒業時には残念ながら、学識を要する職業のいずれにもきわめて不適格な人間となってしまった。それでも、曲がりなりにも学位を取得できたおかげで文学士と称することができ、相手と場合によってははったりが効くことも知って、家庭教師の口にいくつか応募して採用された。嫌々ながらその仕事をこなし、小金を貯めるとロンドンへ出て、新聞関係の仕事に手を染めた。そこそこの実績を上げて二年後、マンモス出版社に連絡をとった。

マンモス出版社は一流紙数紙と二、三の週刊誌を傘下に置くほか、多くの事業も手がけ、雑用係や下っ端の事務員に支払う端金にも目を光らせている。同社の数多いドル箱の一つがペーパーバックの推理・冒険小説シリーズだ。アッシュはそこに自分の領分を見つけた。読書界の一部でかなりの人気を博している「捜査官グリドリー・クエイルの冒険」シリーズこそ、彼の作品である。アッシュとクエイル捜査官の登場以前、〈英国活劇文庫〉は数多の筆者の手により書かれ、数多のヒーローの冒険を生み出してきた。しかし、経営陣はグリドリー・クエイルに理想像を見出し、アッシュは〈英国活劇文庫〉（月刊）全体をただ一人で担うという任務を仰せつかった。爾来、その労働に支払われるささやかな給金で自活してきた。

そういうわけで、アッシュはこの五月の朝、レスター・スクエアのアランデル街にいた。

長身でたくましく健康そうで、目は澄み、顎は力強い。建物の正面の扉を後ろ手に閉めた彼は、セーターにフランネルのスポーツ用ズボン、ゴム底の運動靴といういでたちだ。片手に瓶型の棍棒を一組、もう片方の手に縄跳びの縄を持っている。

厳粛な面持ちで朝の空気を規則正しく吸い込み、吐き出す。事情通の目には、それが今流行《はや》りの「科学的深呼吸」だとすぐに分かっただろう。それから棍棒を下に置き、縄を調節して跳び始めた。

大都市の例に漏れず、このロンドンでも緊急性と実用的目的のない身体的運動がどれほど白い目で見られるかを思えば、そのような奇異な行為に及んだ彼の冷静沈着さは驚嘆に値した。ロンドンには運動に関する明確な規則がある。走るのはいい、帽子かバスを追いかけるためなら。跳び上がるのもいい、タクシーをよけるためか、バナナの皮を踏んだときには。しかし、肺を鍛えるために走ったり、肝臓にいいから跳躍したりする者に、ロンドンは冷笑という罰を与える。人垣で囲み、蔑みを込めて指をさす。

しかしながら、今朝、アランデル街はこの見ものを完全に何食わぬ顔でやり過ごした。西側ではプレヴィタリ・ホテルのオーナーがホテルの外壁にもたれていたが、頭の中が空っぽなのは一目でわかる。北側ではホテル・マティスのオーナーが中庭つきの広い建物を背にして立っているが、見るからに何も考えていない。二つのホテルの窓のあちらこちらに従業員の上半身が見え隠れしたが、仕事の手をいっときでも休めて嘲りを投げかける者は一人もいない。中庭に集まる小さな子供たちもからかう素振りを見せず、柵に体を擦りつけている常連の猫は、一瞥だにせずにその動作を続ける。

すべては、根気と忍耐によって青年が達成しうる目覚ましい成果の好例であった。

三カ月前に7番A三階正面の部屋を選んだ際、アッシュ・マーソンは悟った。第二の天性となった朝の運動の習慣を捨てるか、さもなければロンドンの不文律に楯突いてこの都市の冷笑に敢然と立ち向かうか、二つに一つだと。長い逡巡は無用だった。肉体の鍛錬こそ彼にとっての金科玉条である。こと運動に関しては、自他共に認めるオタクなのだ。アッシュはロンドンに楯突こうと決めた。

彼がセーターにフランネルのズボンという姿で初めてアランデル街に現れたとき、棍棒を頭の周囲で一度回すか回さないうちに、以下のような観衆が押し寄せてきた。

（a）タクシー運転手　二人（一人は酩酊）
（b）ホテル・マティスのウェイター　四人
（c）ホテル・プレヴィタリのウェイター　六人
（d）ホテル・マティスの客室係メイド　六人
（e）ホテル・プレヴィタリの客室係メイド　五人
（f）ホテル・マティスのオーナー
（g）ホテル・プレヴィタリのオーナー
（h）道路清掃人　一人
（i）身元不明の浮浪者　十一人
（j）子供　二十七人
（k）猫　一匹

皆が笑い、猫さえ笑い、笑い続けた。酩酊した運転手は彼を「ビル・ベイリー！」（一九〇二年に発表された流行歌より）と呼んで冷やかした。アッシュは棍棒を振り回し続けた。

一カ月後、アッシュの不屈の意志は見事に功を奏し、観衆は二十七人の子供たちだけになっていた。子供たちは相変わらず笑ったものの、その笑いは、年長者たちの親身な応援から得た確信を失っていた。

そして、三カ月経った今、アッシュと朝の運動はこの界隈では自然現象として受け入れられ、もはや気にも留められていない。

とりわけこの朝、アッシュ・マーソンはいつも以上に精力的に縄跳びをした。朝起きて以来、不満という小さな悪魔が心中で存在を主張し続けているので、肉体的疲労の力を借りてそいつを追い出そうという魂胆なのだ。春。それはもっと素晴らしい人生への憧憬を掻き立てる季節だ。そのうえ、今朝はとびきり素敵な春の朝だ。空気を吸うだけで期待が高まり、こんな日には物事がいつもの退屈なリズムで沈滞するはずがない、何かロマンティックで心躍る出来事が起こるという気がする。そういう朝には、恰幅のいい老紳士たちが手にした雨傘を不意に揺らしたり、使い走りの少年が目の前に開ける大きく素晴らしい人生に気づき、口笛を底抜けに明るく吹いたりする。

ただ、春の南西風は悔恨をも運んでくる。人は大気に漂う不安感に気づき、いたずらに過ぎていった若き日々を悔やむ。

アッシュもそうだった。縄跳びをする間も、悔いばかりが頭をよぎる。オックスフォードでもっと勉学に励めばよかった、そうすれば無情な出版社のために駄文を書き続けるよりもましな仕事に就けただろうに。この泥沼に死ぬほどうんざりしていることを、かつてないほど痛感しているのだ。朝食を済ませたら机の前に座り、グリドリー・クエイルの新たな冒険物語を生み出さなくてはいけないと考えると、まるで新聞によく登場する「鈍器のようなもの」で一撃されたかのように呆然とした。神が作りたもうたすべてが、もうすぐ夏だ、思いがけない冒険が待っているぞと叫ぶこんな朝は、グリドリー・クエイルのことを考えるだけでも気が滅入る。

縄跳びも慰めにはならない。アッシュは縄を置き、棍棒を取り上げた。

棍棒でも満足できない。そのとき、思いついた。ラーセン体操をしばらくやっていない。あれをやれば、気分も上がるだろう。

最近、デンマーク陸軍のラーセン中尉という紳士が、人体の解剖学的構造を深く研究した末に一連の体操を編み出した。今この時にも、世界中で彼の弟子たちが立派な教科書の図版の点線に沿って体をひねっている。ピーブルズ（スコットランド南東部の町）からバフィン湾（大西洋西北部、北極圏にある海）まで至る所で、毎日何千本もの腕と脚がA点からB点へ振られ、たるんだ筋肉がゴムのごとき弾力をつけつつある。ラーセン体操は究極の鍛錬だ。体中のあらゆる腱を働かせる。循環を活発にする。根気強く続けると、その気になれば雄牛さえ一撃で倒せるようになる。

とはいえ、あまり格好のいいものではない。実際、突然、何の前置きもなしに初めて見れば、滑稽きわまりない。イングランドのヘンリー一世が世継ぎの息子をホワイトシップ号の沈没（一一二〇年十一月二十五日に起きた海難事故）で失ってから二度と再び笑わなかったのは、ひとえに、当時ラーセン中尉がこの素晴らしい体操をまだ発明していなかったためだ。

この三カ月でアッシュは自信をつけ、恥ずかしさを忘れていた。観衆をうまく誘導し、何をしても寛大なる理解により見過ごされるよう仕向けたおかげだ。ラーセン中尉の教則本の指示に従い、第一体操の仕上げに、不意に体をコルク抜きさながらひねったときも、自分が奇妙なことをしているとは少しも思わなかった。さらに、その場に居合わせた者たちの振る舞いも彼の自信を裏づけた。ホテル・マティスのオーナーはにこりともせずにアッシュを眺めている。ホテル・プレヴィタリのオーナーは、アッシュの興味深い行動にもかかわらず、トランス状態にあるようだ。ホテルの従業員たちは何事もなかったかのように仕事を続けている。子供たちには目も耳もないらしい。猫は何食わぬ顔で柵に背骨をこすりつけている。

ところが、アッシュが体を元に戻して普通の姿勢で立ったとたん、すぐ後ろで澄んだ声が静かな朝の空気をつんざき、歌うように笑った。声はそよ風に乗ってやってきて、アッシュを弾丸のように貫いた。

三カ月前の彼なら、笑い声を当然のものと受け止め、恥ずかしさに屈することを拒んだだろう。だが、長いこと嘲笑から遠ざかっていたせいで、覚悟が弱まっていた。彼は恥ずかしさに赤面し、跳ねるようにくるりと後ろを振り向いた。

7番A二階正面の窓から、若い娘が身を乗り出していた。春の陽射しが彼女の金色の髪の上で戯れ、青い瞳をきらきらと輝かせている。その目が、フランネルのズボンとセーターを着た彼を面白くてたまらないとでも言うように見つめている。彼が振り向いた瞬間にも、娘はまたもや笑い声を浴びせてきた。

二秒ほどだろうか、二人は目と目を見つめ合った。それから、彼女は室内へ姿を消した。

アッシュは打ちのめされた。三カ月前なら、百万人の女の子に朝の体操を笑われても、日課をやめようとはしなかっただろう。今となっては、たった一人が誰の応援もなしに単独で笑っただけで、彼の心を挫くのに十分だった。体操が退治しつつあった憂鬱な気分が、再び襲いかかってくる。もはや続ける気力はない。しょんぼりと持ち物をまとめて部屋へ戻ったが、水風呂を浴びても気は晴れず、やる気はてんで起きない。

7番Aの家主ベル夫人が提供する朝食（家賃に含まれる）は、活力源となるような代物ではない。潰れた目玉焼きと、煎じたチコリの根を罰当たりにもコーヒーと称する飲み物と、炭と化したベーコンをどうにか腹に収めた頃には、惨めさが心を鷲掴みにしていた。渋々机に向かい、捜査官グリドリー・クエイルの最新の冒険譚をでっち上げようとし始めたものの、彼の内なる精神は呻吟していた。

あの歌うような笑い声が耳の中で鳴り響くのを聞きながら、グリドリー・クエイルを生み出したことを悔い、イギリスの最底辺の読書層がグリドリーをヒーローに祭り上げたことを恨み、もう死んでしまいたいと思う。

この非神聖同盟はもう二年以上続いているが、アッシュにはグリドリーが月を追うごとに人間味を失っていくように思えてならない。グリドリーはあまりに傲慢で鈍感で、真相を解明できたのは途方もない幸運に恵まれたおかげだという事実にてんで気づかない。グリドリー・クエイルに生計を頼るのは、恐るべき怪物と鎖で繋がれてしまったようなものだ。

この朝、座ってペンを嚙みながら、グリドリーへの嫌悪感は頂点に達したかに思われた。彼はこのシリーズを執筆するとき、まず気の利いたタイトルを考えてから、それに合わせて冒険を作り上げるのが常だった。

折しも昨夜、一瞬のひらめきから、封筒にこんな言葉を書きつけていた。

「死の杖の冒険」

今やアッシュはサラダの中に芋虫を見つけた菜食主義者のごとく、嫌悪感と反感を込めてこの文字列を睨みつけている。

昨夜、このタイトルはいかにも有望でとてつもない可能性に満ちているように思えた。いまだにもっともらしい魅力を放ってはいるものの、現に物語を書く段になると、欠陥があらわになってくる。

そもそも「死の杖」とは何ぞや？　響きはいい。けれども、実際のところ、どんな物なのか？　死の杖が何かを知らないことには、死の杖の物語を書くことはできない。逆に、これほどうまいタイトルを思いついたからには、それをむげに捨てることもできない。

アッシュは髪の毛をかきむしり、ペンを嚙んだ。

ドアを叩く音がする。

椅子にかけたまま振り返る。もう限界だ。午前中はいかなる口実があろうとけっして邪魔をしてくれるなと、ベル夫人に申し渡したはずだ、もう二十回も。執筆中にこんなふうに闖入されるのは、もう我慢ならない。口火を切る台詞をいくつか、頭の中で復習する。

「どうぞ」と怒鳴り、臨戦体勢を固める。

若い娘が入ってきた。二階正面のあの娘、青い瞳の、ラーセン体操を笑ったあの娘だ。

Ⅱ

諸々の状況が災いし、この出会いでアッシュはひどい第一印象を与えてしまった。まず、彼が想定していた訪問者は家主で、その身長が四フィート六インチ（約一三七センチメートル）なのに対し、突然入ってきた人の身長は五フィート七インチ（約一七〇センチメートル）だったため、一瞬視界がぼやけた。次に、入ってくるのはベル夫人だと予想していたせいで顔を歪め、とりつく島もないしかめ面をあらかじめ作っていたため、一瞬にして愛想のいい笑顔に変えるのは至難の業だった。そのうえ、それまでの三十分間、

「死の杖の冒険」

と書いた紙を前に座り、死の杖がどんな物か思案していたため、頭をうまく切り替えることができなかった。

　その結果、ほぼ三十秒間、アッシュは馬鹿みたいに振る舞ってしまった。視線を泳がせ、モゴモゴと口籠るばかり。もし精神異常者取締官がその場にいたら、それ以上調べることもなく即座に異常と診断を下したに違いない。アッシュはほどなく、椅子から立ち上がろうと思った。立ち上がる際のひねりを加えた跳躍は、ほとんどラーセン体操だった。

　娘のほうも面食らっていた。もしもアッシュがもっと冷静だったら、彼女の頬の赤みに気づき、彼女もこの状況を気まずく感じているのだと悟っただろう。しかし、女性はつねに男性より落ち着いているものであり、最初に口を開いたのは彼女のほうだった。

「お邪魔してしまったようですわね」

「いえ、いえ」とアッシュは答えた。「とんでもない、全然、まったく、いいえ、とんでもない」相手が言葉を継がなければ、永遠に同じ台詞を繰り返していただろう。

「お詫びが言いたくて。さっきは笑ったりして、とんでもないご無礼をしました。私が悪かったんです。どうしてあんなことをしてしまったのか。ごめんなさい」

　科学は無数の勝利を収めてきたとはいえ、若い男が妙齢のきれいな女性に謝罪されるという困難な状況での正しい対応は、まだ発見できていない。無言でいれば、不機嫌で不寛容に見える。口を開けば、馬鹿さ加減をさらけ出してしまう。どちらの方向へ進むか迷っているうち、さんざん眺めていた紙に不意に彼の目が留まった。

「死の杖とは何ぞや?」

「何とおっしゃって?」

「死の杖」

「意味がわかりませんわ」

　アッシュは会話の支離滅裂さに耐えられなくなった。思わず吹き出した。一呼吸置いてから、娘も吹き出した。その途端、気まずさは消え去った。

「僕の頭がおかしいんじゃないかって思ってる?」

「もちろん」

「うん、君が入ってこなければ、そうなっていただろう」

「どうして?」

「探偵小説を書こうとしていたんだ」

「小説家かもって思っていたわ」

「君も物書きなの?」

「ええ。『ホーム・ゴシップ』を読んだことは?」

「いや、一度も」

「正解よ。どうしようもない三流紙だから。洋服の型紙と失恋した人の人生相談しか載っていないもの。私は毎週その新聞に短編を書いているの、いろんなペンネームで。毎回、公爵か伯爵を登場させて。つくづく嫌になっちゃう」

「大変だね、同情するよ」アッシュは力を込めて言う。「だけど、話がずれちゃったね。死の杖とは何ぞや？」

「死の杖？」

「死の杖」

彼女は眉根を寄せて考え込んだ。

「そうね、インドの寺院から盗まれた聖なる黒檀の杖に決まっているわ。持つ者に死をもたらすと言われているの。主人公はそれを手に入れ、僧侶たちが彼を追い回し、脅迫状を送りつける。それ以外、考えられる？」

アッシュは称賛の念を抑えられない。

「傑作だ！」

「それほどでも」

「間違いなく傑作だ。話が見えてきたぞ。主人公はグリドリー・クエイルに助けを求め、ヘボ探偵クエイルはあり得ない偶然の連続に助けられて謎を解く。僕にとっては、一カ月分の仕事がめでたく完了する」

彼女は興味をそそられて彼を見た。

「あなた、『グリドリー・クエイル』の作者なの？」

「もしかして、あれを読んでるのかい！」

「読んではいないわ。でも、『ホーム・ゴシップ』と同じ出版社から出ているから、控室で編集者を待っているとき、表紙が目に入ることがあるの」

アッシュは無人島で幼馴染に出会ったような心地がした。二人の間には浅からぬ縁があったのだ。

「君もマンモス出版社で書いているの？　いやはや、僕らは不運の同志、奴隷仲間じゃないか。友達になるべきだ。そうしようじゃないか」

「喜んで」

「握手して、腰を下ろして、ちょっと身の上話でもしない？」

「でも、お仕事の邪魔でしょう」

「それどころか、救いの女神だ」

　彼女は腰を下ろした。それだけのことだが、腰の下ろし方は他の仕草と同じように、人となりの指標になり得る。彼女の腰の下ろし方を、アッシュは申し分ないと感じた。安楽椅子の一番端に、すぐにでも逃げ出せるように腰掛けるのでもなく、週末に泊まりがけでやって来た人のようにどっかりと身を沈めるのでもなかった。尋常ならざる状況で、当たり前のように自信に満ちて振る舞う彼女の様子に、アッシュは感嘆を禁じえない。アランデル街は礼儀作法にはうるさくないが、それでも、二階正面の部屋に住む娘が五分前に知り合ったばかりの三階正面の部屋の若い男と二人だけで話そうと誘われれば、驚きとためらいを見せても許されるだろう。しかし、大都会でしがない稼業を持つ者同士の間には仲間意識が芽生えるのだ。

「自己紹介しようか？　それとも、ベル夫人から僕の名を聞いた？　ところで、ここに住み始めてまだ日が浅いよね？」

「部屋を借りたのは一昨日からよ。でも、グリドリー・クエイルの作者なら、名前はフィーリクス・クロウヴリーでは？」

「いやあ、違うよ！　フィーリクス・クロウヴリーなんて名の人が本当にいると思う？　僕が恥をしのぐための隠れみのの一つさ。本名はマーソン。アッシュ・マーソンだ。君は？」

「ヴァレンタイン。ジョーン・ヴァレンタインよ」

「身の上話を聞かせてくれるかな？　それとも、僕が先に話そうか」

「身の上話というほどではないかも」

「いいから、いいから！」

「ううん、本当にそれほどの話ではないの」

「もう一度考えてごらん。最初から始めよう。君は生まれた！」

「たしかに」

「どこで？」

「ロンドンで」

「よし、出だしは上々だ。僕はマッチ・ミドルフォールドの生まれだ」

「聞いたことがないような気がするわ」

「おかしいな！　僕は君の生まれ故郷をよく知っている。それなのに、僕はマッチ・ミドルフォールドをまだ有名にしていない。実際、今後もあまり期待できないようだ。自分が落伍者だと気がつき始めているからね」

「あなた、おいくつ？」

「二十六歳」

「二十六歳で自ら落伍者と称するの？　そんな言い方は情けないわ」

「二十六歳で、グリドリー・クエイル・シリーズの執筆が生計を立てる唯一の手段だという男を何と呼ぶ？　帝国の建設者とでも？」

「それが生計を立てる唯一の手段だと、どうしてわかるの？　心機一転、新しいことに挑戦したら？」

「どんな――？」

「私にはわからないわ。行き当たりばったりでいいのよ。ねえ、マーソンさん、あなたは世界一の大都会にいて、冒険のチャンスが四方八方から声をかぎりにあなたを呼んでいる――」

「僕は耳が悪いらしい。これまで四方八方から声をかぎりに僕を呼んだのはベル夫人だけだ――今週の家賃を払えって」

「新聞をお読みなさいな。広告欄を見るのよ。きっとそのうち、何か見つかるわ。マンネリに陥っては駄目よ。冒険しなくちゃ。次に来たチャンスをつかむの、何でもいいから」

アッシュはうなずく。

「続けて。もっと聞きたい。刺激になるよ」

「どうして私みたいな女から刺激を受けなきゃならないの？　私の助けがなくても、ロンドンが十分役に立つはずよ。いつだって何か新しいことが見つかるでしょう？　聞いて、マーソンさん。私は五年前、自活せざるを得なくなったの。なぜかはどうでもいいわ。それ以来、店員になり、タイピストになり、舞台にも上がり、住み込みの家庭教師もやったし、小間使い《レディーズメイド》も――」

「何だって？　小間使い？」

「いけない？　何事も経験だし。それに、断言するけど、家庭教師より小間使いのほうがずっとましよ」

「わかる気がする。僕も個人教授をしたことがある。家庭教師と同じようなものさ。南北戦争で名を上げたシャーマン将軍なら個人教授という仕事をどう評するか、よく考えたよ。彼はたかが戦争について、じつに簡潔に『地獄だ』と述べた。小間使いの仕事は面白かった？」

「なかなか面白かったわ。貴族を本拠地で観察するいい機会になったし。おかげで公爵やら伯爵やらに関しては『ホーム・ゴシップ』紙きっての通として、磐石の地位を築いたわ」

　アッシュは深く息を吸った——科学的深呼吸ではなく、感嘆の深呼吸だ。

「君は本当に大したものだ」

「大したもの？」

「つまり、覇気があるってこと」

「そうね、いつも前に進もうとしている。私は二十三歳で、まだ大したことは成し遂げていないけれど、じっと動かずに自分を落伍者と呼びたくはないわ」

　アッシュは耳が痛かった。

「なるほど。よくわかったよ」

「わかってくれると思った」ジョーンは穏やかに言った。「私の身の上話で退屈させたのでなければいいけれど、マーソンさん？　自分を輝かしいお手本だなんて言うつもりはないのよ。でも、とにかく、私は行動するのが好きで、停滞は嫌いなの」

「君はじつに偉い。君の話は効率性向上のための通信教育の代わりになるよ。ほら、よく雑誌の巻末に広告が載っているだろう。『若者よ、今の待遇に満足か？』って見出しで、疲れ切った社員が上司の椅子を物欲しげに見ているイラストつきの広告。君ならクラゲでもシャキッとさせられる」

「本当に私があなたを刺激したなら――」

アッシュは考え深げに言う。「それも耳が痛いな。まあ、そう言われても仕方ないか。そう、たしかに君は僕を刺激した。生まれ変わったような気分だ。もっと早く僕の前に現れてくれればよかったのに。今朝ほど心がざわついて、自信をなくしたことはなかったから」

「春のせいよ」

「そうだね。何か大きなこと、冒険がしてみたくなった」

「それなら、おやりなさいな。テーブルの上に『モーニング・ポスト』があるじゃない。もう読んだ?」

「ざっとね」

「でも、まだ広告欄を見ていないでしょう?　ちゃんと読まなくちゃ。お望みどおりの求人があるかもしれないわ」

「うん、そうしよう。だけど、僕の経験では、広告欄は慈善家に独占されている。約束手形だけで十ポンドであろうと十万ポンドであろうと、好きなだけ喜んで貸してくれるっていう人たちさ。まあ、ともかく目を通してみるよ」

ジョーンは立ち上がって手を差し出した。

「さようなら、マーソンさん。あなたは探偵小説を書かなくちゃならないし、私は公爵の出てくる話を今晩までに考えないといけない。もう行かなくちゃ」。そして、にっこり笑って付け加えた。「出発点からだいぶ遠くまで来たけれど、お暇する前に、振り出しに戻ってもいいわね。今朝は笑ってごめんなさい」

アッシュは力を込めて彼女の手を握った。

「どういたしまして。気が向いたら、いつでも僕を笑いに来てくれたまえ。笑われるのが好きなんだ。そもそも、朝の体操を始めた頃はロンドンの住人の半分が集まってきて、鋪道の上で笑い転げていた。今や人気は凋落し、寂しいかぎりさ。ラーセン体操は第二十九まであるが、君は第一の一部を見ただけだ。僕は君に大恩がある。君が一日を笑顔で始めるために少しでも役に立てるなら、こんな光栄なことはないよ。第六は滑稽だけど品は悪くない。明日はそれから始めるとしよう。第十一もお奨めだ。お見逃しなく」

「了解。それじゃ、ひとまずさようなら」

「さようなら」

彼女は立ち去った。アッシュはいつになく心の昂りを覚えつつ、彼女の背後で閉じられたドアを見つめた。強力な電気ショックで眠りから覚めたような気分だ。

素敵なひとだ……。大したひとだ……。素晴らしいひとだ……。

今や意味ありげに光を放つグリドリー・クエイルの新作のタイトルを書きつけた紙のすぐ脇に、『モーニング・ポスト』紙がある。この新聞の広告欄を調べると彼女に約束したのだった。とにかく今すぐに始めてみよう。

そうしてみたものの、結果はがっかりだった。紙面は相変わらずだ。ブライアン・マクニール氏という人は、未成年を相手にしないが、二十一歳以上で金にいささか窮している人なら誰にでも、喜んで巨額の財産を譲るという。この善意の人は保証人の類いも求めていない。アンガス・ブルース氏、ダンカン・マクファーレン氏、ウォラス・マッキントッシュ氏、ドナルド・マクナブ氏といったお歴々も同様で、気前の良さでは引けをとらない。彼らもまた、未成年を相手にするのはなぜか嫌っているが、成人ならば誰でも、ただ事務所を訪ねて、セルフサービスでやればいいらしい。

それらの広告の下には「青年（キリスト者）」の切なる願いが掲載されている。ヨーロッパ周遊により教育の仕上げをするため、今すぐ千ポンドが必要だという。

アッシュは気落ちして新聞を打ち捨てた。役に立たないことはそもそもわかっていた。膨らんだ期待はしぼみ、予期せぬ出来事はもう起こらない。

彼はペンを取り、「死の杖の冒険」を書き始めた。

第二章

I

ピカデリーのホテル・ゲルフ五階のとある部屋で、伯爵家の次男フレデリック・スリープウッドはベッドの上に身を起こし、抱えた膝に顎をつけ、苦悩に満ちた眼差しで陽光を睨みつけていた。彼の心は小さかったが、小さいなりに悩みを抱えていた。

たった今、思い出したのだ。

人生とはそういうものだ。目を覚まし、今日も快調だと感じる。窓に目をやり、朝日を見て、天に快晴を感謝する。昨夜ナショナル・スポーティング・クラブで出会った友人とのすこぶる楽しい昼食会の計画を練り始める——そして、思い出す。

「くそっ！」とフレディは言い、一瞬の間のあと、続けた。「あんなにいい気分だったのに！」

数分間、惨めな物思いに沈んだ。そして、卓上の電話機を傍らへ持ってきて、番号を告げた。

「ハロー？」

「ハロー？」電話の向こうで太い声が答える。

「ああ、その、君かい、ディッキー?」

「どちら様?」

「フレディ・スリープウッドだよ、ディッキー。じつは、めちゃくちゃ大事な用件で会いたいんだ。十二時にそっちにいるかい?」

「いますよ。どんなご用で?」

「電話じゃ言えないけど、ものすごく重大なんだ」

「了解。ところで、フレディ、婚約おめでとう」

「どうも、どうも。ありがと、礼を言うよ。ともかく十二時に行くから、忘れないでくれ。じゃあな」

フレディは受話器を素早く置き、ベッドから跳ね起きた。ドアノブが回される音がしたからだ。ドアが開いたときの彼は、まさに、一日の始まりに手早く身支度をする若者のあるべき姿を体現していた。

入ってきたのは、細長い顔に禿げ頭の、人がよさそうでぼんやりした初老の男性だった。いささか不機嫌そうにフレディを見ている。

「起きたばかりなのか、フレデリック?」

「やあ、父上。おはようございます。あと二分でオッケーですよ」

「もう二時間も前に起きて身支度ができているはずだろう。日はすでに高い」

「一分もかかりませんよ、父上。ひとっ風呂浴びて服を引っ掛けるだけですから」

フレディは浴室へ消えた。父親は椅子に掛け、両手の指先を合わせ、その姿勢のままじっとしていたが、その姿には不満と、押し殺した苛立ちがにじみ出ている。

　同じ身分の多くの父親同様、エムズワース伯爵はある問題に散々悩まされてきた。ロイド・ジョージ氏は例外として、イギリスの貴族がほとんど唯一保ち続けている過去の遺物――「次男をどうするか」問題である。事実を取り繕おうとしても無駄で、要するに次男は必要ないのだ。イギリスの貴族を宥《なだ》めるには、まずオスの鱈《たら》よりはいい身分だと指摘するのも一法である。鱈はいつ何時、百万を超す家族の扶養を求められて苦境に陥らないとも限らない。あるいは見方を変えて、子供が一人増えるたびにローズヴェルト元大統領（アメリカのセオドア・ローズヴェルト大統領は四男二女に恵まれた）の覚えがそれだけめでたくなると励ますこともできよう。けれども、そう言われても何の慰めにもならない。相手はとにかく「次男」を持て余しているのだから。

　そもそも、次男であるという事実を別にしても、フレディは父親をあらゆる方法で間断なく困らせてきた。エムズワース卿の気質はいかなる人にも物事にも深く悩まされないようにできているにもかかわらず、フレディはこの世の誰よりも深く父を悩ませている。彼の嘆かわしい所業には一貫性と持続性があり、それが石を打つ雨垂れよろしく、この心穏やかな貴族に影響を及ぼしてきた。一つ一つの不祥事には、エムズワース卿の平穏を乱すほどの力はなかっただろう。けれども、フレディはイートン校に入学してからこのかた、父親の鼻先で爆弾を爆発させ続けてきたのだ。

　イートン校は放校になった。夜に寮を抜け出し、付け髭をつけてウィンザーの街をうろついたからだ。オックスフォード大学も退学させられた。三階の窓から学寮の学生監にインクをかけたからだ。ロンドンで高い授業料を払って予備校に二年間通ったあげく、陸軍士官学校の入学試験に落ちた。競馬でほとんど記録的な回数の借金を重ね、大半が馬つながりらしい胡散臭い友人の数も、若輩者としては破格だ。

そうした行状に、並外れて穏やかな親もさすがに平静ではいられず、とうとうエムズワース卿も断固たる態度を取らざるを得なくなった。人生で唯一決断力を行使したその機会に、長年蓄積されたエネルギーをすべて費やし、仕送りを停止して息子をブランディングズ城へ連れ帰り、容赦なく謹慎させた。昨日、二人して午後の列車に乗るまで、フレディはほぼ一年間ロンドンへ来なかったのだ。

何か密かな悩みを抱えていたにせよ、ともかく愛する首都を再訪できたという感慨からだろう、フレディはいきなり調子外れの歌を歌い出した。パシャパシャと水音を立てながら鼻歌を歌っている。

エムズワース卿はますます顔をしかめ、両手の指を苛々と突き合わせ始めた。それから眉根を開き、幸せそうな笑みで顔を綻ばせた。彼もまた、思い出したのだ。

エムズワース卿が思い出したのは以下のような事実である。昨年の晩秋、ブランディングズ城に隣接した屋敷をピーターズ氏というアメリカ人が借りた。彼は大金持ちで、慢性の消化不良で、アリーンという美しい一人娘がいる。両家は顔合わせをした。フレディとアリーンが二人きりにされた。そして、ほんの数日前、婚約が発表され、エムズワース卿にとって、この最高に素晴らしい世界における唯一の瑕疵が取り除かれたのだ。

浴室の歌声は音量を増しつつあったものの、それを聞いてもエムズワース卿はもう眉をひそめはしない。次男を手放せるという見込みがこれほど大きな慰めになるとは、驚きだ。ほぼ一年間ブランディングズ城で囚われの身だったフレディは、尽きることのない不快の種を撒いて父の神経を逆撫でしてきた。いかに広壮なブランディングズ城でも、父と息子が折々顔を合わせずに済むほど広くはない。そして、顔を合わせるたびに憐れみを誘おうとするこの若者の態度に、父は怒りを覚えた。エムズワース卿にとって、ブランディングズの庭園と花々は地上で最も楽園に近い場所である。それなのに、フレディは囚われの身を嘆きながら、シベリアの流刑囚もかなわないほど陰気にしょげた顔で庭園をうろつくのだった。

そう、エムズワース卿はフレディがアリーン・ピーターズと結婚の約束をしたことを喜んでいる。アリーンは好きだ。ピーターズ氏も好きだ。安堵のあまり、フレディにさえ愛情を感じた。当のフレディはちょうど浴室からピンク色のバスローブ姿で出てきた。そして、父親の怒りが収まって「すべて世は事もなし」となったことを見てとった。

それでも身支度に手間取りはしない。父がいるといつも気詰まりで、一刻も早くその場を離れたくなるからだ。勢いよくズボンに足を入れようとし、つまずいて転びそうになった。

体勢を立て直そうとしながら、フレディは記憶からすり抜けていたことを思い出した。

「ところで、父上、昨夜旧友に会って、今週ブランディングズに来ないかと誘ったんです。構わないでしょう、ねえ?」

束の間、エムズワース卿の上機嫌は損なわれた。フレディの「旧友」には懲りている。

「誰のことかな? ピーターズ氏とアリーンと、親戚のほぼ全員が今週はブランディングズ城に集まることを思い出してくれるとありがたいがね。その友だちは例の——」

「いやいや、大丈夫ですよ。誓います。昔の遊び仲間じゃありません。エマソンという名でね。じつにまともなやつです。香港で警察官か何かをしているとか。アリーンをよく知っていると言ってました。イギリスへ戻る船の上で出会ったとか」

「エマソンという旧友など、覚えとらん」

「その、じつは、彼とは昨日初めて会ったんです。でも、大丈夫。いいやつだし、そう、心配ご無用ですよ」

エムズワース卿はあまりにいい気分だったため、反対しなかった。もう少し暗い気持ちだったら、当然反対していたところだが。

「よろしい、来たいと言うなら、連れて来なさい」

「ありがと、父上」

フレディは身支度を終えた。

「昼までに何か用事がありますか、父上？　僕のほうは軽く朝飯を食って、散歩でもしようと思ってたんですが。朝飯はもう食いました？」

「二時間前にな。ところで、その散歩の途中でピーターズ氏の家へ行ってアリーンに会う時間があるだろうね。わしは昼食を済ませたら直接、そちらへ向かう。ピーターズ氏はコレクションを見せたいそうだ——たしか、スカラベとか言ったかな」

「ええ、僕も寄りますよ。ご心配なく。まあ、もし寄れなければ、電話してオヤジさんに挨拶しときますから。さて、そろそろ、ちょっと朝飯を食いに出かけようかな。いいですか？」

息子の言葉に対して加えるべきコメントがいくつかエムズワース卿の頭に浮かんだ。第一に、アメリカ屈指の大富豪を陰で「オヤジさん」と呼ぶのはいただけない。第二に、息子の態度は、若者が婚約者に対してとるべき理想的なものとは思えない。温かみに欠けていないだろうか。まあ、これもたんに「近代精神」の一つの表れに過ぎないかもしれん、いずれにせよ思い煩うほどのことではあるまい、と父親は考え、苦言を呈しはしなかった。フレディが靴をひと撫でした絹のハンカチをポケットに突っ込むと、二人は部屋を出てホテルのロビーへ下り、そこで別れて、息子は軽く朝食をとりに行き、父親は通りをぶらぶらして昼食まで時間をつぶした。エムズワース伯爵にとって、ロンドンはつねに試練を意味した。伯爵の心は田園にあり、都会にはさっぱり魅力を感じないのである。

Ⅱ

ストランドからテムズ河岸へ向かう傾斜の急な通りの一つにとある建物があり、とある階に一つのドアがあり、ペンキをひとはけすれば見違えそうなそのドアに、おそらくロンドンで最も地味で目立たない表示がある。

陰気くさいすりガラスの上にこんな文字が並んでいる。

R・ジョーンズ

それだけだ。他には何も書かれていない。

両隣の「サラワク・アンド・ニューギニア・ゴム園開発社、総支配人　ジョン・ブラッドベリ＝エグルストン」と麗々しく書かれたドアと、「バンガルー・ルビー鉱山会社」のドアに挟まれたそのドアは、蘭《らん》の花に囲まれた森の菫《すみれ》のような味わいを醸し出している。

R・ジョーンズ

簡素でみすぼらしい表示だ。じっくり見て考える暇がある人なら、ジョーンズとは誰か、これほど控えめで遠慮がちな人間は一体どんな商売をしているのかと訝るだろう。

実際、そうした憶測がスコットランド・ヤードの刑事たちの疑り深い頭にも浮かび、R・ジョーンズに少なからぬ関心が寄せられていた時期もあった。しかし、彼が骨董品の売買をし、競馬の平地競走のシーズンには賭博の胴元になり、金貸しとしても知られていると分かっただけだった。不明な部分は多かったものの、今のところ、ジョーンズ氏は関心の対象から外されていた。ただ、刑事たちはそれで満足していたわけではない。いささか途方に暮れているというほうが当たっているかもしれない。とりわけ、R・ジョーンズが盗品を仕入れているという疑惑を拭い去れないが、証拠は容易に入手できそうにないのだ。

R・ジョーンズに抜かりはなかった。多種多様な商売に手を染める、ロンドンでも指折りの多忙な男だったが、最も得手としたのは警察に尻尾をつかませないようにすることだ。

わが同胞ウィリアム・シェイクスピアが流布させた理論によれば、痩せて飢えた顔つきの男は危険で、太って髪をきれいに撫でつけ、夜はよく眠る男は無害だ（『ジュリアス・シーザー』第一幕第二場より）。その伝でいけば、R・ジョーンズは疑惑とは無縁のはずだった。ロンドンの中央西郵便区域広しといえども並ぶ者のない肥満体だったからだ。まるでボールのような体で、たまさか階段を上ればぜいぜいと息を切らす。不躾な友人が彼の気を引こうとして不意に肩を叩けば、ゼリーのごとくプルプルと震える。しかし、それはジョーンズが階段を上るよりもさらに稀なことだった。なぜなら、R・ジョーンズの周囲では、人の肩を不意に叩くほど無礼で不作法なことはないからだ。やってもいいのは、そのためにお上に雇われている人間だけというのが通り相場である。

R・ジョーンズは五十歳前後、髪には白髪が混じり、顔色は紫がかっている。友人たちといるときは陽気で、たまたま知り合った相手といるときはさらに陽気かもしれない。たまたま知り合った相手、ことに財布は大きく脳みそは小さい上流階級の若者に対する陽気さのおかげで年間何百ポンドも儲けているに違いないと、一部の友人からやっかまれている。ジョーンズの気さくさと陽気さには、ある種の若者を惹きつける何かがあった。ありがたいことに、そういう若者は金銭面で最も惹きつけるに値する人種に属する。

フレディ・スリープウッドは短くも多忙なロンドン生活の間、彼に魅入られていた。二人が初めて会ったのはダービー開催中の競馬場で、それ以来、R・ジョーンズはフレディから指南役、哲学者、友人とみなされ、フレディと同類の多くの青年たちからも同じように見られていた。

それで、その春の日、十二時きっかりにフレディがR・ジョーンズのすりガラスを杖でノックし、ジョーンズ本人がドアを開けたとき、フレディの表情には満足感と安堵感が滲み出たのだ。

「おや、おや、おや!」R・ジョーンズははしゃいだ口調で言った。「誰かと思えば、他でもない、見目麗しき未来の花婿さんじゃありませんか!」

R・ジョーンズはエムズワース卿同様、フレディが素敵な金持ちの娘と結婚することを喜んでいた。フレディの仕送りの蛇口が突然閉められたことで、ジョーンズも大打撃を受けた。もちろん収入源は他にもあるが、最盛期のフレディほどたやすく頼もしい金づるはそうない。

「いやあ、放蕩息子どの! 長い惨めな日々をやり過ごし、お忍びで古巣へ戻ったってわけですか!もう何年も会わなかった気がしますよ、フレディ。親父さんが実力行使に出て、小遣いを止めたんでしょう？　ひどい話だ！　婚約発表のおかげで、締めつけも少し緩んだのでは？」

フレディは椅子にかけ、不機嫌そうに杖の握りを噛んでいる。

「いや、じつはね、ディッキー、そううまくはいかなくてさ。この顔を見りゃわかるだろう。状況はあまり変わってないんだ。ブランディングズを一晩だけ抜け出せたのは、親父さんがロンドンに用があったからで、三時の列車で一緒に帰らなくちゃならない。じつはね、ドツボにはまっちゃってさ。それで、ここへ来たってわけ」

肥えて陽気な男にも、気が沈むときがある。R・ジョーンズは顔を曇らせ、やれ景気が悪いだの、株で損をしただのと、愚痴をこぼし始めた。スコットランド・ヤードが見破ったとおり、彼はときに金貸しをするものの、フレディのような不運な状況にある若者に貸しはしない。

「いや、金の無心に来たんじゃない」フレディはあわてて説明する。「そうじゃないんだ。じつはね、今朝、五百ほどかき集めた。それだけあれば足りるだろう」

「何をお望みかによりますな」R・ジョーンズは魔法にかかったように再び顔を輝かせて言った。この世はじつにいいカモだらけだ、といつもながら考える。フレディに五百ポンドを前貸しするほど迂闊な金貸しの顔を見てみたいものだ。それほど太っ腹な慈善家には滅多にお目にかかれない。

フレディはポケットを探り、シガレットケースを取り出して、その中から新聞の切り抜きを引き出した。

「哀れなパーシーの記事を読んだかい？　あの裁判、知ってるだろ？」

「パーシー？」

「ストックヒース卿だよ」

「ああ、ストックヒースの婚約不履行裁判？　知ってるどころじゃありません。三日間、法廷に通い詰めました」Ｒ・ジョーンズは訳知り顔で笑った。「あの人とお友達で？　ほう、従兄弟ですか？　証言台でジェリコ＝スミスから反対尋問を受ける彼の姿を見せたかった！　あれほど滑稽な言い訳を聞いたのは初めてでした。それに、あいつが女に出した手紙の数々！　法廷で読み上げられたのですよ、しかも――」

「うう、やめてくれ、ディッキー！　頼む！　何もかも知ってるよ。記事は全部読んだ。おかげで、哀れなパーシーは連中にすっかり馬鹿にされちまった」

「馬鹿なのは連中のせいじゃなく、生まれつきですよ。まあ、連中のおかげで馬鹿っぷりがさらに際立ったとも言えますな。パーシー氏は毛をむしられた鶏の気分だったでしょう」

　フレディはぼんやりした顔を一瞬、苦悩に歪めた。椅子の上でもじもじしながら言った。

「なあ、ディッキー、そんな言い方はよしてくれよ。胸が悪くなる」

「なぜです？　それほど親しい仲で？」

「そうじゃない。その――じつはね、その、ディッキー、この僕も、哀れなパーシーとまったく同じく、とんだドツボにはまっているんだ」

「何ですって！　婚約不履行で訴えられた？」

「正確にはそうじゃない――まだね。いいかい、一部始終を話すよ。一年ほど前、ピカデリーで見たショーを覚えているかい？　『ダブリンから来た娘』ってやつ。コーラス団に女の子がいただろう？」

「何人か。覚えていますよ」

「いや、僕が言っているのは一人のことだ――ジョーン・ヴァレンタインという娘。みっともない話だが、彼女とは一度もちゃんと会っていないんだ」

「しっかりしてくださいよ、フレディ？　いったい何が問題なんです？」

「うん、つまりね、その頃、一日おきにそのショーを見に行って、その女の子にぞっこんになっちまった」

「一度も会っていないのに？」

「そうだ。あの頃の僕は馬鹿だった」

「いや、いや」R・ジョーンズは鷹揚に言った。

「間違いなく馬鹿だった、さもなければ、あんな馬鹿なことをするはずがない。それで、つまり、その女の子に手紙を出しまくったんだ、どのくらい彼女を愛しているか書き連ねてね。そして、そして――」

「ずばり、結婚を申し込んだ？」

「え？」

「ずばり、結婚を申し込んだんですか？」

「覚えていない。そうした気がする。首っ丈だったから」

「一度も会わなかったのはなぜ？」

「彼女が会おうとしてくれなかった。ランチさえお断りだった。僕の手紙に返事もくれなかった――楽屋口にいる男に伝言してきただけ。それで――」

　フレディは声を落とした。心がひどく乱れた様子で、杖の握りを口に持っていく。

「それで？」R・ジョーンズが尋ねる。

フレディの若々しい頰が真紅に染まる。視線はあらぬ方をさまよう。長い沈黙のあと、彼の口から発せられた一言はほとんど聞き取れなかった。

「詩を」

R・ジョーンズのでっぷりした体が、あたかも電流に貫かれたかのように震えた。小さな両目が陽気に光る。

「彼女に詩を贈ったんですか！」

「どっさりね、そう、どっさり！」フレディはうめく。

彼はパニックに陥り、憑かれたように話し続けた。

「僕がどんなひどいドツボにはまってるか、わかるだろ？　彼女は手紙を取ってあるに違いない。求婚したかどうか覚えていないが、ともかく、彼女の手の内には勇ましい行動を起こすに足る材料があるってこと。何せ哀れなパーシーのやつがあんな大金をせびられて、いわば婚約不履行裁判を流行らせたばかりだ。僕の婚約が発表された今、彼女は張り切っているに違いない。どうせこういう成り行きを待ち構えていたんだろう。わかるかい？　切り札は全部、彼女が持ってる。この一件を法廷に持ち込まれちゃ、かなわない。あの詩が明るみに出れば、僕の結婚は破談間違いなしだ。そうなれば、もうこの国にはいられまい！　うちでもどんな騒ぎになるか、わかったもんじゃない。父上は僕を殺しかねない。これで、僕がはまったドツボがどんなに恐ろしいか、わかったろう、なあ、ディッキー？」

「それで、私にどうしろと？」

「もちろん、彼女を捕まえて手紙を返してもらうのさ、決まってるだろ？　僕は自分ではどうにもできない、何しろ遠い田舎に軟禁されているからね。それに、こういうことをどう処理すればいいか、知るわけもない。頭が切れてうまい手口を知ってるやつが必要だ」

「お褒めの言葉はありがたいが、フレディ、こういう案件は、うまい手口に加えて、もうちょっと中身のあるものを必要とするのでは？　さっき五百ポンドとか言いませんでした？」

「ほら、ここに、現金だ。そのために持ってきた。この件、ほんとに引き受けてくれるかい？　五百でできそうか？」

「やってみましょう」

　フレディはほとんど晴れやかといえる顔で立ち上がった。世の中には、仲間には信頼の念を起こさせ、他人には不信の念を起こさせる力を持つ人間がいる。R・ジョーンズはスコットランド・ヤードの目には疑わしく見えても、フレディの目には頼もしく信頼できる人間に見えるのだ。感激したフレディはR・ジョーンズの手を何度も握った。

「これほど心強いことはないよ、ディッキー。それじゃ、すべて任せた。何かやったら、すぐに手紙をくれ。じゃあな、よろしく頼む。本当に恩に着るよ」

　ドアが閉まった。R・ジョーンズはその場で椅子にかけたまま、うっとりと指を動かして札をカサカサいわせた。申し分ない幸福感に胸が温まる。この仕事がうまくいくか確信はなかったものの、正直なところ、そんなことはさして気にしていなかった。確信していたのは、思いがけない天の恵みにあずかり、膝の上に五百ポンドが降ってきたという事実である。

第三章

I

エムズワース卿はシニア・コンサーヴァティヴ・クラブの広大なダイニングルームの入り口に立ち、恍惚とした笑みを浮かべている。およそ二百名の会員がナイフとフォークのぶつかる音も賑やかに昼食の席に着き、身も心も一体化する光景を眺めているのだ。あるいは「好々爺の像」のモデルを務めているのかもしれない。薄青色の瞳は眼鏡に覆われて穏やかな光をたたえ、気弱そうな口元には、あらゆる人と友好的な関係にある男らしい笑みが浮かんでいる。禿げた頭は陽光を反射して後光がさしているかのようだ。

彼に気づく者は誰もいないらしい。このところロンドンへはほとんど来ないので、クラブでは一見さん同然なのである。それに、どのみち、このクラブの会員は昼食時には目の前のテーブルに載った物以外に目をやる余裕がない。シニア・コンサーヴァティヴ・クラブのダイニングルームで一時から二時半の間に注意を引きたければ、伯爵ではなく骨つき羊肉になることだ。

伯爵には広いダイニングルームを突っ切って自分の席を見つける自主性などないから、給仕頭のアダムズがせわしなく立ち働いていなければ、永遠に立ち尽くしていたかもしれない。アダムズの生涯をかけた使命は、アルプスの山中で雪の吹き溜まりから旅人を引きずり出すセントバーナード犬よろしく、あちらこちらへ飛び回っては、昼食に来た客を席へ案内することである。

エムズワース卿の姿を見かけたアダムズは、飛んでいって恭しく救いの手を差し伸べた。

「お席をお探しでしょうか、伯爵様？　こちらへどうぞ」

もちろん、アダムズは伯爵を覚えていた。アダムズは全員を覚えている。

エムズワース卿はにこやかにアダムズの後に従い、部屋の一番奥のテーブルに落ち着いた。アダムズはメニューを手渡すと、あたかも天からの使者のように伯爵の頭上に体を屈める。

「当クラブで伯爵様のお姿をあまりお見かけしませんが」アダムズは親しみを込めて話しかける。シニア・コンサーヴァティヴ・クラブの五千人に及ぶ会員すべての好みと気質を知り、それぞれにふさわしく応対するのが彼の仕事である。相手によっては、メニューを渡す際、迅速に何も言わず無愛想ともいえる態度をとる。真剣になるあまり口をきけない場面も人生にはあることを知っているからだ。いっぽうで話好きな会員もいることを心得ており、彼らには食べ物の話題を提供するのがお決まりだ。

エムズワース卿は多少の興味をもってメニューを点検すると卓上に置き、会話を始めた。

「うん、アダムズ、この頃はロンドンにあまり来んのだ。ロンドンには魅力を感じない。田園……野原……森……小鳥たち……」

部屋の向こう側に何か注意を引くものがあるらしく、彼の声が途絶える。わずかな好奇心から、それをしばらく観察すると、伯爵は再びアダムズのほうを向いて言った。

「わしは何を話していたのだったかな、アダムズ？」

「小鳥たちです、伯爵様」

「小鳥？　どんな小鳥？　小鳥の何を？」

「田園の生活の魅力を話されておいでてした、伯爵様。その一つとして小鳥を挙げられました」

「ああ、そう、そう、そう。ああ、そう、そう。そうだ、間違いない。お前は田舎へ行くことがあるかね、アダムズ？」

「海辺へ行くことが多うございます、伯爵様。年に一度の休暇の折に」

部屋の向こうの何かが再び引力を発揮する。伯爵はそれに集中し、他のありふれた事物は念頭から消えた。そして、ややあって、トランス状態から再び戻ってきた。

「何と言ったのかな、アダムズ？」

「私は海辺へ行くことが多いと申しました、伯爵様」

「ほう？　いつ？」

「年に一度の休暇の折でございます、伯爵様」

「何の休暇かな？」

「年に一度の休暇でございます、伯爵様」

アダムズは勤務中、会員が冗談を言ったときに職業的微笑を浮かべる以外は、けっして笑わない。その代わり、この格式高い勤め先の休憩時間に笑いをため込む。そして、夜、帰宅してから妻と共有するのだ。アダムズ夫人はクラブ会員の奇矯な振る舞いのエピソードに飽くことなく耳を傾けてくれる。アダムズはふと、今日はついているぞ、と思った。その日は友人たちとの飲み会の予定があった。彼は聴衆をこよなく愛する男だ。仕事に励む姿からは想像もつかないだろうが、クラブ会員の誰彼の真似をすることで、アダムズはお笑いの芸では仲間内でかなりの評価を得ており、近頃「ぼんやり伯爵」エムズワース卿を研究する機会がないのを遺憾に思っていた。今日、伯爵が明らかに絶好の状態で現れたのはまさしく僥倖である。

「アダムズ、窓際にいるあの紳士は？　茶色いスーツを着た紳士だ」

「シモンズ様とおっしゃいます、伯爵様。昨年会員になられました」

「一度にあんなに大量に頬張る人間は初めて見たな。あれほど一口の量が多い人を見たことがあるか、アダムズ？」

アダムズは意見を述べるのを差し控えたが、内心では芸人魂に火がついた。シモンズ氏の食べっぷりは彼の物真似の十八番《おはこ》の一つだったものの、アダムズ夫人は、子供にとって悪い見本になるという理由から抵抗感を示していた。エムズワース卿がシモンズ氏を観察し批判する様子を目撃する貴重な機会を得て、一石二鳥で両方のキャラクター研究の材料を集められたから、今夜は大受けすること間違いなしだ。

「あの男は」とエムズワース卿は続けた。「歯で自分の墓穴を掘っておる。歯で自分の墓穴を掘っておるのだぞ、アダムズ。お前はあんなふうに頬張るかね、アダムズ？」

「いいえ、伯爵様」

「よろしい。アダムズ、お前はじつに分別をわきまえておる。じつに分別をわきまえておる。じつに……何の話だったかな、アダムズ？」

「私があんなふうに頬張らないという話でございます、伯爵様」

「そのとおり。そのとおり。口いっぱいに頬張ってはいかんぞ、アダムズ。ガツガツ食べてはいかん。

子供はおるか、アダムズ?」

「二人おります、伯爵様」

「ガツガツ食べないように躾けることじゃ。ガツガツ食べると、後々報いを受けるからな。アメリカ人は若いときにガツガツ食べ、消化器を壊す。わしのアメリカ人の友人、ピーターズ氏は消化不良でひどく苦しんでおる」

　アダムズは声を落として内緒話のようにつぶやいた。

「厚かましいことを申し上げるのをお許しいただければ——伯爵様、新聞で拝見いたしました」

「ピーターズ氏の消化の件を?」

「ピーターズ嬢と、フレデリック様の件でございます。僭越ながら、お祝いを申し上げるのをお許しいただけますでしょうか?」

「うん? あ、そう、婚約。いかにも、いかにも。いかにも、そのとおり。いかなる面においてもすこぶる申し分ない。そろそろ身を固め、少々分別をつける潮時だからな。息子にははっきりそう申し渡した。仕送りを止めて、城に蟄居させた。そのおかげで少しは考え直したのだろう、のらくら者の若造め。わしは——」

　エムズワース卿の頭にも霧が晴れる瞬間がある。そんな瞬間が訪れた今、独り言《ご》ちているつもりが、じつはクラブのダイニングルームの給仕頭に家庭内の秘密を打ち明けていたことに気づいた。伯爵は不意にわれに返ると、わずかに機嫌を損ねてメニューを凝視し、コンソメスープを注文した。一瞬、独白を誘ったアダムズを逆恨みしそうになったが、次の瞬間、エムズワース卿は、楔形のスティルトン・チーズと格闘するシモンズ氏の勇姿に心を鷲掴みにされ、アダムズのことは忘れ去ってしまった。

コンソメスープが効いたのか、伯爵は完璧な好々爺ぶりを取り戻し、飛び回っていたアダムズがテーブルに戻ると、再び軽い会話を交わす気分になっていた。

「つまり、新聞で婚約の記事を見たのだな、アダムズ？」

「はい、伯爵様。『デイリー・メール』紙で。かなり長い記事でございました。それと、フレデリック様とお相手のお嬢様のお写真が『デイリー・ミラー』紙に載っておりました。伯爵様が当クラブの会員でいらっしゃることを家内が存じているものですから、切り抜いてアルバムに貼っておいてくれたのでございます。こう申し上げてよろしければ、伯爵様、美しいお嬢様ですね」

「おそろしく魅力的であるぞ、アダムズ。しかも、おそろしく金持ちじゃ。ピーターズ氏は億万長者なのだよ、アダムズ」

「新聞でもそのように拝読いたしました、伯爵様」

「いやはや、アメリカは億万長者だらけらしい。どうやってなったのか、知りたいものじゃ。本心からそう思う。ピーターズ氏は好人物だが消化器は悪い。食べ物を丸呑みしてきたからな。お前は、まさか食べ物を丸呑みしたりしないだろうな、アダムズ？」

「ええ、伯爵様。非常に気をつけて食べております」

「今は亡きグラッドストン氏は一口につき三十三回嚙んでいたとか。すこぶるよい考えじゃ、急いでいないときにはな。お奨めのチーズはどれかな、アダムズ？」

「皆様に評判がいいのはゴルゴンゾーラでございます」

「よろしい、それを持ってきたまえ。なあアダムズ、アメリカ人のやり手ぶりには感心するよ。ピーターズ氏の話によれば、彼は十一歳のとき、サルーンの主人にミントを売って週に二十ドル稼いでいたそうだ。向こうではパブのことをサルーンと呼ぶそうな。なぜミントが売れたのだったか。ピーターズ氏が理由を説明してくれて、そのときはしごく当然に思えたが、忘れてしもうた。おおかたミントソース用じゃろう。大したものじゃないか、アダムズ。二十ドルといえば、四ポンド。わしは、十一歳で週四ポンド稼いだことなぞない。じつのところ、生まれてこのかた、週四ポンドも稼いだことは一度もないような気がする。ほとほと感心したよ、アダムズ。誰しも甲斐性を持たなくてはな……。ところで、アダムズ、わしはもうチーズを食べたかな?」

「まだでございます、伯爵様。ウエイターに持ってこさせようとしていたところであります」

「それには及ばぬ。代わりに伝票を頼む。約束があることを思い出した。遅れるわけにはいかん」

「フォークをお返しいただけますでしょうか、伯爵様?」

「フォーク?」

「伯爵様は、上着のポケットにフォークをうっかり入れておしまいになりました」

エムズワース卿は教えられたポケットを探ると、思いがけずトリックが成功した新米手品師のような仕草で銀メッキのフォークを取り出した。びっくりした顔でそれを見ると、訝しげにアダムズのほうを向いた。

「アダムズ、どうもぼんやりしてきたようだ。これまで、わしがぼんやりする徴候に気づいたことは?」

「いいえ、まさか、一度もございません、伯爵様」

「ふむ、すこぶる奇妙であるな。そのフォークをポケットに入れた覚えは、まったく、少しもない……。アダムズ、タクシーを頼む」

彼は室内を見回した。暖炉の傍らで一台見つかるかもしれないと期待しているかのように。

「玄関ホール係が笛でお呼びします、伯爵様」

「そうだ、決まっておる、そのとおりじゃ。ごきげんよう、アダムズ」

「ごきげんよう、伯爵様」

エムズワース卿はにこやかに、ゆっくりと戸口へ向かい、残されたアダムズは今日という日も無駄ではなかったと感じていた。緩やかに遠ざかっていくエムズワース卿の姿を、アダムズはほとんど畏敬の念を込めて見つめる。

「何たる奇人！」給仕頭は胸の内で呟いた。


陽光に照らされた通りをタクシーで進みながら、エムズワース卿はロンドンの雑踏に莞爾たる笑みを投げかける。こんなに非の打ちどころのない幸福感は、ふわふわした心と優れた健康と温かい懐を持つ老人しか抱き得ない。普通の人々にはありとあらゆる心配事がある――ストライキ、戦争、婦人参政権運動、出生率の低下、当世盛んになるいっぽうの物質主義、その他諸々の問題。じつに、心配事こそ二十世紀の特性であるように見える。エムズワース卿には心配事などない。生来、人生の不快さを見事にはねつける精神を授かっているため、不愉快な考えが頭に浮かんでも、次の瞬間には消え失せている。人生で忘れてはいけないのは、小切手帳は右側の一番上の引き出しに入っていること、次男のフレディ・スリープウッドはおつむの弱い若造で目が離せないこと、何らかの疑問が生じた場合は秘書のルパート・バクスターに尋ねればいいことくらいだ。それら最重要事項以外に数分以上覚えていられることは、ついぞない。

一八六〇年代、イートン校では、皆が彼をボンクラと呼んでいた。

彼の人生は、人間を神の域に近づける高尚な感情を欠いていたかもしれないが、きわめて幸せだったことは否定の余地がない。野心を満たして達成感を覚えたことはない反面、野心が満たされない苦悩を覚えたこともなかった。死後、彼の名はイギリスの歴史年代記に残りはしないだろう。彼はそれを気に病む苦しみを免れていた。なぜなら、歴史年代記に名を残したいという欲がないからだ。おそらく、彼はこの喧騒の世紀に人間が到達し得る限りの満ち足りた境地に達していた。実際、タクシーで移動しながら、あのじつに魅力的な娘のことを考えた。ウェストエンドの劇場のコーラスガールではなく、お金がどっさりあって家柄のいい娘、瞬間的に魔がさしたおかげでフレディと結婚の約束をしてくれた娘のことだ。そして、枯れたバラの葉が一枚もない幸せな人生がようやく実現したと思う。


タクシーが停まったのは、花盛りのプランターで窓辺を明るく飾った家の前である。エムズワース卿は運転手に料金を支払い、歩道に立ってこの華やかな家を見上げ、どうしてここへ連れてくるよう運転手に頼んだのか、思い出そうと努めた。

しばらくの間じっと考えて、謎が解けた。ここはピーターズ氏が街に構える別宅で、自分はピーターズ氏のスカラベのコレクションを見に来るよう招かれたのだった。

間違いない。もう思い出した。スカラベのコレクション。

それとも、スカラ座？

エムズワース卿は微笑んだ。もちろん、スカラベだ。スカラ座はコレクションできるようなものではない。呼び鈴を鳴らしながら、スカラベとは一体何だろうと、ぼんやりと考えた。何であれコレクションの類には漠然とした興味がある。どんなものでも鑑賞する機会は歓迎だ。
おおかた魚の一種ではなかろうか。

Ⅱ

世の中には休むことを知らない人たちがいて、彼らは仕事を変えることでしか余暇を味わえないようにできている。その数はけっして少なくなく、フレディの婚約者アリーンの父J・プレストン・ピーターズ氏もその一人だった。そして、この長所あるいは短所ゆえに、彼はいささか地味な種類の骨董品――古代エジプトのスカラベに、ほとんど偏執的に熱中している。

五年前、ピーターズ氏は神経衰弱に陥り、ニューヨークの専門医にかかった。

専門医は同様の患者たちのおかげで財を築いており、いつも同じ助言をした。ピーターズ氏にも、何か趣味を持つよう強く勧めたのだ。

「どのような趣味を?」ピーターズ氏は苛々しながら尋ねた。ちょうどこの頃、消化不良にも悩まされ始め、上機嫌からはほど遠かった。

趣味という言葉そのものが、無意味で馬鹿げているように思えた。趣味を持たずに仕事に励むことが、彼の趣味だったのだ。そして、専門医が指摘したとおり、そのせいで、たった今、助言の代金として百ドルの小切手を切った。これがピーターズ氏にはこたえた。不必要な小切手を切るのはごめんだ。それを避ける唯一の方法が趣味を持つことなら、趣味を持たねばならない。

「どんな種類の趣味でもよろしい」専門医は言った。「商売の他に、興味のあることが何かあるでしよう？」

ピーターズ氏は何も思いつかなかった。食事にさえ興味が失せ始めていたのだ。

「ところで、私の趣味は」と専門医が話し出した。「スカラベのコレクションです。あなたもスカラべを集めては？」

「そう言われても」とピーターズ氏は答えた。「皿に載せて出されても、それが何か、私にはわからないでしょうな。そもそもスカラベとは何です？」

「スカラベは」専門医は、得意の話題を熱っぽく語った。「エジプトのヒエログリフにも関係します」

「それで、エジプトのヒエログリフとは何なのです？」ピーターズ氏が尋ねる。

専門医は、ピーターズ氏には郵便切手の蒐集を勧めたほうがよかったのではないかと迷い始めた。

「スカラベはラテン語のスカラベウスに由来し、黄金虫《こがねむし》の一種（タマオシコガネ。俗称フンコロガシ）のことです」

「黄金虫なんか集めるのはごめんです」ピーターズ氏はきっぱりと言った。「黄金虫は大嫌いだ。黄金虫には虫唾が走る」

「スカラベは、黄金虫を象《かたど》った古代エジプトの工芸品なのです」専門医はまくし立てた。「スカラベで最も一般的なのは、指輪の形をしたものです。スカラベは印章として用いられました。数珠玉や装飾品としても使われました。スカラベのなかには、場所の名などの文字を刻みつけたものもあります。たとえば『メンフィスの力は永遠なり』とか」

ピーターズ氏の蔑みは突如、強烈な関心に変わった。

「そういう品をお持ちですか？」

「そういう、とは――？」

「メンフィスを称えるスカラベですよ。私の故郷なのです」

「スカラベに刻まれているのは、おそらく、どこか他のメンフィスのことだと思いますが」

「テネシー州メンフィスの他に、メンフィスがあるものですか」ピーターズ氏は愛郷心に突き動かされて言った。

専門医は、自分は神経科の医師であり神経科の患者ではないという事実に基づき、患者とはけっして口論しないのを習わしとしていた。

「そうかもしれませんね。私のコレクションをご覧になりますか？　隣の部屋にあるのですよ」

それがピーターズ氏のスカラベ熱の始まりだった。当初は好きでもないのに蒐集していた。何かを蒐集しないと神経衰弱が治らないからというのも理由の一つだったが、それよりも、辞去する際に専門医が発した言葉によるところが大きかった。

「こういう物をこれだけの数集めようと思ったら、どのくらい時間が必要ですか？」ピーターズ氏は、これほど退屈な物の寄せ集めを見るのは記憶するかぎり初めてだったが、ひととおり見たあとで帰り支度をしながら尋ねた。

医師は胸を張って答えた。

「時間？　この一大コレクションができるまでの時間ですか？　長年ですよ、ピーターズさん。そう、長い長い年月です」

「私なら半年でやってみせますよ。百ドル賭けてもいい」

その時からピーターズ氏は、それまで莫大な富と重度の消化不良を得るために費やしてきたエネルギーの総量に匹敵する凄まじいエネルギーを、スカラベ蒐集に投じた。ネズミを追いかける犬のようにスカラベを追い求めた。世界の隅々からスカラベを漁り、一年もすると、量だけを見れば記録的なコレクションを有するに至った。

彼の人生における「スカラベ的側面」の第一段階は、そこで終わった。蒐集は習い性となったものの、まだ真に熱中してはいなかった。彼はふと、多少の刈り込みと排除を実行する頃合いだと感じた。専門家を呼び、蒐集品の検分と、いみじくも「役立たず」と呼ぶ品々の間引きを命じた。専門家は徹底的に仕事をした。その結果、コレクションはわずか十二点に縮小された。

「他はほとんど価値がないものばかりです」というのが専門家の説明だった。「考古学者から見て値打ちのあるコレクションにしたいなら、それらは捨ててしまうことをお勧めします。残った十二点は、いいものです」

「『いい』というのはどういう意味だ？　なぜ、このなかに値打ち物とゴミ同然の物があるのだ？　私にはどれもこれも同じに見えるが」

すると専門家は二時間近くにわたり、新王国、中王国、オシリス、アメン、ムト、ブバスティス、王朝、クフ王、ヒクソスの王たち、円筒印章、ベゼル（枠）、アメンホテプ三世、ティイ王妃、ミタンニ王国のギルヒパ王女、ジャルカの湖、ナウクラティス、死者の書について、ピーターズ氏に語った。喜々とした口ぶりだった。講釈するのが好きなのだ。

話が終わるとピーターズ氏は礼を言い、バスルームへ行って、こめかみにオーデコロンを吹きかけた。

この講釈により、J・プレストン・ピーターズは変わった。手当たり次第にスカラベを欲しがる傲慢な蒐集家から、真のスカラベ愛好家へと変身したのだ。蒐集の対象が何であれ、造物主から蒐集家魂を与えられた者は、蒐集し始めた物を熱愛するようになる。それまでお金を蒐集してきたピーターズ氏は、同じだけの熱意を傾けてスカラベの蒐集に乗り出した。関心の対象が蝶でも古い陶器でも同じように夢中になっただろうが、たまたまスカラベの蒐集に手を染め、歳月と共にますます心を奪われた。次第に女性への愛よりもスカラベへの愛が高じていった。蒐集家だけが知る愛だ。そして、この死に絶えた文明の興味深い遺物に精通するようになる。頭の中でスカラベと事業が甲乙つけがたく競った時期もあった。事業から引退すると、もはや何の支障もなくスカラベへの情熱を人生の中心に君臨させることができた。コレクションのスカラベの一つ一つを、守銭奴が金を愛でるがごとく愛でた。

　ピーターズ氏を見ればわかるように、蒐集は飲酒に似ている。楽しみとして始めるが、しまいに執着となっていく。

　メイドがエムズワース卿の到着を告げたとき、ピーターズ氏は目を細めてお宝に見惚れていた。ほぼあらゆる面でまったく対照的な二人の男の間に、一種の興味深い相互的忍耐――友情と呼べるほど尊いものではない――が生まれていた。彼らは互いに尽きることのない驚異を感じながら相手を見る。視点も生活様式もすべてが自分とは異なる相手を前にしたとき、人はそんな態度をとるものだ。アメリカ人の活力と気力はエムズワース卿を魅了した。自分とはまったく無縁なものとして、エムズワース卿は活力と気力を好ましく感じた。興味を抱いたのだ。それらを自分が持たないことを喜びつつ、眺める対象として楽しんだ。ちょうど、紫色の雌牛になりたくはないが、それを眺めるのは構わないというように。ピーターズ氏のほうは、長く波乱万丈な人生の中で、エムズワース卿のような人物にはこれまで一度も出会ったことがなかった。いろいろな人や街を見てきたが、エムズワース卿は新奇だった。実際、互いが相手にとって、果てしなく続く無料の見世物《フリークショウ》だった。関係を強める材料が必要ならば、互いに蒐集家であるという事実が役立つだろう。

他のあらゆる面と同じく、蒐集においても二人はまったく異なる。ピーターズ氏の蒐集の仕方は前述のとおり熱心で、猛烈で、集中的だった。エムズワース卿の蒐集は、彼の生活のあらゆる細部と同じく、愛すべき緩さに満ちていた。ブランディングズ城の陳列室には値がつけられない品から値がつかない品まで、じつに多彩な骨董品がある。柱となるテーマはない。素人によるがらくたの寄せ集めにすぎない。ライバルの蒐集家なら天井知らずの競り値をつけるに違いないグーテンベルク聖書の隣に、ワーテルローの戦場から拾ってきた弾丸が置かれている。バーミンガムの業者が観光客用に調達した一万発の一つだ。そのどちらも、持ち主にとってはいずれ劣らぬ逸品なのである。

「親愛なるピーターズさん!」室内に歩を進めながら、エムズワース卿は快活に言った。「お約束の時間に遅れてはおりませんね。わがクラブで昼食をとってきたのですが」

「こちらで昼食を、と申し上げておけばよかったですな」ピーターズ氏が言う。「とはいえ、私の体調はご存じのとおりで。医者からナッツと青菜ばかり食べるように言われ、そう約束したものですから、一人で、あるいはアリーンとなら約束を守れます。ただ、誰かと同席して、相手がまともな食事をするのを見るのは、辛すぎまして」

エムズワース卿は同情を示す言葉をモゴモゴと言った。相手が消化に関して苦労していると聞き、親身に心を痛めたのだ。優れた健啖家であるエムズワース卿にとって、ピーターズ氏の苦しみは察するに余りあった。

「お気の毒に」エムズワース卿が言う。

ピーターズ氏が会話の方向を変える。

「これが私のスカラベです」

エムズワース卿は眼鏡をずり上げた。穏やかな微笑みがその顔から消え、あとには例の表情が浮かぶ。映画会社の演出家なら見覚えがある表情だ。エムズワース卿は興味を「表現」していた――興味があるという振りを完璧にしなければならないことに、最初の瞬間から気づいていた。なぜなら、ピーターズ氏が話し始めた瞬間、本能的に、いまだかつて経験がないほど退屈させられそうだと感じたからだ。

イギリスの貴族階級の悪口なら、いくらでも言える。赤いネクタイを締めて社会党の集会に参加するのも結構。だが、ある種の危機において血は争えないことを、われわれは認めざるを得ない。イギリスの由緒正しい貴族は、退屈が苦行の域に達しても、それをおくびにも出さないという芸を世界中の誰よりも得意とする。幼い頃から田園の邸宅に滞在し、毎朝、邸宅の主人に同行して厩の馬を見て回り、死ぬほど退屈であるにもかかわらず楽しそうな振りをすることに慣れていく。このスパルタ式教育が、後年大いに役に立つ。

そういうわけで、エムズワース卿が痛ましいまでに礼節を固持し、偏執的蒐集家が語る偏愛の対象についての蘊蓄に耳を傾ける難役をこなす様は見ものだった。本当は上の空でありながら、早い段階から音楽的な「ほう!」を使用し始め、一定の間隔で発するその相槌だけで、ピーターズ氏の期待に完璧に応えているようだ。

ピーターズ氏は芝居っ気を発揮して、いつも以上に熱を込め、夢中で話を続ける。相手が疲れても、本人は疲れない。口調には淀みがない。新王国、中王国、オシリス、アメンについて述べた。雄弁に磨きをかけ、ムト、ブバスティス、クフ王、ヒクソスの王たち、円筒印章、ベゼル、アメンホテプ三世について語った。ティイ王妃、ミタンニ王国のギルヒパ王女、ジャルカの湖、死者の書に触れながら、ときおり抒情的にもなった。

　時が過ぎていく……。

「これをご覧ください、エムズワース卿」

　エムズワース卿はハッとし、まばたきして、意識を取り戻した。あたかも恋人のことや事業計画のことを考えながら歩いていて街灯柱に勢いよくぶつかり、不快な衝撃と共に現実世界に引き戻された人のように。エムズワース卿の心は遠くへ行っていた。七十マイル彼方のブランディングズ城の快い温室と、庭園の小径の木陰をさまよっていたのだ。ロンドンへ引き戻されると、この家の主人ピーターズ氏が誇らしさと崇敬の念の混じり合った表情で、小さな薄汚れた物体を差し出していた。

　エムズワース卿はそれを受け取り、眺めた。それが、今すべきことだと思われたからだ。そこまでは万事順調だった。

「ほう！」

　都合のいいその言葉がすべてを覆い隠してくれる。エムズワース卿はそれを繰り返し、その場を切り抜けたことに安堵した。

「第四王朝のクフ王ですぞ」ピーターズ氏が熱っぽく語る。

「何とおっしゃいました？」

「クフ王です！　第四王朝の！」

　エムズワース卿は追い詰められた雄鹿のような気がしてきた。際限なく「ほう！」と言い続けるわけにはいかなかったが、この奇妙な小さい黄金虫のような嫌らしい物体について、他にどんな言葉があるというのか？

「驚きましたな！　クフ王とは！」

「第四王朝のね！」

「こいつはたまげた！　第四王朝とは！」

「ご感想はいかがです、伯爵？」

率直にいえば、エムズワース卿にとって、それは何の価値もない品であり、その意見をどんなふうに外交辞令で包み隠そうかと思案していた。そのとき、善人をけっして見捨てない天佑がドアにノックの音を響かせ、エムズワース卿を救った。

ピーターズ氏の無愛想な返事を受けてメイドが入ってくる。

「失礼いたします、ご主人様。スリープウッド様がお電話でお話ししたいそうです」

ピーターズ氏は客人のほうを向いた。

「ちょっと失礼しますよ」

「どうぞ」エムズワース卿は感謝しつつ言った。「どうぞ、どうぞ、どうぞ。ご遠慮なく」

ピーターズ氏の背後でドアが閉まった。エムズワース卿一人が部屋に取り残された。

しばらくの間、彼はその場に突っ立ったままでいた。手の中にある物に注意を払っている様子はない。しかし、ピーターズ氏はすぐに戻ってはこなかった。どこか遠いところから、彼のよく響く声がかすかに聞こえてくる。エムズワース卿はぶらぶらと窓へ近寄り、外を眺めた。

静かな通りを、相変わらず陽光が明るく照らしている。通りの向こう側に木々が見える。エムズワース卿は樹木が好きだった。嬉しそうに木々を眺めた。曲がり角の向こうから、みすぼらしい男が花を積んだ手押し車を押して来た。

花！　エムズワース卿の心は伝書鳩のごとくブランディングズ城へ舞い戻った。花！　庭園の紫陽花《あじさい》をどうするか、園丁頭のソーンに適切な指示を与えたか否か？　与えなかったとすれば、ソーンが紫陽花にふさわしい手入れを自分の頭で考えて実践することをあてにできるだろうか？

エムズワース卿は園丁頭のソーンについて考えに耽り始めた。

奇妙な小さい物体が手の中にあることに、気づいてはいた。それをちょっと検分してもみた。それは何も訴えてこない。何か意味のある物のようだが、何だったか思い出せない。

彼はそれをポケットにしまい、瞑想に戻った。

III

エムズワース伯爵がピーターズ氏との約束に間に合わせようとタクシーに乗っていた頃、ストランドのシンプソンズ・レストランでは、隅のテーブルに二人の客が座っていた。一人は小柄で可愛らしく気立ての良さそうな二十歳くらいの娘、もう一人はがっしりした体格の若者で小さな口髭をはやし、赤茶色の硬そうな髪は短く刈っている。彼の表情には熱意と決意が入り交じっていた。娘はアリーン・ピーターズ。若者の名はジョージ・エマソン。フレディに言わせれば、香港の警察官か何か。正確には、遠く離れたその地の警察副隊長で、今は休暇で一時帰国中だ。無骨な四角い顔で、顎に意志の強さと粘り強さが表れている。

ロンドンにはあらゆる種類のレストランがある。パリにいるのかと思わせる店もあれば、パリにいられたらよかったのにと思わせる店もある。ピカデリーには豪華な店が、ソーホーには古ぼけた屠畜室が、オックスフォード街とトテナム・コート・ロードには奇妙な食品製造所がある。プトマイン（死毒）（動物の死骸が腐敗してできる有毒物質）専門店、奇怪な野菜のごった煮の専門店もある。しかし、シンプソンズは一つしかない。

ストランドのシンプソンズは唯一無二だ。イギリス人はここで、半ドルというわずかな金を投じれば、いやというほど食べ物を詰め込める。飽食の神の加護があるのだ。基調は揺るぎない満腹感だ。毎年恒例の聖職者大会のためイギリス各州からロンドンに集まる聖職者は、ここで一度存分に腹ごしらえをし、翌年の大会まで保たせる。息子を連れた父親や、甥っ子を連れた伯父はシンプソンズへ駆け込みながら、胸の内でこの店の創業者に幸あれと祈る。若い底なしの胃袋を手頃な値で真に満たすことができる店は、ここしかないからだ。武闘派の婦人参政権運動家は、最後のハンガーストライキを終えるとここへ来て、失った贅肉を取り戻す。

ここは居心地のいい、心が和む温かい店だ。安らぎに満ちた「食の神殿」である。耳障りなオーケストラにせかされ、ラグタイムが流れるなかで牛肉を丸呑みする羽目になることもない。中央に長い通路があるわけではないので、しじゅう訪れる新しい客に気を散らされる心配もない。ただ目の前の料理と差し向かいで座っていればいい。そうすれば、白衣に身を包んだ司祭たちが煙を吐くワゴンを押して動き回り、いつでも食物を補給してくれる。

この神殿の信者は店内の至る所で大小のテーブルを囲み、例の決然と集中した眼差しを皿に注ぐ。

そんな眼差しができるのは昼食時のイギリス人と、セオドア・ローズヴェルト元大統領が探検記で紹介したアマゾン川の人食い魚と、夜に畑の作物を食い荒らすヨトウムシだけである。

シンプソンズでは会話は弾まない。今現在、店内にいる客のなかで、おしゃべりする気を見せているのは二人だけだった。アリーン・ピーターズとその連れである。

「あなたが結婚すべきお相手は、ジョーン・ヴァレンタインよ」アリーンが言う。

「俺が結婚する相手は」ジョージ・エマソンが言う。「アリーン・ピーターズだ」

その言葉に答える代わりにアリーンは傍らの床から写真の載った新聞を拾い、終わりに近いページを広げて、テーブル越しに彼に渡した。

ジョージ・エマソンは蔑むような目で一瞥する。そこには二枚の写真が載っていた。一枚にはアリーンが、もう一枚には太り気味の冴えない青年が苦虫を嚙み潰したようなどんよりした顔で写っている。若いイギリス人はカメラの前で必ずこういう表情をする。

一枚の写真の下には「アリーン・ピーターズ嬢。六月にフレデリック・スリープウッド氏と結婚予定」、もう一枚には「フレデリック・スリープウッド氏。六月にアリーン・ピーターズ嬢と結婚予定」と記されている。写真の上の見出しには「近づく国際結婚。エムズワース卿の子息がアメリカの令嬢と挙式予定」とある。写真の一隅で星条旗をまとったキューピッドが弓を男性のほうへ向け、もう一枚の写真ではユニオンジャックを颯爽と巻きつけたキューピッドが女性に狙いを定めている。

編集助手はやるべき仕事をきちんとしていた。紙面には曖昧さがない。読者に伝えようとしたのは、アメリカのアリーン・ピーターズが、エムズワース卿の息子フレデリック・スリープウッドと結婚するということだった。そして、まさにそれが、平均的読者が受ける印象だった。

しかしながら、ジョージ・エマソンは平均的読者ではない。彼は編集助手の仕事に感心しなかった。

「新聞に載っていることを全部信じちゃいけない。このぷくぷくした水着姿の子供たちは何をしているんだ？」

「キューピッドよ、ジョージ。小さな弓で私たちを狙ってるの——可愛らしくて、独創的な思いつきだわ」

「なぜキューピッドが？」

「キューピッドは愛の神様なの。あなたったら、夜間学校にも行かなかったのね」

「愛の神様とどんな関係があるんだい？」

アリーンは平然とフライドポテトを貪っている。

「あなた、私を怒らせようとしているだけでしょう。言わせてもらえば、それって、とっても意地悪だわ。食事中に怒るのがどれほど体に障るか、嫌というほど知っているでしょう。父の消化不良は機嫌の悪いときに食事したせいなのよ。ジョージ、あの太めで気のいい給仕さんがワゴンを押してこっちへ来るわ。合図して、羊肉をもう少し切ってもらってちょうだい」

ジョージは不機嫌そうにあたりを見回す。

「一体どうしてロンドンのやつらはみんな同じに見えるんだ？　以前、中国人はみんな同じに見えるぞって言われた。しかし、香港には見分けがつきにくい中国人なんか一人もいやしない。それなのに、こいつらときたら——」視線を泳がせ、店内を見渡す。そして、再び隣のテーブルのずんぐりした若者に視線を戻した。そもそも、この若者を見てフレディ・スリープウッドを思い出したせいで、小言を並べ始めたのだ。黙々とうまそうにフィッシュパイをかじる人畜無害な若者を、ジョージはにらみつけた。「あそこに灰色のスーツを着た男がいるだろう？　あのどんよりした顔をごらん。目が虚ろだ。もしもあいつが君のフレディをボコボコに殴ってどこかに縛りつけ、代わりに教会に現れたら、君は違いがわかると自信を持って言えるかい？　ふん、どうせ『あら、フレディ、今日は自然な表情ね』なんて言って疑いもせずに式を終えるんじゃないかい？」

「あの人、ちっともフレディに似てないわ。それに、あなたは彼をフレディって呼ぶべきじゃないわ。彼を知らないんだから」

「いや、知ってる。そのうえ、彼から直々に、フレディと呼んでくれって言われたよ。『おっとっと、勘弁してくれよ、いつまでもスリープウッドって呼ぶのは。仲間うちじゃフレディさ』。彼はまさにそう言った」

「ジョージったら。作り話でしょ」

「とんでもない。彼とは昨夜、ナショナル・スポーティング・クラブでボクシングを観戦中に出会ったんだ。ポーキー・ジョーンズがエディ・フリンと二十ラウンドを闘っていた。俺は三対一でエディに賭けるって、隣にいたフレディに持ちかけたんだ。そうしたら、奴さん、それに乗って五ポンド札を何枚も出しやがった。君の大切な人がボンクラだという証拠さ。子供が見たって、エディが優勢なのがわかるような試合だったからね。試合のあと、スリープウッドは打ち解けて、君は本当の友達だから、フレディと呼んでくれって言うんだ。あいつが俺を本当の友達と呼ぶのは、賭けで負けた分の支払いを俺が待ってやっているからさ。どうやら親父さんに仕送りを打ち切られ、遊ぶ金にも事欠いているらしい」

「あなたは私の心に毒を入れて、彼を嫌いにさせようとしているだけよ。そういうやり方にはあまり感心しないわ、ジョージ」

「どういう意味だい、心に毒を入れるって？　俺は君の心に毒を入れてなんかいない。ただ、あいつについていくらか教えているだけさ。君もよくわかってるだろう、君は彼を愛しちゃいない、彼と結婚なんかしない、俺と結婚するんだって」

「私がフレディを愛していないって、どうしてわかるの？」

「君が俺の目をまっすぐに見て彼を愛しているって言えるなら、俺はすっかり諦めて、花嫁の付き添いの男の子の格好をして、君のドレスの裾を捧げ持って教会の真ん中の通路を進むよ！　さあ、どうだい？」

「そうやってあなたがおしゃべりしている間に、給仕さんは向こうへ行っちゃうわ」

ジョージが合図をすると、サービス精神旺盛な「司祭」はワゴンを方向転換してこちらへやって来た。アリーンが言葉と身振りで指示したとおりに羊の肩肉が切り分けられる。

「堪能してくれたまえ」エマソンが冷ややかに言う。

「ええ、そうするわ、ジョージ、そうする。イギリスのお肉はなんて美味しいのかしら」

「もう少し心の問題に関心を持ってくれると嬉しいな。ここで食材の話ばかりしたってつまらないよ」

「ジョージ、あなただって今の私の立場にいたら、他のことなんか話す気になれないでしょうよ。気の毒な父のためを思ってつきあっているけれど、ときには、あんな食餌療法なんか始めてくれなければよかったのにと思ってしまう。若くて健康な女の子にとって、ナッツと青菜だけで命をつなぐのがどんなことか、あなたにはわからないでしょう」

「どうして君がそんなことをしなきゃならないんだい？」エマソンが口を挟む。「アリーン、いいかい、君がお父さんにしていることは、まったく馬鹿げている。もちろん、お父さんの悪口を言いたくはないが――」

「どうぞ、ジョージ。遠慮はいらないわ。言いたいことをお言いなさい」

「わかった、そうするよ。はっきり言わせてもらおう。君も分かっているだろうが、君がそんなふうだから、お父さんが威張るんだ。君のせいだとか、お父さんのせいだとか、誰のせいだとか、言うつもりじゃない。俺はただ、事実をありのままに述べている。たぶん性格の問題だろう。君は大人しく、お父さんは押しが強いから、つけ込まれる。まず、この食事問題を考えてみよう。お父さんは消化不良になり、その結果、ナッツとバナナなんかを主食にせざるを得ない。どうして君がお父さんに無理強いされなきゃいけないんだ？」

「無理強いじゃないわ。父に無理強いされているわけじゃなく、私が父を励ますために、やればできるってことを見せるために、やっているの。私が挫折したら、父もたちまちやる気をなくし、フォアグラのパテやロブスターに一目散に駆け寄って美食三昧、すっかり元の木阿弥になるわ。そして、痛みで七転八倒するの。父みたいに中学生並みの食欲と、ロックフェラー並みの消化不良を同時に抱えるのがどんなに悲惨か想像できる、ジョージ？　どちらか一つだけだったら、大したことはないけれど、両方を同時に抱えたら、悲惨よ」

ジョージは出鼻を挫かれたが、意を決して攻撃を再開する。

「わかった、君が本当に自分の自由意志で断食しているなら、もう言うことはない」

「でも、言おうとしていたんでしょう、ジョージ？」

「それじゃ、あの愚か者フレディとの結婚問題に移ろう。お父さんが君に押しつけているんだ。君が自分は自由な人間だと言うのは大いに結構だし、今日び、父親は娘に強権を振るわないものだ。ただ、困ったことに、君のお父さんはそうしている。君はお父さんが君を思い通りにするのを許している。君がフレディとの馬鹿げた結婚話を終わらせようとしないのは、勇気がないからだ。勇気を見つける手助けをしてあげよう。君が金曜日にブランディングズ城へ行くとき、俺も行くよ」

「ブランディングズ城へ？」

「昨夜、フレディに招待された。おそらく、俺に借りがあるから、利子のつもりだろう。とにかく招待されたから、受けた」

「まあ、でも、ジョージったら、あなた、エチケット本も、新聞によく載っている『完璧な紳士』になるためのヒントも、生まれてこのかた一度も読んだことがないんじゃない？　人に招待され、その厚意を利用してその人のフィアンセを奪おうとするなんて、いけないことだと思わないの？」

「見ているがいいさ！」

アリーンの瞳に夢見るような表情が浮かぶ。

「伯爵夫人になるって、どんな感じかしら」

「君には一生わからない」ジョージは憐れむように彼女を見た。「かわいそうに、あのドラ息子フレディが将来伯爵になると信じて、この婚約に惹かれたのかい？　奴らは君を弄んでいるんだ。フレディは相続人じゃない。兄のボシャム卿はプロボクサー並みに頑健で、健康な息子が三人いる。フレディが爵位を手に入れられる可能性は、俺と同じくらいしかないね」

「ジョージ、あなた、悲しいくらい何も知らないのね。爵位を継ぐ人は、いつだって家族全員でヨットで航海に出て、難破して溺れ死ぬのよ、子供たちもろとも。イギリスの小説では必ずそうなるの」

「いいかい、アリーン。一つはっきりさせよう。オリンピック号の船上で会って以来、俺は君に恋している。船旅の途中で二度、ロンドンへ向かう車中で一度、求婚したね。それが八カ月前で、それ以来、折にふれて君に求婚してきた。家族に会うために数週間スコットランドへ行き、戻って来てみたら、どうだ？　君があの邪魔者フレディと結婚の約束をしたっていうじゃないか」

「フレディに対する紳士的態度にはお礼を言っておくわ。あなたの立場にいたら、大抵の男性は、彼のことをけちょんけちょんにけなすでしょうから」

「うん、俺はフレディになんら含むところはない。実際、間抜けだし、顔は気に食わないが、それ以外は我慢できる。それにしてもだ、君は将来、彼と結婚しなくてよかったと思うに違いないよ。君はもっと現実的な人だ。仕事に打ち込む男にとって、どんなに素晴らしい奥さんになるだろう！」

「フレディが打ち込んでいるのは、どんな仕事？」

「今はフレディじゃなくて俺自身の話をしている。俺がくたくたになって家に帰ってくるとしよう。職場で何かうまくいかないことがあったんだ。ヘトヘトで、落ち込んでる。そこへ君が来て、ひんやりした白い手を俺の額に優しく当てて――」

アリーンは首を横に振る。

「無駄よ、ジョージ。本当に、目を覚まして。あなたのことはとても好きだけれど、私たち、相性がよくないわ」

「なぜ？」

「あなたは強すぎる。まるで爆弾みたいに強烈。本の中に出てくる『超人』じゃないかと思えるくらい。あなたはわが道を行きたい、他の道は行きたくない。きっと、香港でしじゅう人を動かさなければならないし、そういうお仕事のせいね。フレディときたら、できるのは輪くぐりと死んだ真似くらいでしょうけれど、私たち、世界一幸せな夫婦になれるわ。私は大人しくて穏やかすぎて、あなたを幸せにはできない。あなたに必要なのは、あなたと対等に渡り合える人。ジョーン・ヴァレンタインみたいな人よ」

「そのジョーン・ヴァレンタインって名前を君が口にするのは二度目だ。一体誰なんだい？」

「学校の同級生。あなたも知ってのとおり、私はイギリスの学校へ行っていたの——母は私にイギリス風の話し方とか、あれこれを身につけてほしかったみたい。ジョーンと私は大親友だった。少なくとも私のほうは彼女を崇拝し、彼女のためなら何でもできたと思うし、彼女も私を好きだったと思う。でも、私はアメリカへ戻り、お互いに連絡が途絶えてしまって。昨日、街でばったり会ったら、ちっとも変わっていなかった。彼女はあれ以来、とても大変だったのよ。お父様はかなりお金持ちだったけれど、突然亡くなって、気づけば、お金をまったく残してくれなかったの。入ってくるお金をいつもそっくり使ってしまっていた。生命保険にも入っていなかったのですって。ジョーンからかいつまんで聞いたかぎりでは、私たちが最後に会ってから、彼女はロンドンへ出てきて、ほとんどありとあらゆる仕事をしてきたらしいの。お店で働いたり、舞台に上がったり、他にもいろいろなことを。それって大変だと思わない、ジョージ？」

「ゾッとするね」エマソンは言った。ヴァレンタイン嬢にはちっとも興味がわかなかった。

「ジョーンはとっても勇気があって、生き生きしているの。彼女ならあなたと対等に渡り合えるわ」

「それはどうも！　でも、俺が結婚に対して抱いているイメージは、果てしない対決ではない。俺にとって妻というのは、感じがよくて、優しくて、心が和む存在だ。だから君を愛するんだ。俺たち、世界一幸せな――」

アリーンは笑った

「ジョージったら！　さあ、お勘定を済ませて、タクシーを呼んでちょうだい。家でしなくちゃいけないことがいくらでもあるの。フレディがロンドンにいるなら、会いにくると思うし。フレディとは誰か、もう一度教えてあげましょうか？　フレディは私のフィアンセよ、ジョージ。いいなずけ。私がもうすぐ結婚する相手よ」

エマソンは呆れたように首を振る。

「フレディのことが頭から離れないなんて、君もおかしな人だな。まあ、いいさ。俺も金曜日にはブランディングズ城へ行く。どんなことになるか、お楽しみだ。ただ、忘れないでくれよ。君と俺は結婚するし、この地球上の何もそれを止めることはできない。それは明々白々たる事実だってことを」

Ⅳ

たいそうな学費を費やしてきた頭でっかちな小説家が昨今こぞって小説を放棄し、映画のシナリオに転向している理由は、シナリオのほうが各段に簡単で面白いからだ。

たとえば、この物語が劇映画だったら、ここで映写技師がスクリーンに次のような字幕を映し出すことだろう。

「ピーターズ氏、スカラベの紛失に気づく」

それに続く短い場面で観客が目にするのは、セットの室内で腹を立てた小男が険しい顔で目をむき、まず「発見」、次に「狼狽」の表情を浮かべる様子だ。すべてはほんの一瞬で表現できる。活字で表そうとすれば、かかる手間ははるかに多い。

父親から怒りの矛先を向けられたのは、アリーンだった。ピーターズ氏は客が去ってまもなく、スカラベコレクションの至宝も消えているのに気づいたのだ。とばっちりを受けるのは、つねに罪もない傍観者である。

「あのコソ泥ジジイめ！」

「お父様！」

「ただそこへ座って『お父様！』と言うしか能がないのか！　『お父様』と言って何になる？　何かの役に立つとでも思うのか、『お父様！』と言うのが？　スカラベを盗られるくらいなら、あの海賊ジジイに家屋敷を盗られたほうがまだましだ。あいつは手練れの盗人だ！　あいつを信じたばっかりに、よりによって名品中の名品を持ち去られた。わが娘と結婚する男の父親として信用したからこそ、ほんの一瞬、コレクションを置いた部屋に一人きりにしたのだ。蒐集家というものは道徳なんぞ持ち合わせておらん、これっぽっちもな。ジェシー・ジェイムズ（一八四七―一八八二。アメリカで銀行強盗などをした無法者）、キャプテン・キッド（一六四五？―一七〇一。スコットランド生まれの海賊）、ディック・ターピン（一七〇五―一七三九。イギリスの追い剥ぎ）が組んだ犯罪組織のほうが、蒐集家よりもまだ信じられる。わしの第四王朝クフ王！　五千ドルやると言われたって手放さなかったのに」

「でも、お父様、伯爵にお手紙を書いて、返していただくように頼むことはできませんの？　伯爵は、それは優しそうなご老人よ。スカラベを盗むおつもりではなかったに違いないわ」

ピーターズ氏の燃え盛る魂から噴き出した蒸気が、荒い鼻息となって放出される。

「盗むつもりではなかった！　じゃあ、何のつもりだったと思う？　わしが失くすといけないから、持ち出して安全に保管するためだとでも？　盗むつもりではなかったと！　きっとあいつの盗癖《クレプトマニア》は社交界では周知のことだ。来訪が告げられるや、友人たちはスプーンを鍵つき戸棚にしまい込み、警察に通報して分隊の派遣を依頼し、玄関ドアがくすねられていないか調べさせるだろう。もちろん、あいつは盗むつもりだったのさ。あいつの田舎の屋敷には陳列室がある。わしのクフ王がそれに彩りを添えるというわけだ。あれを取り戻すためなら五千ドル出してもいい。ブランディングズ城に押し入ってスカラベを奪回し、わしに返す意気のある賊がこの国にいるのなら、そいつのために、ほら、ここに五千ドルある。そいつにやる気さえあれば、ついでにあの老いぼれ海賊の頭をバールで殴ってもらってもいい」

「でも、お父様、ただ伯爵のところへ行って、あれは自分のものだから返してもらいたいと言えばいいだけじゃない？」

「そして、それではお前たちの婚約は破談にしましょうと言われるのか！　そんなわかりきったことを、誰がするものか。人を泥棒呼ばわりしておきながら、娘がそいつの息子と結婚することを期待できるか？　スカラベを盗んだと疑っていることを少しでも匂わせてみろ、あいつは由緒正しく誇り高き英国貴族の身分を笠に着て、縁談をなかったことにするだろう。あれほど強い立場にいる泥棒は前代未聞さ。咎め立てなんて、できるものか」

「そこまでは考えなかったわ」

「お前はまったく何も考えちゃいない。そこがお前の悪いところだ」ピーターズ氏は言う。

ここまでくれば、小説家がなぜ映画のシナリオを好むか、読者諸氏にもおわかりだろう。繊細で洗練された若き小説家にとって、親子のこのような場面を書くのは苦痛である。だが、一体どうすればいいのか？　長年消化不良に苦しんだせいで、ピーターズ氏の気分は、平常時でさえまったく制御不能で、このような危機にあっては荒れ放題となる。アリーンに鬱憤をぶつけるのは、ずっとそうしてきたからだ。素直で穏やかな気質と父娘の関係が相まって、アリーンは父親の不機嫌さの爆発を受け止めるのにもってこいの相手となってきた。妻が生きている間は、ピーターズ氏は妻に威張り散らしていた。妻亡き後、アリーンが後釜となったのだ。

アリーンは泣かなかった。泣き虫ではなかったからだが、穏やかで気立てがいいだけに、傷ついていた。この世の何もかもがたやすく円滑に運ぶことを望んでいたから、父が声を荒らげるたびに、心が沈む。ピーターズ氏の小言の奔流が一旦やんだのをしおに、アリーンは部屋をそっと出た。

彼女の快活な心は打ちのめされていた。誰かに同情してほしい。慰めてほしい。一瞬、ジョージ・エマソンを慰め役として考える。しかし、その役柄にジョージを配するのは気が進まない。アリーンはジョージをからかったり冷やかしたりすることに慣れていたものの、心の底では彼を少し怖がっていた。彼が火山のように激しやすく、超人的すぎて、六月に別の男と結婚することが決まっている娘の慰め役には向かないことを、本能的に悟っていた。慰め役としてのジョージは、話し言葉の慰撫力よりも、行動に頼りすぎるだろう。ジョージにとって、彼女の傷を癒すということは、彼女をタクシーに押し込んでいちばん近い結婚登記所へ乗りつけることを意味するのではないか。

ううん、ジョージを頼るのはよそう。では、誰に？

ジョーン・ヴァレンタインの顔が頭に浮かぶ。昨日会った彼女は、毅然として、元気いっぱいで、自立していて、逆境にもかかわらず前向きで快活だった。そうだ、ジョーンに会いに行こう。

アリーンは帽子を被り、こっそり家を出た。

興味深いことに、そのわずか十五分ほど前、R・ジョーンズも同じ目的地へ向かっていた。

V

暴言と誹謗に満ちた場面に立ち会ったあと、平和で善意に満ちた場面に移行できるのはなんと快いことか。物語の舞台が電光石火の素早さで転換し、ピーターズ氏と彼の怒りが噴出する場面を遠く離れてブランディングズ城の居心地のよい喫煙室へ移ったおかげで、作者も胸を撫で下ろしている。

アリーン・ピーターズが友人のヴァレンタイン嬢を訪ねるために家を出たのとほぼ同時刻に、ブランディングズ城の居心地のよい喫煙室には三人の男性が座っていた。

三人は思い思いの場所に腰を据えていた。ドアに最も近い長椅子では伯爵家次男フレデリック・スリープウッド――友人にとってはフレディー――が読書をしている。彼の隣に腰を下ろしている青年は縁なし眼鏡ごしに目を光らせ、整然と並ぶ数列のトランプの札のひっくり返された面をじっと見ている。（エムズワース卿の比類なき秘書ルパート・バクスターはギャンブルなどの悪癖とは無縁だが、働き詰めの脳をときおりソリテアで一休みさせるのだ。）バクスターの向こうではエムズワース卿が葉巻をくわえ、薄いハイボールを傍らに置いてくつろいでいる。先ほどの修羅場の後では、こうした図は見るだけで心が和む。

フレディが読んでいるのは小ぶりなペーパーバックだ。表紙は赤、黒、黄色という配色で、黒髭の男と、黄色い髭の男と、髭のない男と、若い女が繰り広げる緊迫した場面が描かれている。女はまるで目と髪の毛しかないように見える。黒髭の男が何らかの利己的目的を果たすため、この若い女を、輪と滑車だらけの複雑な装置に縛りつけている。黄色い髭の男はレバーを押すか引くかしようとしている。髭なし男は床の落とし戸から身を乗り出し、大きな回転式拳銃で髭の男たちに狙いを定めている。

絵の下には「手を上げろ、悪党どもめ！」という台詞。上には「捜査官グリドリー・クエイル。密偵六人組の冒険。フィーリクス・クロウヴリー作」という文言が、ページを横断するようにうねうねと配されている。

フレディは密偵六人組の冒険を、読むというより貪っていた。興奮で頬を紅潮させ、髪の毛は乱れ、目は大きく見開いている。没頭しているのだ。

現代の際立った特色は、根気よく探しさえすれば、誰もが各人の知力にふさわしい文学を見つけられることだ。イートンをはじめ、至る所で真面目かつ熱心な人々がフレディ・スリープウッドにギリシャ語、ラテン語、英語を身につけさせようと努めたものの、彼がそれら三言語の名著に羊のごとき無関心しか示さなかったため、本を読ませるのは無理だと諦めた。

それから長い年月を経て、フレディは突如、読書家として開花した。たしかに彼が読んでいるのは「グリドリー・クエイルの冒険」だけだったが、それでも読書には違いない。退屈な生活の中でグリドリー・クエイルだけが夢を見させてくれた。フレディにとって人生は一種の砂漠にすぎず、クエイルの冒険の新刊というオアシスが月に一度、忽然と現れるのだった。

彼はこのシリーズの作者に会うことを熱望していた。


エムズワース卿は座って葉巻を吸い、ハイボールを一口飲んでは、また葉巻を吸い、世のすべてを受け入れ、心は安らかだ。頭は空っぽで、それ以上空っぽにすることは生身の人間には不可能なくらいである。


葉巻を持つ役目を果たしていないほうの手は、ズボンのポケットで休んでいた。指が何か小さな硬い物を何とはなしにいじくっている。

伯爵の頭に、この小さな硬い物体には馴染みがないという感覚が徐々に入り込んできた。それは彼にとって新奇な物だった。鍵でも鉛筆でもなければ、小銭でもない。

伯爵は高まる好奇心に屈して、それを引っ張り出した。

しげしげと眺めてみる。

ちっぽけな、黄金虫の化石のような物だ。心に何の感興も起こさない。伯爵は上機嫌を崩さないまま、いささかの不快感をもってそれを眺める。

「一体全体、なぜこんな物が紛れ込んだのだ?」

フレディはその言葉に何の注意も払わない。今や物語は最高潮に達し、行を追うごとにスリルが増していく。事件に次ぐ事件。密偵六人組はここかと思えばまたあそこ、邪悪なコフキコガネの群れのごとく神出鬼没。ヒロインのアナベルは数分おきにさらわれ、幽閉されて、まったく最悪の状況。グリドリー・クエイルは鼻を目いっぱい利かせ、ほとんど休みなく悪者の誰かにリボルバーを突きつける。フレディは父親のおしゃべりにつきあう暇がなかった。ルパート・バクスターは違った。エムズワース卿と話すのは給料をもらうための仕事の一部だから、トランプから顔を上げた。

「エムズワース卿、何かおっしゃいましたか？」

「ポケットに妙なものを見つけたのじゃ、バクスター。どうやって入ったのか、さっぱりわからん」

伯爵はその物体を秘書に渡した。ルパート・バクスターの目が俄然、熱を帯びた光を宿す。彼は息をのんだ。

「すごい！」バクスターが叫ぶ。「素晴らしい！」

エムズワース卿はもの問いたげに秘書を見た。

「これはスカラベでございます、殿。しかも、私の目が正しければ――私はかなり見る目を持っていると自負しております――第四王朝のクフ王。殿の陳列室にまた逸品が加わりました」

「そうかね、いや、まさか！　それほどでもなかろう、バクスター！」

「本当です。こんなことをお尋ねしては失礼かと存じますが、このスカラベにいかほどご散財なさいましたか、エムズワース卿？　どなたかのコレクションの白眉だったに相違ありません。今日の午後、クリスティーズで競売があったのですか？」

エムズワース卿は首を横に振った。

「クリスティーズで手に入れたのではない。わしの記憶では、大事な約束があってクリスティーズには行けなかった。そう、たしか、そうだ。約束というのは、ピーターズ氏を訪ねて、その、彼のコレクションを見るという――そうだ、ピーターズ氏は何を集めていると言ったのだったかな？」

「ピーターズ氏は、存命者としては世界で最も名高いスカラベ蒐集家の一人です」

「スカラベ！　君の言うとおりだ、バクスター。そう、何があったか思い出したぞ。これはスカラベで、ピーターズ氏がわしにくれたのじゃ」

「くれたのですか、エムズワース卿！」

「いかにも。あの場面の記憶が蘇ってきたぞ。ピーターズ氏はスカラベについてきわめて興味深い話をこれでもかというほど、してくれた。残念ながらどんな話だったか思い出せないが。そして、これをくれた。ところで、これは本当に価値ある品なのだな、バクスター？」

「さようでございます。蒐集家の目から見れば、並外れた価値を持つ逸品でございます」

「そいつはたまげた！」エムズワース卿は頬を緩めた。「きわめて興味深いことじゃ、バクスター。アメリカ人の王侯貴族顔負けのもてなしぶりはつとに知られておる。ピーターズ氏がこれほど広い心を持っているとはな。これを大切にせねばならんことは疑いないが、それにしても、純粋に見た目から判断すれば、正直に言って、あまり食指が動かん。とはいえ、贈られた物にケチをつけるなど、もってのほかじゃ。なあ、バクスター？」

遠くから銅鑼の低い音が響いた。エムズワース卿は立ち上がる。

「夕食前の着替えをする時間か？　もうそんな時間だとは気づかなんだ。バクスター、陳列室の前を通るだろう。悪いが、これを展示品として置いておいてくれないか。わしより君の方が扱いを心得ていそうだからな。かねてから、君はわしのささやかなコレクションを管理する学芸員も同然と思っておったよ、バクスター、は、は！　陳列室へ入ったら、足元に気をつけなさい。昨日、あの部屋の椅子をペンキで塗って、ペンキのバケツを床に置いたままにしてきた気がする」

エムズワース卿は読書家の息子に幾分険しい眼差しを投げた。

「さあ、立つんだ、フレデリック、夕食だから着替えなさい。お前が読んでいるのはどんなクズ本かね？」

フレディは目覚めたばかりの夢遊病者のように、本の世界から出てきた。まるで乱暴な一撃をくらったように感じたのだ。呆然と、怯えてでもいるように顔を上げた。

「え？　父上？」

「急ぎなさい。ビーチが五分前に銅鑼を鳴らしたぞ。何を読んでいるのだ？」

「いや、ちょっとした、ただの本ですよ、父上」

「そんなクズ本にかまけて時間を無駄にするなんて信じられん。急ぎなさい」

エムズワース卿はドアへ向かい、顔には再び上機嫌な表情が浮かんだ。

「ピーターズ氏はとてつもなく心が広いな！　われらがアメリカの同胞の桁外れな気前のよさときたら、どこか東洋的とさえ言えよう」

Ⅵ

R・ジョーンズはわずか六時間でジョーン・ヴァレンタインの住所を突き止めた。それほど短時間で成し遂げられたのは、彼の熱意と優れた情報獲得システムの証である。R・ジョーンズは、やる価値があると思うことには多大な熱意を傾注できるし、事実を突き止める達人なのだ。

彼はタクシーから飛び降り、7番Aのベルを鳴らした。ボサボサ髪のメイドが応対する。

「ヴァレンタイン嬢はいるかね？」

「はい」

R・ジョーンズは名刺を取り出した。

「大事な用事だと伝えてほしい。ちょっと待て。ここに書くから」

名刺に用件を書きつけてメイドに渡すと、わずかな待ち時間を利用して抜け目なく周囲を仔細に見回す。窓の外の中庭に目をやり、薄汚れた廊下を見えるところまで見通した末に、その観察から出した結論は、ヴァレンタイン嬢に対する高評価だった。

「フレディの手紙を取っておくような娘なら、こんな所に住もうとはしないだろう」と考えを巡らす。「欲が深けりゃ、こんなみすぼらしい所には住めまい。もっと羽振りが良さそうなものだ。つまり、欲深くない娘で、手紙を受け取るやいなや捨てたと踏んでいいかもしれない」

R・ジョーンズは7番Aの玄関口に立ったまま、大体そんなことを考えた。その考えは、これから始まるジョーンとの面談にどんな姿勢で臨むかを決めるうえで重要だった。この一件は慎重に扱うべきだし、自分は紳士的であるべきだと承知していた。いささか難題だが、それが必要だ。

メイドが戻ってきて、短い一言と手振りでジョーンの部屋を指し示す。

「うん？　二階かね？」ジョーンズが尋ねる。

「正面です」メイドが答える。

R・ジョーンズは重い体を引きずり、短い階段をよたよたと登る。階段は真っ暗だったのでつまずいてしまった。ところが、そのとき、開かれたドアから光が差し込んだ。中を覗き込むと、テーブルの脇に立つ娘が見えた。人待ち顔をしている。どうやら目的地に到達したらしいと、ジョーンズは推測した。

「ヴァレンタインさん？」

「どうぞ中へ」

R・ジョーンズがすり足で中へ入る。

「お宅の階段はあまり明るくありませんな」

「ええ。おかけになって」

「どうも」

娘を一目見ただけで、自分の推測が正しかったことを確信した。ジョーンズはこれまでの経験から、相手の人柄を素早く見抜くことができる。大都会で自らの才覚だけが頼りの商売をしていると、攻撃と防御の第一原則は、初対面で相手がどんな人間か判断することだ。この娘は欲深くない。

ジョーン・ヴァレンタインは背が高く、髪は麦の穂のような金色で、瞳の明るい青色は、寒々した世界の上に太陽が輝く十一月の空のようだ。十一月らしい冷たい輝きもかすかに感じられる。ジョーンはこのところ波乱の数年を過ごしてきた。経験は人間を頑なにしないまでも、世界との間に防護壁を築かせる。彼女の目は、真っ直ぐに見つめて挑む目だった。ときには温もりをたたえ、南仏の小さな村々を愛撫する地中海のきらめく紺碧にもなるが、誰に対してもそうなるわけではない。彼女の容姿は彼女の内面そのものだった――行動する娘、人生経験を積んだおかげで、向こうみずであると同時に警戒心も強い娘。馴れ馴れしく言い寄る男を警戒するが、目の前に冒険があれば向こうみずになる娘だった。

今、R・ジョーンズと目を合わせるジョーンの目は冷たく、挑戦的だ。彼女もまた、人柄を素早く診断する術《すべ》を身につけており、R・ジョーンズを一瞥した印象はあまり芳しくなかった。

「ご用というのはお仕事上のことですか？」

「はい」R・ジョーンズは答えた。「はい……ヴァレンタインさん、まず、あなたを侮辱するつもりはさらさらないことをご理解いただきますようお願いいたします」

ジョーンは眉を上げる。相手の体型を見て、よほど美食が過ぎたのかと勘ぐった。

「何のことかしら」

「説明いたしましょう。こちらへ参りましたのは」R・ジョーンズは刻一刻と紳士らしさを増しながら言う。「じつに不快な用向きのためでして、友人に頼まれて断りきれなかったのです。私が申し上げることはすべてその友人のためだということを、ご承知おきいただけますか？」

その時点で、ジョーンはこの肥満体の男が生命保険の勧誘員だという考えを捨て、慈善事業への寄付を集めに来たという見方に傾いた。

「こちらへ参りましたのは、伯爵家ご次男フレデリック・スリープウッド氏に頼まれたからなのです」

「何のことかしら」

「あなたは彼に会ったことがありませんね、ヴァレンタインさん。でも、ピカデリー劇場でコーラスガールをしていたとき、彼があなたにたいへん馬鹿げた手紙を書いたかと存じます。お忘れかもしれませんが」

「すっかり忘れていました」

「もう捨ててしまわれたとか？」

「もちろんですわ。手紙はあまり取っておきませんから。なぜそんなことをお尋ねに？」

「じつは、その、ヴァレンタインさん、フレデリック・スリープウッド氏はもうすぐ結婚するのです、それで、その、総合的に見れば、おそらく、彼があなたに書いた手紙は——詩も——存在しないほうがいいと思ったわけでして」

R・ジョーンズがいかに紳士らしく振る舞っても——話している間中、紳士っぽさを強烈な匂いのごとく周囲に発散していた——、その言葉が含む不愉快な意味を完全に覆い隠すのは不可能だった。

「私が彼を強請《ゆす》るのではないかと恐れているわけですか？」ジョーンは見事なほどに平然と言ってのけた。

R・ジョーンズは丸々した手を上げ、とんでもないと言いたげにひらひらと振った。

「いやあ、ヴァレンタインさん！」

ジョーンは立ち上がり、R・ジョーンズもそれに倣った。面談が終わろうとしているのは明らかだった。

「スリープウッドさんに、ご心配なくとお伝えください。何の危険もありません、と」

「そうでしょうとも、そうでしょうとも、まさにそのとおり。スリープウッド氏には、この訪問がたんなる形式に過ぎないと請け合ったのですよ。彼を煩わせる気など、あなたにはこれっぽっちもないと固く信じておりましたから。それでは、はっきりと伝えてもよろしいのですね、あなたは手紙を廃棄したと？」

「ええ。ごきげんよう」

「ごきげんよう、ヴァレンタインさん」

ドアが閉まると、ジョーンズは完全な闇の中に取り残されたが、廊下に光を入れるためにドアを開けるよう彼女に頼む気には、とてもなれない。むしろ彼女の前から立ち去ることができて、ほっとしていた。同業者から冷たい視線を浴びるのには慣れていたものの、ジョーンの目には、妙に人をうろたえさせるものがあった。ジョーンズは手探りで階段を降りながら、これですべて片がつき、一件落着だと胸を撫で下ろした。彼女の言葉を信じ、フレディが哀れなパーシーと同じ運命をたどる心配はないと、彼に心から請け合えると思った。報告書には、わずか五百ポンドと引き換えでは手紙を廃棄させるのに苦労したと書き加えるつもりだが、それはたんなる商慣習にすぎない。

最後の段まで到達する直前に、玄関ドアの呼び鈴が鳴った。後になってみれば霊感というべきものに打たれ、彼はいつになく敏捷に後退《あとずさ》りし、ジョーンの部屋のドア近くまで戻った。そして、手すりにもたれて耳を澄ませた。

ボサボサ髪のメイドがドアを開ける。若い娘の声が言う。

「ヴァレンタインさんはご在宅?」

「ええ、でもお客様が見えています」

「上へ行って、私が来ていると伝えてくださる? ピーターズと言ってもらえればわかるわ。アリーン・ピーターズよ」

R・ジョーンズが不意につかんだ手すりが軋んだ。彼は一瞬、気が遠くなるような気がした。それから素早く頭をめぐらし始めた。強烈な光のように、ある考えがひらめく。直感だけで人を信じるのは、相手が男でも女でも二度とすまい。このヴァレンタインという娘は絶対に信じていいと思っていた。手紙を廃棄したという彼女の言明に完全に納得していた。ところが、彼女はとんでもない企みを抱いている。彼がこの稼業を始めて以来見たこともないほど腹黒い企みだ。お見事と言ってもいい。まんまと騙された！　今となっては、彼女が何を企んでいるのかは明らかだ。彼が訪ねるよりも前に、彼女はフレディの婚約者と会う手筈を整え、手紙を売りつける交渉を始めようと目論んでいたのだ。彼を敬遠したのは、一番高い値をつけた者に手紙を売りつけようという魂胆からだ。ピーターズ嬢が来たときにたまたま彼がここにいなければ、フレディと婚約者が競り合って互いに値を釣り上げる羽目になっていただろう。彼自身、同じような企みに何度となく手を染めてきたが、こういう仕事は本質的に男の領分だと考えているから、女性が入り込んできて競合するのには抵抗がある。

メイドが足音も荒く階段を上る間、彼は後退りを続けた。ジョーンの部屋のドアが開き、光が流れ込んできたので、ボサボサ髪のメイドが戸口に立っているのが見えた。

「おや、男の人がこちらにお見えだと思っていましたが」

「今さっき帰ったわ。なぜ？」

「女の人がお会いしたいと言っています。ピーターズ嬢とか」

「上がってくるように言ってくれる？」

ボサボサ髪のメイドは上品な礼儀作法に通じてはいなかった。階段の上に身を乗り出し、階下のアリーンに向かって叫んだ。

「上がってほしいとおっしゃってます」

階段を上がるアリーンの足音。挨拶が聞こえる。

「わざわざ来てくれるなんて、一体どうしたの、アリーン？」

「お邪魔かしら、ジョーン？」

「いいえ、どうぞ入って。こんなに遅く来てくれて、驚いただけよ。あなたがこんな時間に人を訪ねるとは、思ってもいなかった。何かあったの？　中へ入って」

ドアが閉められ、メイドは奥へ引っ込んだので、R・ジョーンズは忍び足で戻ってきた。頭がすっかり混乱している。彼が憶測し考え直したことは明らかにまったく的外れで、結局ジョーンは最初に思ったとおり誠実な人のようだった。娘たち二人は旧友のように、まるで幼馴染であるかのようにおしゃべりしている。それがR・ジョーンズを当惑させた。

インディアンのように足音を立てずにドアへ近づき、耳を押し当てた。会話が手にとるように聞こえる。


いっぽう、部屋に入ったアリーンは、ジョーンの顔を見ただけで心が和んだ。ジョーンはとても頼もしく見える。

ジョーンの目には、先ほどの面談の際とはまったく違う柔らかい表情が浮かんでいる。半ば同情的、半ば侮蔑的な柔らかさである。それは、「人生」が手荒く扱った人に与える代償だ。安楽な人生を送る人の小さな悩みを、一種の侮蔑を持って眺めることができるようになるのだ。ジョーンは昔のアリーンを思い出し、彼女が相変わらずつまらない悩みに囚われていることを悟った。アリーンは在学中でさえ、いつも気遣いと慰めを必要としていた。優しい心根が、運命のちょっとしたとげを引き寄せてしまうようなのだ。アリーンは、ある種の人に保護本能を掻き立てる娘である。彼女のそんな性格が、ジョージ・エマソンを眠れなくさせていた。そして、今はジョーンにも訴えかけている。ジョーンにとって、人生は貧困という狼を戸口から遠ざけておくための闘いの連続である。一週間分の家賃を払うめどが立ち、少し余裕があって欲しかった帽子か靴を買えるかもしれないと思えれば、その日は幸せだった。そんな彼女にしてみれば、アリーンの悩みなど取るに足りないものだ。さしあたりこの友人を慰め、優しく接してやればいい。ジョーンはアリーンをよく知っていたから、彼女にとっての悲劇が、おそらくブローチを失くしたとか、誰かから心ない言葉をかけられたとかいうことだろうと察しがついたものの、同時に、そうした悲劇がアリーンの世界を覆う巨大な暗雲となることもわかっていた。結局、悩みは美と同じく、見る者の目に宿るのだ。アリーンがブローチの紛失に耐える力は、ジョーンが失職に耐える力に遠く及ばないが、ジョーンにとって失職は、やっと食べていけるか餓死するかを左右する報酬の源を失うことを意味する。

「何か心配事があるのね。さあ、座って、私に聞かせて」

アリーンは腰を下ろし、見すぼらしい室内を見回した。他人の不幸を目《ま》の当たりにして自らの不幸が和らぐという人間心理の興味深い作用により、アリーンはすでに妙な慰めを感じていた。頭に漠然と浮かんだ考えを分析するには至らなかったが、こんなことを思った。胃弱の父親に威張り散らされるのは不快だが、世界には明らかにもっとひどい辛苦が存在し、父が持つ胃弱以外の傑出した特性（つまり富）のおかげで自分はその辛苦を免れている、と。そこまで考えたとき、ある哲学が彼女の頭の中にぼんやりと形をとり始めた。そして、一つの等式に結実した。父は消化不良でなければ、娘に威張り散らすこともないだろう。その反面、父は財を築いていなければ、消化不良になっていないはずだ。従って、父が財を築いていなければ、娘に威張り散らすこともないだろう。実際、父が娘に威張り散らさないとすれば、父は金持ちではないことになる。そして、もし金持ちでなければ……。アリーンは色褪せた絨毯、シミだらけの壁紙、汚れたカーテンを見て、悟った……。たしかに、物事には二つの面がある。自分の嘆きが少々恥ずかしくなってきた。

「何でもないの、本当よ。私、とてもつまらないことで大騒ぎしていた気がするわ」

ジョーンは安堵した。生活苦から気が滅入り、アリーンが来る直前から気分が暗くなっていた。いま現在、人生は希望のかけらもない埃だらけの悪路として目の前に延びていた。闘いにはもううんざりだ。お金と安楽が欲しい。そして、毎週の支払いとの果てしない葛藤から解放されたい。そんな気分になったのは、一つにはR・ジョーンズの慇懃無礼な仄めかしのせいだったが、それ以上に、自分では意識していなかったものの、昨日のアリーンとの再会のせいだった。ピーターズ氏は娘に無神経な物言いをし、暴君じみた振る舞いをいろいろとしているかもしれないが、娘が服を買うための小遣いは出し惜しみしないから、昨日会ったときのアリーンはパリジェンヌばりの帽子をかぶり、見るからに高価で洗練された注文仕立てのスーツを着ていた。ジョーンの心は妬みでいっぱいになり、自分が裕福だった頃の旧友と再会した喜びもかき消されそうだった。妬みを押し殺したいっぽう、そのせいで二年ぶりにひどい落ち込みの発作に襲われた。健気にもアリーンを励ますために落ち込みを隠そうとしていたものの、そこまで頑張る必要がないことを見てとると、ジョーンはだいぶ気が楽になった。

「気を使わなくてもいいのよ。そのとてもつまらないことを話してごらんなさいな」

「父のことで、ちょっとね」アリーンはさらりと言った。

「何か怒られるようなことでも?」

「私が怒られたわけではないの。だけど――たまたまその場に居合わせたってわけ」

ジョーンの落ち込みは少し軽減した。あの帽子と注文仕立てのスーツを急に見せられて突き刺すような痛みを感じたあまり、パリジェンヌ風の帽子と二十五ポンドのスーツにはしばしばマイナス面が伴うことを忘れていた。ともかく、自分は独立している。パリ風というよりトテナム・コート・ロード風の帽子と服で美貌を台無しにせざるを得ないかもしれないが、少なくとも、短気な人の近くにたまたまいただけで威張り散らされることはない。

「ひどい話ね！　詳しく聞かせて」

本当に馬鹿げた話なの、と前置きしてから、アリーンは午後の出来事について話した。

ジョーンはくすくす笑いたくなるのを必死にこらえながら、話を最後まで聴いた。ジョーンの視点は「普通の人」のものだった。「普通の人」はその世界でスカラベがどれほど重要か、見当もつかない。ピーターズ氏について抱いた印象は、どうでもいいことで大騒ぎする変わり者の紳士といったところだ。紛失した物に具体的な価値がなければ、大事《おおごと》とは感じられない。ピーターズ氏は第四王朝のクフ王を紛失するくらいなら、（もし持っていたならば）ダイヤモンドの首飾りを失くすほうがましなのだということが、ジョーンには理解できない。

ところが、話を終えたアリーンが付け加えた一言で、ジョーンは初めてこの一件を真面目に受け止めるに至った。

「父は、取り戻してくれた人には千ポンドあげてもいいって言うの」

「何ですって！」

ジョーンにとって、この話全体がまったく別の色合いを帯びた。お金はものを言う。ピーターズ氏の発言は逆上のあまり口をついた言葉の綾にすぎないかも知れないが、それを差し引いたにしても、かなり胸を躍らせる要素がありそうだ。千ポンド投げ出しても惜しくないと叫ぶからには、百ポンドは出す気があると見ていい。ジョーンの懐具合からすれば、百ポンドはいつだってため息の出るような金額である。

「まさか本気でおっしゃったのではないでしょう?」

「本気だったと思うわ」アリーンが答える。

「だって、千ポンドよ!」

「父にとっては大した額ではないのよ、わかるでしょう。大学に毎年十万ドルも寄付しているんだから」

「でも、虫みたいなちっぽけなスカラベに!」

「父が自分のスカラベをどれほど愛しているか、あなたはわかっていないわ。事業から引退してからは、スカラベのことしか頭にないの。蒐集家って、そういうものよ。新聞には変てこな物に大枚はたく人たちの話が載っているじゃない」

部屋の外ではR・ジョーンズがドアに耳を寄せ、細大漏らさず貪るように話に聞き入っていた。こんな特ダネが手に入るならずっとそうしていたかったが、アリーンの言葉と同時に上階でドアが開き、誰かが口笛を吹きながら出てきて、階段を下り始めた。

R・ジョーンズはその人物に先んじて階下へ下りた。玄関ホールへ下りて正面ドアの取っ手を手で探り当てるまでの敏捷さは、彼の体型をちょっと見ただけではとても想像できないほどだった。

次の瞬間、彼はもう通りに出ていた。何事もなかったかのようにレスター・スクエアへ向かって歩きながら、たった今耳にしたことについて考えを巡らす。

Ｒ・ジョーンズの潤沢な年収の多くは、小耳に挟んだことについて考えを巡らすお陰で得られるのだ。


部屋の中では、ジョーンが幻を見た人のように、あるいは霊感を得た人のように、ぼうっとアリーンを見ていた。ジョーンは立ち上がった。人間には立って話さなければならない場面があるものだ。

「つまり、あなたのお父様は、誰でもそれを取り戻した人に、本当に千ポンドくれるとおっしゃるのね？」

「本当よ。でも、誰にそんなことができるの？」

「私ならできる」とジョーンが言う。「できるだけでなく、やってみせるわ」

アリーンはなす術もなく彼女を見つめるばかりだった。在学中、ジョーンはつねにアリーンを魅了していた。あの頃は、ジョーンがいれば不可能なことはないようにずっと感じていた。英雄《ヒーロー》崇拝と同様に、ヒロイン崇拝も簡単には崩れない。アリーンは強力な機械をうっかり作動させてしまったように感じながら、ジョーンを見た。

「でも、ジョーン！」

そう言うのがやっとだった。

「ねえ、アリーン、これはまったく単純な事件よ。その伯爵がそれを自分のお城へ持ち帰った、盗人のように。あなた、金曜日にお城を訪ねるって言ったわね。私を一緒に連れていきさえすれば、解決よ」

「でも、ジョーン！」

「難しいことなんかある？」

「どうすればあなたを連れていけるかしら」

「別にいいじゃない？」

「だって、どうすればいいか」

「ねえ、何をためらっているの？」

「だって、ねえ……。あなたが私のお友達としてお城に来て、スカラベを盗んでいるところを見つかったら、その……父は、まさにそういうまずい事態を避けたいの。私の婚約のこともあるし」

この一件のそういう側面について、ジョーンは考えが及んでいなかった。彼女は眉根を寄せて考え込む。

「なるほど。そう、そうよね。でも、方法はあるはずよ」

「だめよ、ジョーン、本当に。このことはもう忘れて」

「忘れるですって！　アリーン、あなた、私にとって千ポンド、いえ、その四分の一でもいいわ、それがどんな意味を持つか、少しでもわかる？　そのためなら、私、何でもするわ、何でも。しかも、面白いじゃない。それもわからない？　私、変化が欲しいの。何か新しいことをしたい。もう何年も、働き蟻みたいに休日もなくあくせく働きづめだったから、そろそろヴァカンスが必要なのよ。どうにかして、私を連れていく方法があるはず……。ああ、そうだ！　どうして今まで思いつかなかったのかしら？　金曜日に、私をあなたの小間使いとして連れていけばいいのよ！」

「でも、ジョーン、それはできないわ」

「どうして？」

「そんなの——できない」

「どうして?」

「ああ、だって!」

ジョーンは座っているアリーンに近づき、彼女の両肩を強く摑んだ。表情は硬い。

「ねえ、アリーン、議論している場合じゃないのよ。ロシアの太ったお百姓さんを追いかけている狼と議論したりする? 私にはそのお金が必要なの。仕事に必要なのよ。これまでにどんな物を欲しがったどんな人よりも、どうしても必要なの。だから、手に入れる。今この瞬間から、もうやめると言うまで、私はあなたの小間使い。今の小間使いさんには休暇をあげるといいわ」

アリーンはためらいながら、ジョーンの目を見た。懐かしい学校時代の、ジョーンがいてくれれば不可能なことはないという気分が蘇ってきた。そのうえ、企ての面白さにも惹かれ始めた。

「でも、ジョーン、ねえ、そもそも無茶だわ。あなた、小間使いには絶対に見えない。他の使用人たちに見破られてしまうわ。きっと、小間使いがしなきゃならないことや、しちゃいけないことが山ほどあるもの」

「アリーンったら、私は免許皆伝よ。使用人心得でつまずいたりしないわ。私、小間使いだ﹅っ﹅たもの!」

「ジョーンったら!」

「本当に本当。三年前、最悪の金欠状態に陥ったの。ドアに狼が郵便切手よろしく張りついたみたいに、絶体絶命だった。それで、なりふり構わず求人広告に応募して、貴族の小間使いになったの」

「何でもやってきたのね」

「そうよ、ほとんど何でもね。アリーン、あなたみたいなお金持ちの有閑階級が羨ましいわ。じっと座って人生について思いを巡らしていればいいんだから。それに引きかえ、私たち最下層の人間は働かなくちゃならない」

アリーンは笑う。

「ねえ、ジョーン、昔から、あなたは私に何でも言うことを聞かせられたわ。今回も、もう決定と思うしかないのね？」

「そのとおり、決定よ。そうそう、アリーン、これだけは忘れないで。お城では私をジョーンと呼んでは駄目よ。ヴァレンタインと呼ばなくちゃ」そう言って、ジョーンは言葉を切った。フレディのことを思い出したのだ。「いいえ、ヴァレンタインもまずいわ」。そして、こう続けた。「品がよすぎるから。三年前はこの名前を使ったけれど、どうも似つかわしくなかった。もう少しそれらしい、立場にふさわしい名前でなくちゃ。何か思いつかない？」

アリーンは考え込んだ。

「シンプソンは？」

「シンプソン！　ぴったりね。練習しておいて。シンプソン！　感じよく、それでいて距離を保って、召使いだから虫けら同然だけれど、まあ好感は持てるっていうように。舌の上で転がすように」

「シンプソン」

「上出来！　さあ、もう一度――もう少し偉そうに」

「シンプソン……シンプソン……シンプソン……」

ジョーンは親愛の情と満足感のこもった眼差しでアリーンを見た。

「素晴らしいわ。まるで、生まれたときからそう呼んできたみたい」

「何を笑っているの?」アリーンが尋ねる。

「何でもないわ」ジョーンは答えた。「ちょっと考えていたの。上の階に若い男の人が住んでいて、昨日、彼に、行動しなさいってお説教したのよ。何か面白いことを探しなさいってね。説教した私のほうが行動を実践するって知ったら、彼、何て言うかしら」

第四章

Ⅰ

アリーンがジョーン・ヴァレンタインを訪ねた翌朝、アッシュは自室で卓上に開いた『モーニング・ポスト』紙を前に座っていた。ジョーンに鼓舞された興奮がまだ冷めやらず、彼女との約束を果たすべく広告欄を隅から隅まで読むつもりなのだ。ただ、その行為の実効性に関してははなはだ悲観的だったが。

一瞥しただけで、すでに紙面でおなじみになった慈善家たちの莫大な資産がまだ尽きていないことは確認できた。ブライアン・マクニールは依然として人々の目の前にお金をちらつかせていた。アンガス・ブルースもしかり。ダンカン・マクファーレンもしかり。ウォレス・マッキントッシュとドナルド・マクナブも同様。いずれもまだお金があり、それをばら撒きたがっていた。

例の若い「キリスト者」も、いまだに千ポンドを求めていた……。

期待もせずに広告欄に目を通していると、多数の広告のなかから珍しいものが目に飛び込んできた。

求む——若い男性。容姿がよく、貧しく、向こうみずで、慎重を要する危険な仕事ができる者。適任者には高額報酬。応募者は午前十〜十二時にストランドのデンヴァーズ街3番メインプライス・メインプライス＆ブール事務所へ。

読んでいるとマントルピースの上の小さな時計が十時半を打った。

おそらくその事実が、アッシュに決断させた。もしメインプライス・メインプライス＆ブール事務所への訪問を午後まで延ばすことを余儀なくされていたら、怠惰の壁が冒険の道を塞ぎ始めたかもしれない。アッシュは冒険者の気質を持ってはいたが、普段は怠惰でもあった。それでも、実際、即座に行動を開始できた。

急いで支度をして靴を履き、鏡を一瞥してまずまずの容姿に満足すると、帽子をつかみ、アランデル街の狭い入り口から貝の身のようにするりと抜け出し、タクシーに乗り込む。人殺しでもない限り、どれほど慎重を要する危険な仕事でもやってのけられる気になっている。

彼は奇妙な高揚感を感じていた。春の気配が満ちている今、こういう生き方しかあり得ないと自分に言い聞かせていた。歴史小説は昔から好きだ。登場人物が危険に満ちた任務のために曲者に飛びかかったり、馬にまたがって田園を疾走したりする物語だ。『モーニング・ポスト』紙の刺激的な広告に応募するためにタクシーに飛び乗るのも同じようなものじゃないか。アッシュは身内に血がたぎるのを感じつつ、メインプライス・メインプライス＆ブール事務所の陰気な部屋へ乗り込んだ。頭はカッカとし、恐いものなしだ。

「広告を見て——」小柄な給仕の少年に話しかけた。メインプライスとかブールとかに一番近い存在のように見えたからだ。

「そこに座ってください。順番を待たねえと」と少年は言い、それで初めて、アッシュは自分が立っている控室が人であふれんばかりに混雑しているのに気づいた。

この状況でこの事態は想定外だった。タクシーの車中で彼が想像していたのは、事務所に大股で入っていき「慎重を要する危険な仕事は、この私にお任せを」と告げる自分の姿だったからである。今の今まで、ロンドンで『モーニング・ポスト』紙の広告を読んだのは自分だけではないことに思い至らなかった。競争相手がどれだけ多いかを見るや、心が沈んだ。

それでも、もう一度ライバルたちをよく見たアッシュは自信を取り戻した。

朝刊紙の求人広告は、ロンドンの地下世界の泥をかき混ぜて珍妙な生きものをすくい上げる浚渫船のようなものだ。浚渫船が出動しなければ、こんなに目につくほど大勢が地表に姿を現すはずがない。こういう生きものは得てして単独で行動し、群れたがらないものだからだ。それだけに、集まると底知れぬ恐ろしさを醸し出す。世の中に、求人広告によって集められた群衆ほど侘しい印象を与えるものはない。彼らは見るからに、およそどんな目的のためであれ、誰からも求められていないことが明白だからだ。それでも、彼らはいつも一種の希望的絶望を抱いて集まってくる。その集団が元来どんな者たちだったのかは、どうでもいい。運命が彼らの個性をことごとく打ち砕いたのだ。どの応募者も隣に座る人と寸分違わず、劣りもしなければ優りもしない。

腰を下ろして彼らを眺めていたアッシュは、複雑な思いに駆られた。気持ちの半分は冒険の魅力に興奮し、待ち時間の長さに苛立ち、大勢の哀れな者たちに反感を抱いていた。あの広告の謎めいた簡潔さの向こうに待っている血湧き肉躍る冒険が始まる前に、これほど多くの障害物があるとは。もう半分は、現在の嘆かわしい状況に哀れにも怖気づき、待ち時間をありがたく感じている。全体としては、この落伍者たちが「適任者」でなく「高額報酬」を得られなかったとしても自分のせいでないことに、ほっとしていた。自分は最後に到着したから、あの冒険の入り口、「ミスター・ブール」とすりガラスに記されたドアを最後に通ることになる。その向こうにあの謎めいた募集広告の書き手が座って応募者を面接している。まだ見ぬその裁定者の眼鏡に応募者たちがかなわないとしても、それは彼ら自身のせいであり、アッシュの卓越した資質ゆえではない。

応募者たちが箸にも棒にもかからないのは明らかだった。ロンドンの冷遇に傷ついた犠牲者が一人出てくるやいなや呼び鈴が鳴らされる。すると、しかめ面をして応募者ににらみをきかせていた給仕の少年が「次の人！」と声を張り上げ、虚ろな目をした敗残者がふらふらとドアを通っていき、次の瞬間にはまた別の応募者が続く。向こうみずで容姿のいい若い男性を求める未知の広告主について現時点で確信できる唯一の事実は、かなりの判断力と人を見る目があって決断が素早い男ということだ。彼は今や一分に二人の応募者を退けている。

ただ、彼の手際がいかによくとも、アッシュはかなり待たされた。ドアの上に掛けられた分厚い時計の針が十一時二十分を指した頃、ようやく給仕の少年が「次の人！」と呼び、ただ一人残ったアッシュの番になった。急いで手のひらで服をはたき、髪をひと撫でして容姿のよさを引き立ててから、運命の扉のノブを回した。

事務所が「ブール氏」にあてがった個室はくすんだ小部屋で、そこに漂う寂れた雰囲気は弁護士でなければ醸し出せない。一七八六年にこの事務所が設立されて以来一度も掃除したことがないように見える。小さな窓が一つあったが、煤で汚れきっている。弁護士事務所でしか見られないような窓だ。

おおかた粗忽なメインプライス氏か浅はかなブール氏が、一八一五年にワーテルローの戦いの勝報に浮かれ、有頂天になってその窓を開けて、直後にクビになったのだろう。それ以来、誰も手を触れようとしなかったと見える。

その窓から外を見ている、というより、その窓を見ている——窓ガラスに堆積した汚れはエックス線さえ通さないだろう——のは、一人の小男だった。アッシュが入っていくと振り向き、まるで急所をしたたか突くような眼差しで彼を見た。

アッシュは少々緊張していることを認めざるを得なかった。それまで静かな生活を送ってきた若く容姿のいい男が、慎重を要する危険な仕事に高額報酬を出そうという人物と相対する機会は、そうあるものではない。アッシュにとって生まれて初めての緊張感である。彼が今日まで経験した最も慎重を要する危険な仕事といえば、日々の日課であるベル夫人の朝食（家賃に含まれる）の咀嚼だ。そう、緊張していることを、自分でも認めざるを得ない。そして、自分が緊張しているという事実のせいで頭がカッカとし、居心地が悪い。

窓の前に立つ男の様子からは、彼も頭がカッカとし、居心地悪く感じていることが察せられる。小柄で好戦的な感じのする男で、いつもは鉛色の顔に珍しく赤みが差している。分厚い灰色の眉毛の下から、苦悶に近い表情を浮かべた目がアッシュを見る。苦悶の原因の一部は不適格きわまりない応募者ばかり続いたことだったが、もっと重大なのは消化不良の激しい発作に突然襲われたことだ。それがこの男の持病なのだ。

男はくゆらしていた黒い葉巻を口から離し、消化薬を一錠口に入れ、また葉巻をくわえた。それからアッシュに注意を集中させた。すると、とげとげしい表情が和らいだ。驚き、そして——渋々ではあったが――喜ばしい顔になった。

「それで、君は何の用だね？」

「応募を――」

「わしの広告にか？　いささかなりとも人間に近いものにお目にかかるのは無理かと諦めかけていた。君をここの事務員かと思っていたよ。たしかに君なら、募集した人材に近いな。どうしようもない役立たずにはこれまでも嫌というほど出くわしてきたが、さっきまで面接していた奴らは最悪だった。大枚はたいて広告を出し、若くて容姿のいい男を募集した人間が求めているのは、若くて容姿のいい男であって、五十五歳のホームレスではない」

　アッシュは他の応募者が気の毒になったものの、彼らが今述べられたような人物像に近いことを認めざるを得なかった。自分が相対的に丁重な扱いを受けていることで、心に影を落としていたわずかな緊張が解けた。自信が湧き、快活とさえ言える気分になった。

「もう結構」。小男は疲れ切った口調で言った。「面接はもう沢山だ。会うのは君が最後だ。外にはまだろくでなしがいるか？」

「僕が入ってきたときは、いませんでした」

「それでは、本題に入ろう。君にやってほしいことをこれから言う。やる気があれば、できるだろう。やる気がなければ、この件は忘れて帰るがいい。座りなさい」

　アッシュは椅子に掛けた。小男の口調に反感を覚えたが、今はそれを言うべき時ではない。

　相手は彼をしげしげと検分した。

「容姿の点では、合格だ」

アッシュはお辞儀をしたくなった。

「この仕事を引き受けた者にはわしの従者として行動してもらう。君はいかにも従者らしく見える」。お辞儀をしたい気持ちが消えていく。「上背があって細身で、顔は十人並み。うん、容姿の点では、条件を満たしとる」

この小男が抱くに至った印象をそろそろ訂正すべきだと、アッシュには思えた。「失礼ですが、もし従者をお探しということでしたら、他を当たってください。あなたの広告からは、何かもっと胸が躍るようなことが計画されているように思いました。よろしければ、いい職業紹介所を何カ所かご紹介できますが」

アッシュは立ち上がる。「失礼します」。自分を失望のどん底に突き落としたこのちび男に、巨大なピューターのインク壺を投げつけてやりたい衝動に駆られている。

「座りなさい！」男がピシャリと言う。

アッシュは椅子に座り直した。こんな春の朝に、二十六歳の青年は冒険の希望をたやすく諦められないし、まだ何か起こりそうな予感がしたからだ。

「馬鹿を言っちゃいかん」小男が言った。「むろん、従者になれば他には何もしなくていいと言ってはいない」

「空き時間には料理と簡単な縫い物でもしろと？」

敵意に燃える視線が絡み合う。小男の顔の赤みが濃くなる。

「わしに口答えするつもりか？」一触即発だ。

「そうです」アッシュが答える。

その答えは相手にとって予想外だったようだ。小男はしばし沈黙した。

「ふむ」ようやく口を開くと、男はこう言った。「願ったり叶ったりかもしれん。肝っ玉が太くなければ、そもそもここには来んだろう。この仕事を引き受ける者は、何がなくとも肝っ玉がなければいかん。われわれは似合いの組み合わせのようだ」

「どういう仕事なのです?」

小男の顔に疑念と戸惑いが浮かぶ。

「大っぴらにはできん。君に打ち明けるには、君を信用する必要がある。だが、わしは君について何一つ知らん。広告を出す前にそれを考えるべきだった」

アッシュは相手の難しい立場を理解した。

「AB問題に仕立ててはいかがです?」

「AB問題が何か、わしが知っていればな」

「関わりのある人物をA、Bと呼ぶのです」

「それで、話の途中でどっちがどっちかわからなくなるのだな! いや、君を信用すべきだろう」

「直球勝負で行きましょう」

小男は突き刺すような眼差しでアッシュの目を凝視した。アッシュは微笑でそれに応える。日頃から意気盛んだが、今や意気軒昂と言っていい。相手が無愛想で不機嫌であるにもかかわらず、なぜか軽口を叩いてもいいような気がした。

「真っ白ですよ」アッシュが言う。

「何が?」

「僕の腹の中です。そして、ここは」と言って、アッシュはベストの左胸をバシンと叩いた。「純金です。どうぞお話しください」

「どこから始めればいいものやら」

「差し出がましいようですが、まずは最初から始めては？」

「やたらと込み入った話で、一体どこから始まったのか、自分でも定かではないのだ。うん、まずはここから。わしはスカラベを蒐集しておる。スカラベに夢中だ。事業から引退してからというもの、ほとんどスカラベのためだけに生きているようなものだ」

「こんなことを聞いては誰に対しても失礼だとは思いますが」とアッシュが口を挟む。「ところで、そもそもスカラベとは何ですか？」と言ってから、片手を上げた。

「ちょっと待って！　記憶が蘇ってきました。高くついた古典教育が今や遅まきながら実を結びつつある。スカラベウス――ラテン語の名詞、主格――、黄金虫。スカラベウム、対格、黄金虫。スカラベイ、黄金虫の。スカラベオ、黄金虫に、または黄金虫のために。思い出しました。エジプト――ラムセス――ピラミッド――神聖なるスカラベ。そうですね！」

「ふむ、わしは大英博物館に次ぐスカラベの一大コレクションを作り上げた。そのうち何点かはわしにとって計り知れない大切なものだ。わがスカラベのこととなると、金に糸目はつけない。わかるか？」

「合点です、若大将」

小男の顔が不愉快そうにくもる。

「ふざけた呼び方をするな！」

「ちょっと言ってみただけですよ、従者として」

「ふん、二度とするな。わしの名はJ・プレストン・ピーターズ。用事があるときには『ピーターズさん』とでも呼ぶのが最も適当だ」

「僕はマーソンです。ピーターズさん、お話の続きを」

「ふん、こういうことだ」

シェイクスピアもローマ教皇も、同じ話を二度するほどつまらないことはないと力説しているので、スカラベ盗難のエピソードをここで繰り返す必要はないだろう。ただ、ピーターズ氏が語った話は、筆者が公式の歴史家として記した冷静沈着な描写とは大幅に異なることを確認しておかなければならない。ピーターズ氏に言わせれば、エムズワース伯は鮮やかな手口で計画的に盗みを働く老いたラッフルズ（E・W・ホーナング作のシリーズの主人公である義賊）とも呼ぶべき泥棒紳士で、罪もない人の家に忍びこみ、重すぎて運べない家財道具以外は何でも持ち去ってしまう。実際、ピーターズ氏はあからさまにエムズワース卿を舌先三寸の老いぼれ悪党として描写した。

少々時間はかかったが、アッシュは込み入った状況の全体像を把握した。ただ一点、釈然としないことがある。

「城へ行ってスカラベを取り戻してくれる人を雇いたいのですね。そこはわかりました。でも、なぜあなたの従者として行かなければいけないのです？」

「簡単なことさ。黒い覆面を買って城に押し入れと命令するわけにはいかんだろう？　できるだけやりやすくしてやろうということだ。秘書を城に連れて行くわけにはいかん。もう引退したから秘書はいないことが知れ渡っているからな。それに、もし新しい秘書を雇って、そいつが伯爵のコレクションからわしのスカラベを盗もうとしているところを捕まったら、わしも怪しまれる。しかし、従者は違う。偽の推薦状を持ってきたイカサマ従者に騙されるのはよくあることだ」

「なるほど。もう一点、気になることがあります。あなたの共犯者が捕まったとしましょう。どうなりますか？」

ピーターズ氏は言った。「それが問題だ。だから適任者には報酬をはずむと言っている。仮に君が条件をのんで雇用契約を結び、そして、捕まったとしよう。まあ、そうなれば、君には自分の始末は自分でつけてもらう。わしは一言も漏らすわけにはいかん。しゃべったらすべてが明るみに出て、うちの娘とスリープウッドの息子との婚約は破棄され、わしが自分でスカラベを取り戻そうとしたのと同様にまずい事態になる。君はそれを肝に銘じなくてはならない。他のことは全部忘れても、それだけは忘れるな。この計画に関しては、わしはどんな形であれ、一切表に出ない。君が捕まったら、けっして口を割らず、運命を受け入れろ。寝返って『僕は無罪です。ピーターズ氏がすべて説明します』などと言ってはいかん。なぜなら、ピーターズ氏はそんなことは絶対にしないからだ。君が縛り首になりそうでも、ピーターズ氏は一言も抗議しない。そうなのだ、若者よ、この仕事を引き受けるなら、まず両目をしっかり見開け。起こりうる危険を十分に理解してから引き受けろ。なぜなら、成功した暁の報酬はそうした危険を冒すに値するからだ。君もわしも、君の仕事が本当の盗みではないことを知っている。わし自身のものを巧妙なやり方で取り戻すにすぎない。だが、裁判官と陪審員の意見は違うだろう」

「わかってきました」アッシュが考えながら言った。「なぜあなたがこれを『慎重を要する危険な仕事』と言ったのか」

たしかに、それは誇張ではなかった。イギリスで給仕として働く若者たちが愛読する探偵小説の作者であるアッシュは「慎重を要する危険な仕事」と呼べる企てをずいぶん構想してきたが、この文言にこれほど見事に合致するものはそうなかった。

「そのとおり」ピーターズ氏は言った。「だから、報酬をはずむと言っている。この仕事をやりおおせた者は五千ドルを現金で受け取る」

アッシュは跳び上がった。

「五千ドル！　千ポンド？」

「そうだ」

「いつからですか？」

「やってくれるのかね？」

「千ポンドのためなら、やりますとも」

「両目をしっかり見開いて？」

「しっかり見開いています」

ピーターズ氏のやつれた顔がほころび、温和な輝きに照らされた。あまつさえ、彼はアッシュの肩まで軽く叩いた。

「よし、いいぞ！　金曜日、午後四時にパディントン駅で会おう。他に知りたいことがあったらこの住所に来るといい」

ジョーン・ヴァレンタインへの報告が残っていた。どうしたって、彼女に報告しないわけにはいかない。誰かの意見に従って生活を一変させたら、何事もなかったようにその事実を隠し通していいはずがない。

アッシュには、事実を隠したいという気持ちはみじんもない。それどころか、また彼女に会う絶好の口実ができたことを喜んでいる。

もちろん、この仕事の秘められた詳細は言えない。当然、隠しておかなくてはいけない。そうだ、さりげなく彼女の部屋へ行ってこう言えばいい。「何か新しいことを始めたらって僕に言ったね？じつは従者の仕事を見つけたんだ」

それで、さりげなく彼女の部屋へ行き、そう言った。

「誰の？」ジョーンが尋ねる。

「ピーターズ氏という人だ。アメリカ人だよ」

女性というものは幼少期からずっと、感情を隠す訓練をしている。ジョーンは跳び上がりもしなければ、心の動きを表情に表すこともしなかった。

「プレストン・ピーターズ氏じゃないでしょうね？」

「そうだよ。彼を知っているの？　いやあ、奇遇だね」

「その人の娘が、ついこの間、私を小間使いとして雇うことになったの」

「なんと！」

「三年前と同じではないのよ」ジョーンは説明した。「いわば格安で休暇に出かける方便なの。ピーターズ嬢のことは昔、よく知っていたの。彼女のお客として旅行するようなものよ」

アッシュはまだ驚きから立ち直っていなかった。

「だけど――だけど――」

「何？」

「だけど、それにしてもすごい偶然だ」

「ええ。ところで、どうやってその仕事を見つけたの？　それに、よりによって従者になろうなんて考えたのはなぜ？　あなたがそういう仕事をしようと考えるなんて、とても意外だわ」

アッシュはばつが悪かった。

「僕は――僕は――その、ほら、経験が役に立つと思って。もちろん、作品を書くためさ」

「あら！　今度は私の路線に乗り換えようという考え？　公爵ものを？」

「いや、いや。そういうことじゃなくて」

「何だか腑に落ちないわね。一体全体、どうやってピーターズ氏と知り合いに？」

「ああ、求人広告に応募したんだ」

「なるほど」

アッシュは、その会話がそこはかとないぎこちなさを含んでいることに気づき始めていた。最初に言葉を交わした日の陽気な気楽さがない。ジョーンが彼の隠し事に感づいたのではないかという心配はしなかった。彼女にはそれを知る術がないはずだと感じたからだ。それでも、彼女の鋭い青い目が抜け目なく、射抜くように彼を見ているという事実に変わりはない。アッシュは気が引けた。

「一緒に過ごせるなんて楽しそうだね」おずおずと言ってみる。

「とても」ジョーンが答える。

会話が途切れた。

「そうなの」

「君に知らせようと思って来たんだ」

再び会話が途切れる。

「君が小間使いとしてあちらへ行くなんて、ずいぶん妙な感じだね」

「そう?」

「でも、もちろん、前にもやったことがあるんだよね」

「ええ」

「本当にすごいのは、僕たちが同じ人たちのところへ行くってことだね」

「ええ」

「その――本当に奇遇だ、そう思わないかい?」

「ええ」

アッシュは考えた。けれども、もう他に言うことが思いつかない。

「それじゃ、とりあえず、さようなら」彼はそう言った。

「さようなら」

アッシュはそそくさと彼女の部屋を出た。女の子の気持ちを理解できたらいいのに、と思っている自分に気づく。女性というのは奇妙なものだと思う。

アッシュが行ってしまうと、ジョーン・ヴァレンタインは戸口へ急ぎ、ドアをほんの少し開けて、立ったまま耳を澄ませた。アッシュの部屋のドアが閉まる音が聞こえるや、階段を駆け降りてアランデル街へ出た。

ホテル・マティスに駆け込む。

「すみません」愁いがちな目をした給仕に尋ねる。「こちらに『モーニング・ポスト』はあるかしら?」

ロマンスの国であるイタリア出身の給仕にとって、若さと美しさに奉仕するのはこのうえない喜びだ。姿を消すと、すぐにしわくちゃの新聞を持って現れた。ジョーンは輝くような笑顔で彼に礼を言った。

部屋へ戻り、広告欄を開く。人生は無思慮な人々が偶然と呼ぶものに満ちていることは知っていたが、アッシュがたまたまアリーン・ピーターズの父親を雇用主に選んだのは、偶然が過ぎると思った。疑念にかられ、ジョーンは眉根を寄せた。

その広告はほどなく見つかった。アッシュをタクシーに飛び乗らせ、メインプライス・メインプライス&ブール事務所へ急がせた広告だ。おおよそ見当をつけていたとおりの内容である。

広告を二度熟読すると、彼女は笑みを浮かべた。すべてがはっきりした。天井を見上げて頭を振る。

「あなたは本当に好青年だわ、マーソンさん」優しくそう言った。「だけど、私が先に見つけた物を横取りしようったって駄目。あなたもそのお金が必要でしょうが、悪いけれど、そうはさせない。私がもらう。誰にも渡さないわ」

第五章

I

　四時十五分の急行がパディントン駅から滑るように出発し、アッシュは二等車のコンパートメントの隅に席を取った。向かいの席ではジョーン・ヴァレンタインが雑誌を読み始める。通路の先の一等車喫煙コンパートメントでは、ピーターズ氏が大きな黒い葉巻に火をつけた。通路のもっと先の一等車禁煙コンパートメントでは、アリーン・ピーターズが窓の外を眺め、物思いに耽っている。

　アッシュはいつになく軽やかな気分だ。内心では、ジョーンに雑誌を買ってあげたのは失敗だった、そのせいで彼女と会話する喜びがしばらく奪われてしまったと思ったものの、それだけが玉に瑕で、彼は幸せだった。発車と同時に、自ら飛び込んだ慎重を要する危険な企てが正式に始まったとも言えるわけで、冒険に満ちた人生こそ自分にふさわしいという揺るぎない結論に達していた。本当にこれが冒険なのかという疑念にしばしば襲われたものの、確かめたければ実践あるのみだ。

　理想的な冒険者には肉体の危険を厭わない勇気が必要だが、それと共に、あるいはそれ以上に必要なのが、ある種の活発な好奇心だ。わが身の面倒を見るだけでは満足できない性分でなくてはならない。アッシュはその気質を磨き抜いてきた。子供時分から今に至るまで、いつだって自分とは無関係なことに興味を引かれてきた。実はそういう資質は、残念ながら現代の青年に欠けているのが常だ。

現代の青年は、わが身に冒険が降りかかってくれば受けて立つかもしれないが、そうでなければ、冒険の女神が微笑んでも気まずそうに後退りし、そっぽを向く。教養と伝統がこぞって彼の袖を引き、馬鹿げたことに手を出すのはやめろと諫めるのだ。そして、わが身の面倒も見られないと非難されるのを恐れるばかりに、変わったこと、面白いことにはてんで興味を示さない。今しがた通り過ぎた町外れの一軒家から聞こえた金切り声は素人の歌姫が絞り出した高音だと自分に言い聞かせ、刃物を持ったごろつきに追われて怯えている若い娘はどこかの映画会社で給金を稼いでいるだけだと決めてかかる。そして、右も左も見ようとせずに前へ進む。

冒険に対するそんな情けない及び腰は、アッシュとは無縁だ。たしかに、彼をマンネリ状態から引っ張り出すにはジョーン・ヴァレンタインの能弁が必要だったが、それは彼が怠惰でもあったからだ。新しい景色や新しい経験は、大好きだった。

そう、彼は幸せだった。列車の揺れる音が威勢のいい行進曲に聞こえる。春に青年が始めるのにふさわしい仕事を見つけたぞ、と胸の内でつぶやく。

いっぽう、ジョーンもまた、雑誌の陰に顔を埋めて忙しく考えを巡らせていた。雑誌を読んでいたのではない。雑誌を下に置けばアッシュが話しかけてくるのがわかっていたので、防護壁として目の前に開いているのだ。今現在、会話したい気持ちはみじんもない。彼女はアッシュと同様にごく近い未来のことを考えていたが、彼と違って、そのことに喜びをあまり感じていなかった。この青年を鼓舞したいという誘惑に抵抗しなかったことを、心底悔いていた。彼が怠惰な平穏に溺れるままにしておけばよかった。この世では、他人を刺激し鼓舞する試みがなぜかブーメランのようにわが身を逆襲し、打ちのめすことが珍しくない。アッシュがここにいるのは彼女が冒険を焚きつけたことの直接的な結果であり、彼女はもともと込み入った企てを余計複雑にしてしまったのだ。

ジョーンはアッシュに対して精いっぱい公平であろうとした。彼女がすでに自分のものとみなしている五千ドルをアッシュが横取りしようとするのは、彼の落ち度ではない。それでも、理屈ではなく、彼に対していささかの敵意を感じてしまう。

雑誌越しにこっそり彼を眺めようとしたが、残念ながら間が悪く、彼がちょうどこちらに視線を向けたところだった。二人の目が合い、言葉を交わさざるを得なくなった。そこで、ジョーンは敵意を心の片隅に押しやって必要なときにまた取り出せるようにしておき、さしあたり友好的に振る舞う覚悟を決めた。つまるところ、彼は彼女のライバルであるという事実を除けば、愉快な好青年であり、彼がこちらの態度を一変させるような報告をするまでは、彼女は彼に紛うかたない友情を抱いていたのだ。

それはじつに温かい感情だった。母親のように髪を撫でたり曲がったネクタイを直してやったり、灯を消した部屋で暖炉の火に照らされながら二人でしんみりと話し、打ち明け話をさせ、真にやり甲斐のある仕事をするよう鼓舞してやりたいと思わせる何かが、彼にはあった。しかし、それは優しい気性のなせる業で、さほど親しくない人にも親切にしたい、手を差し伸べたいという本能に過ぎないと彼女は決めつけていた。

「さてと、マーソンさん」ジョーンが言う。「いよいよ始まるわね！」

「僕もまったく同じことを考えていたよ」アッシュが答える。

遠征の開始によって、いよいよ気持ちが高揚していく。心の奥底では、彼女の態度の急変に対する僻みめいた気持ちを自覚している。彼が今の職を見つけたと告げたときの短い会話と、その後、ほんの数分前にパディントン駅のプラットフォームで交わした会話からは、冷ややかさとある種の敵意が感じられた。それは初対面の感じのいい気さくさとはあまりに違っていた。

今はまた以前の感じに戻っており、そのおかげですべてが一変したことに、彼は驚いた。自分がいくらか若くなって活気づいたように感じる。列車がガタゴトと揺れる音が陽気なラグタイムの響きに変わった。

不思議だ。ジョーンはただの友達にすぎないのに。彼女に恋しているわけではない。三回しか会ったことのない娘に恋するわけがない。そう、惹かれはするだろう。だが、恋に落ちはしない。

アッシュは少し考えたおかげで、自分の感情を正確に分析するに至った。コンパートメントの向かいの席に身を躍らせてジョーンにキスしたいという奇妙な衝動は、恋ではない。善良なる青年が同類の人間とそれなりに親しくつきあいたいという自然な欲求の産物にすぎない。

「それで、この件全体についてどう思っているの、マーソンさん?」ジョーンが訊く。「私に言いくるめられて、このまったく無茶苦茶な転職をしたことを後悔している? それとも喜んでいる? だって、私、あなたに対して責任を感じているの。私さえいなければ、あなたはアランデル街でのんびり『死の杖』を書いていられたのに」

「喜んでいるよ」

「実際に使用人の仕事に就いた今、不安は感じない?」

「うん、ちっとも」

ジョーンは本心とは裏腹に、彼の潔さを称えるように微笑んだ。ライバルとはいえ、危険な仕事を目前にしたこの青年の振る舞いに感じ入っていた。これこそ彼女が好み崇める精神、来るものは拒まずの果敢な心意気だ。この冒険に飛び込んだ彼女自身の心意気であり、それがアッシュの精神をも鼓舞したのは喜ばしいかぎりだ。だが、マイナス点もある。その心意気のせいで、彼がより危険なライバルになるからだ。

そう考えると、ジョーンの態度には先ほどの敵意がほのかに蘇った。

「いつまでそんなに勇ましくしていられるかしら」

「どういう意味?」

危うく言いすぎるところだった。自分の秘密を明かしてまでアッシュの化けの皮を剝ごうとは思わない。彼の秘密を見破っていることを仄めかしたいという誘惑に、負けてはいけない。

「つまり」彼女は口早に言った。「私がこれまで見た限り、ピーターズ氏は雇い主としてはなかなか骨の折れそうな人だって言いたかったの」

アッシュの顔が明るくなる。自分の任務に彼女が感づいたかと一瞬、警戒したが、心配なさそうだ。

「うん、僕もそう感じている。いわゆる短気な人みたいだね。消化不良だということは知ってるだろう?」

「知ってるわ」

「あの人に必要なのは、たっぷりの新鮮な空気と禁煙と、君を存分に楽しませたあのラーセン体操を日課にすることだ」

ジョーンは笑った。

「ピーターズ氏を説き伏せて、あんなふうに体中をひねらせようというわけ？　それなら、ぜひ私にも見せて」

「見せてあげたいよ」

「ぜひ提案してみて」

「従者から提案されたら、ムッとするんじゃないかな？」

「あなたが従者だってこと、すぐに忘れてしまうわ。従者にはとても見えないもの」

「ピーターズさんはそう思わなかったよ。むしろ、僕の容姿をほめてくれた。十人並みだってね」

「私だったらそうは言わないわ。あなたはずば抜けて丈夫で健康そうに見える」

「筋骨隆々の従者もいるんだよ、きっと」

「ええ、そうね。きっといるわ」

　アッシュは彼女を見た。生まれてこのかた、これほど目が覚めるようにきれいな女の子を見たことがない。一体どんな工夫をしたのか、身なりのせいかもしれないが、そこはかとない慎み深さが漂っているせいで、すこぶる魅力的に見える。身にまとった地味な黒い服が彼女の美しさを申し分なく引き立てている。

「ついでに言えば、君も自覚していると思うけれど、小間使いのようには全然見えないよ。身をやつした王女様みたいに見える」

　ジョーンは笑った。

「嬉しいお言葉だけれど、マーソンさん、それは的外れよ。誰だって、一マイル先から見たって、私が小間使いだとわかるわ。服が場違いだという意味ではないわよね？」

「服は申し分ない。全体の印象さ。表情がそぐわないように思う。何というか、その——積極的すぎるんだ。もう少し控えめでもいいんじゃないかな」

「控えめ！　マーソンさん、あなた、小間使いを実際に見たことがおあり？」

「ああ、いや、考えてみれば、ないかもしれない」

「じゃあ教えてあげるけれど、控えめとはほど遠い仕事よ。どうして控えめでなくちゃいけないの？　小間使いが入室する順番は客室係（グルーム・オブ・ザ・チェンバーズ）の次でしょう？」

「入室？　どこへ？」

「食事する部屋よ」

アッシュの戸惑った顔を見て、ジョーンは微笑んだ。「どうやら、勇んで足を踏み入れた新しい世界の作法を、あまりご存じないようね。大邸宅の使用人の優先規則は社交界の規則より厳しいって知らなかった？」

「ご冗談を」

「冗談なんか言っていないわ。ブランディングズ城で本来の順番を無視して席に着こうものなら、どうなることか。少なくとも、みんなの前で執事に大目玉を食らうのは覚悟しなくちゃ」

アッシュの額に玉の汗が浮かぶ。

「いやはや！」アッシュは呟く。「みんなの前で執事に大目玉を食らったら、死にたくなるね。とても生きてはいられない」

彼は口をあんぐり開け、あまりに気軽に飛び込んでしまった恐怖の深淵を覗き込む。彼にとって、それほど重大な「使用人問題」はこれまで存在しなかった。サロップのマッチ・ミドルフォードで過ごした少年時代、身の回りの世話をしてくれたのは筋骨たくましいアイルランド人女性だった。その後、オックスフォードでは「小使《こづかい》」と寝室係がついていた。ウイスキーを鍵のかかる所にしまっておきさえすれば、無害な人たちである。そして、直近のロンドン生活では、7番Aのボサボサ髪のメイドのような奉公人たちが入れ替わり立ち替わり世話をしてくれた。もっと多くの使用人を抱えたお屋敷がこの国に点在していることは、何となく知っていた。実際、『捜査官グリドリー・クエイル消えた侯爵の冒険』(シリーズ第四巻)では、公爵の家庭生活の一幕を描き、執事と髪粉をふりかけた従僕二人を登場させた。しかしながら、厳格かつ複雑な作法のルールがそうした登場人物の私生活を支配しているとは夢にも思わなかった。少し考えたにしても、食事の時間には執事と二人の従僕が台所へ連れ立って入っていき、どこでも空いている席を占領すると想像しただろう。

「教えてくれ」とアッシュは言った。「知っていることを全部、教えてほしい。間一髪で惨事を免れたような気がする」

「そのようね。執事に見下されるほど悲惨なことはないと思うわ」

「きっとないだろう。オックスフォード時代、友達の家によく泊まっていたが、そこの執事が燕尾服を着たローマ皇帝みたいに見えて。怖かった。そいつにはいつも平身低頭していた。頼む。知っていることは全部教えてくれないか」

「そうね、ピーターズ氏の従者なら、大きな顔ができると思うわ」

「そんな気はしないけれど」

「お客がどれほど大人数だとしても、ピーターズ氏は主賓のはずだから、あなたの立場もそれに応じて強くなるわけ。あなたの前には、執事、家政婦長(ハウスキーパー)、客室係、エムズワース卿の従者、レディ・アン・ウォーブリントンの小間使い――」

「レディって誰？」

「レディ・アン？　エムズワース卿のお姉さんよ。エムズワース卿の奥様が亡くなってから、同居しているの。どこまで言ったかしら？　ああ、そうだわ。その後がフレデリック・スリープウッドの従者と私、そして、あなたという順番よ」

「それじゃ、結局、そんなに上のほうではないね？」

「いいえ、上のほうよ。あなたの後に、まだまだ大勢いるんだから。ピーターズ氏以外に何人くらいお客がいるかによるけれど」

「つまり、大勢のハウスメイド（一般女中）や洗い場メイドの先頭に立つってわけだね？」

「言っておきますけれどね、マーソンさん、もしもハウスメイドや洗い場メイドが家令室に入り込んで私たちと一緒に食事しようとしようものなら、きっと――」

「執事に大目玉を食らう？」

「殺されかねないわ。台所メイドと洗い場メイドは台所で食事をとる。運転手、従僕（フットマン）、副執事、配膳係（パントリーボーイ）、食堂係（ホールボーイ）、臨時雇い（オッドマン）、家令室の従僕は使用人ホールで食事をとり、食堂係が給仕する。食品貯蔵室メイドは朝食とお茶を食品貯蔵室で、昼食と夕食を使用人ホールでとる。ハウスメイドと子守は朝食とお茶をメイド用居間で、昼食と夕食を使用人ホールでとる。ハウスメイド長の地位は食品貯蔵室メイド長のすぐ下。洗濯メイドは洗濯場の近くに専用の部屋があり、洗濯メイド長の地位はハウスメイド長の上。料理長は台所に近い自分の部屋で食事をとる。……他に教えてあげられることがあるかしら、マーソンさん？」

アッシュは虚ろな目で彼女を見つめていた。そして、ものも言わずに首を振った。

「あと三十分でスウィンドンに停まるわ」ジョーンがやんわりと言う。「そこで降りて、ロンドンへとんぼ帰りしたほうが身のためだと思わない、マーソンさん？　そうすれば面倒なことは何もないわ」

アッシュはようやく言葉を見つけた。

「悪夢だね」

「アランデル街にいるほうがよほど幸せよ。スウィンドンで降りて戻ったらいかが？」

アッシュは首を振る。

「無理だ。その――理由があって」

ジョーンはまた雑誌を手に取った。片隅に押しやった敵意が頭をもたげ、再び心を満たしつつある。理不尽だと分かってはいても、抑えきれない。使用人作法を講釈している最中に一瞬、ライバルを怖気づかせて退散させる望みを抱いたものの、その期待を裏切られたせいで苛立ってしまった。彼女が短い読み物に没頭し、会話を再開しようと話しかけるアッシュをそっけない生返事ではねつけたので、とうとう彼もむっつりと黙りこんだ。

彼は傷つき、怒っていた。あんなに長いこと親しげに話していた彼女が一転、急に冷淡になったので困惑し、憤慨していた。馬鹿にされたように感じたのだ、理由もなしに。

彼女が盾にしている雑誌が憎かった。ただ、それは彼が自分で彼女に買ってあげた雑誌だ。彼の存在を無視し始めた彼女の態度にカチンときた。寂しさと薄い靄《もや》のような憂愁が心に忍び込む。人間の言いようのない愚かさについて、なかでも女性が人工的障壁を築いて友情を遮断する愚かさについて、アッシュは沈思黙考した。

あまりにも不合理ではないか。二人の初対面の際、防御態勢をとっても無理はない状況で、彼女は屈託のない気さくさで彼に接した。その最初の会見が終わる頃には、知り合ってまもない初期段階のぎこちなさはもはや過去の遺物とみなされ、また会う機会があれば、次は友人として会うという暗黙の了解が二人の間にできていた。ところが、彼女ときたら、親しげな素振りで彼を惹きつけておきながら、彼が馴れ馴れしすぎるとでも言いたげに、自分の殻に閉じこもってしまった。

アッシュは反感にとらわれた。構うもんか！　冷たくされようがよそよそしくされようが、へっちゃらだ。その態度が彼女の専売特許でないことを、こちらも見せてやる。彼女の方から話しかけてくるまでは話さないし、彼女が話しかけてきたら、慇懃無礼で尊大で無関心な応対で凍りつかせてやる……。

列車はガタゴトと走り続け、ジョーンは雑誌を読んでいる。二等車のコンパートメントを沈黙が支配する。

スウィンドンに停車、そして出発。外には夕闇が下りる。アッシュは、この旅には終わりがないように感じ始めた。

そのとき、ブレーキが軋む音がし、列車がまた止まった。

プラットフォームからアナウンスが聞こえる。「マーケット・ブランディングズ。マーケット・ブランディングズ駅」

Ⅱ

マーケット・ブランディングズの村は近代的進歩から取り残された、ありふれた片田舎の小村だ。ただ、鉄道駅ができ、食料品店の二階に映写室が新設されて火曜日と金曜日には活動写真が上映されている。教会はノルマン様式建築、村人の大半の知的水準は古生代並みだ。南西風が真東からの風に変わったばかりの肌寒い春の日、つましい住民がまだ窓の明かりをともさぬ黄昏時にマーケット・ブランディングズ駅に到着すると、まるで世界の果てに来て、近くには一人も友がいないかのような気分に襲われる。

アッシュはピーターズ氏の荷物の傍に立って無情な夕闇を暗い目で見渡し、憂いに身を任せた。頭上では石油ランプが弱い光を放つ。プラットフォームでは短身ながらたくましいポーターが牛乳缶を巧みに転がしている。東風が冷たい指で彼の全身を撫でる。

ピーターズ氏とアリーンが乗り込んだ大型自動車は、すでに夕闇の中に姿を消した。その暗がりのどこかに城とその執事、そして恐ろしい作法の決まりが存在する。その城までアッシュとトランクを運ぶ荷馬車がまもなく到着するはずだ。彼は身震いした。

暗がりから石油ランプの微かな光の中へ、ジョーン・ヴァレンタインが戻ってきた。アリーンを自動車に乗せて送り出してきたのだ。彼女は暖かそうで元気いっぱいだ。以前のように親しげに微笑んでいる。

もしも女性が自らの責任の重大さを自覚すれば、うかつに微笑むこともできなくなり、微笑むのをすっぱりやめてしまうかもしれない。男の人生には、女性の微笑がダイナマイトの爆発に引けを取らない重大な結果を及ぼす瞬間がある。知り合ってからの短い期間に、ジョーンはアッシュに何度も微笑みかけたが、いずれの場合も彼女の微笑が彼に深刻な影響を及ぼすような状況ではなかった。アッシュは喜びを感じ、彼女の微笑を冷静な審美眼により賛美したが、圧倒されはしなかった。心構えがまだできていなかったのだ。しかし今、マーケット・ブランディングズ駅の陰鬱なプラットフォームで孤独な五分間を過ごしたあとで、いわば心霊術にかかりやすい状態になっていた。憂鬱と身体的苦痛のどん底に達したそのとき、突然の微笑が強い酒と吉報のごとき効き目を同時に発揮し、血を温め、魂を慰め、世界全体を陰鬱な砂漠から乳と蜜の流れる土地へ変えた。

アッシュはジョーンの微笑に手繰り寄せられたと言っても過言ではない。まったく予想もしないことだった。感情がたかぶって、ピーターズ氏の薄く幅の広いトランクをぐいと摑んだ。

冷たくよそよそしくするという決意は跡形もなく消えた。一人の友もいない世界にあって、自分を気に入り、自分に会って喜んでくれる人に巡り合ったように感じたのだ。

それほど重大な微笑には分析が必要であり、この場合、そうする価値がある。マーケット・ブランディングズ駅のプラットフォームにおけるジョーン・ヴァレンタインのこの微笑の陰には、多くのことが隠されていた。

第一に、彼女はまたもや素早く気分を変え、敵意を心の片隅に押しやった。考え抜いた末に、アッシュの行為を非難する合理的理由は何もないのだから、よそよそしくするのは意地の悪い振る舞いだという結論に達した。したがって、次に会ったときにはまた良き仲間として彼に接すると決めたのだ。それだけでも彼女が微笑む十分な理由と言える。

ただ、別の理由もあって、それはアッシュに何の関係もなかった。アリーンを自動車に乗せている間、ジョーンは運転者と目が合い、相手が探るような視線を投げかけ、目に驚きと恐怖そのものが浮かんでいることに気づいた。一瞬ののち、アリーンが運転者をフレディと呼んだので、謎が解けた。フレディが幽霊でも見たような顔をしたのも無理はない。哀れなフレディは、きっと車中でアリーンに小間使いの名を尋ね、シンプソンと聞いてほっとしているに違いない。「昔知っていた女の子を思い出した」とか何とか言って誤魔化し、瓜二つの人間を生み出す造化の妙について思いを巡らしただろう。それにしても彼が肝を冷やしたのはたしかで、ジョーンが微笑んだのは彼の顔を思い出したからでもある。

三番目の理由は、フレディを見た途端、彼がジョーンに詩を書いたというR・ジョーンズの言葉を思い出したことだ。そのことも、アッシュを痺れさせた彼女の微笑の原因となった。

アッシュは天才的な直感力に恵まれてはいなかったから、彼女の微笑をわかりやすく解釈し、自分と一緒にいるのが嬉しくて微笑んだのだろうと考えた。その考えは、絶望感とありきたりの日常への漠然とした不満を覆い隠し、ある種の強力な化学反応を引き起こした。

どんな男の人生にも、後年振り返って「あのとき恋に落ちた」と言える瞬間があるものだ。今やアッシュにその瞬間が訪れたのである。

鐙《あぶみ》と地面の間で
私は慈悲を乞い、慈悲を見いだした（歴史家ウィリアム・カムデン〔一五五一―一六二三〕による「落馬した男の墓碑銘」より）

詩にはそううたわれているが、アッシュにもそれは当てはまる。

短身ながらたくましいポーターがプラットフォームの反対側に牛乳缶を転がし、さっき同じように転がした別の牛乳缶にガチャンとぶつけるまでの間、つまり、信じられないくらい短い間に、アッシュは恋に落ちた。

恋という言葉はあまりに大雑把に、度合いの異なる無数の情動を表現するために使われる。アントニーがクレオパトラに抱いた火山のごとき情熱から、食料品店の店員が郵便局の先の一軒目の家の料理女よりも大通りの二軒目の家のメイドを好む漠然とした嗜好まで、あまりに多岐にわたって使われるため、たんに「アッシュは恋に落ちた」と述べるだけでは、彼がピーターズ氏のトランクを摑みながら抱いた感情の描写としては不十分だ。展開しなくてはならない。分析しなくてはならない。

十四歳を皮切りに、アッシュは何度も恋に落ちてきたが、ジョーンに抱いた気持ちはこれまでとは違う。彼は十五歳のとき、バーミンガムのロイヤル劇場で主役を演じたパントマイム女優に天地の引っくり返るような心の震えを覚え、彼女の写真を二十八枚も集めた。オックスフォードでポルトガル人女性からソネットを教わって暗唱するために一週間煙草をやめたのは、もっと穏やかな情熱ゆえだった。今度の恋は、その二極の間に位置する。マーケット・ブランディングズ駅が突如インディアンに占拠されればいい、そうすればジョーンを救うヒーローになれる、とまでは思わなかったし、何かを犠牲にしようとも思わない。それでも、彼は心の奥底でわかっていた。ジョーンのいない未来は想像できないほど耐え難いこと、たった今ジョーンを両腕に抱きしめ、いつまでもキスしていたいと熱望していることを。それらの感情に交じって湧いてくるのが、彼女があの電撃的微笑を顔に浮かべて近寄ってくれたことへの熱烈な感謝と、これまで思っていたよりも彼女が千倍もきれいだという天啓のような悟りと、主人のトランクを握る手を離して彼女の足元に転がり、犬のようにキャンキャン鳴き続けたいという自己卑下の思いだった。

もつれ合う感情を可能なかぎり解きほぐしてみると、彼の気持ちの中心にあるのは、感謝だ。生まれてこのかた、一人の人間にこれほど熱烈に感謝したのは一度だけだ。その時も、感謝した相手は女性だった。

昔、遠いサロップのマッチ・ミドルフォールドの父の家で過ごした少年時代のことだ。十一歳という微妙な年齢ならではの引っ込み思案だった彼は、知らない大人の客でいっぱいの部屋でお偉方に命じられ、立ち上がって「ヘスペラス号の難破」（アメリカの詩人ヘンリー・ワーズワース・ロングフェロー［一八〇七―一八八二］の詩）を暗唱する羽目になった。

彼は立ち上がった。赤面した。口ごもった。やっとのことで呟いた。「それは帆船ヘスペラス号」。そのとき、部屋の隅で幼い女の子が、どうしたわけかわっと泣き出した。叫び、喚き、いくらあやしても機嫌が直らない。アッシュはその場の混乱に乗じて庭の奥の薪小屋に逃げ込み、奇跡的に事なきを得た。

それ以来ずっと、時宜を心得たその女の子への感謝を忘れないし、今の今まで、あれほど劇的な場面には遭遇していない。

それにもかかわらず、ジョーンを見ていると、十五年前のあの感動が蘇るのを感じる。

ジョーンはしゃべろうとしている。アッシュは一種の恍惚状態で、彼女の唇が開くのを見つめた。彼女が唯一無二の真の女神という新たな役柄において発する最初の言葉を、ほとんど恭しく待っていた。

「最悪よ」彼女は言った。「さっきチョコレートの自動販売機に一ペニー入れたのに、機械は空っぽなの。苦情の手紙を書かなくちゃ」

アッシュはさながら壮大で甘美な賛歌に耳を傾けている心持ちだ。

短身ながらたくましいポーターが、牛乳缶に囲まれた仕事にうんざりしたか、あるいはもしかしたら仕事が終わったのか――たとえ想像の中でも彼を不当に扱うのはよそう――、二人のほうへ近づいてきた。

「城からの馬車が着きましたよ」

前方の暗がりの中に、さっきまではなかった光が瞬いている。馬がゆっくりと鼻を鳴らし、ポーターの言葉を裏づける。ポーターは牛乳缶を扱うときと同じ手慣れた仕草でピーターズ氏のトランクを扱った。

「やっと来たのね。屋根つきの馬車だといいけれど。寒くて凍えそう。さあ、行ってみましょう」

アッシュは機械仕掛けの人形のようにぎこちない足取りで彼女の後に従った。

Ⅲ

寒さはあらゆる美を隠してしまう魔物だ。霜で凍える庭の地下には球根が隠れ、(庭師が上下逆さまに植えていなければ)喜びの色を爆発させて妍を競う時をじっと待っているが、凍える大地は魔物が去るまで花々を咲かせようとはしない。寒さが恋を抑圧するのも同じことだ。イギリスの春の夜に無蓋馬車に乗る男は、恋を忘れてはいないかもしれないが、恋は心の最上層を占める感情ではない。

胸の内で縮こまり、来たるべき時を待っている。

要するに、馬車は屋根つきでなかった。四方から吹きつける風にまともにさらされ、なかでも優勢なのは暗い東方からやってくる風だ。おそらくそのせいもあって、ジョーンの微笑のおかげでアッシュを包んだ高揚感はたちまち雲散霧消し、彼は恍惚状態から一瞬にしてわれに返った。心の奥底ではジョーンに対する態度は変わらないとわかっていたが、意識は血流を保つというほぼ絶望的な任務にかかりきりで、恋を思う余裕はない。馬車が二十ヤードも進まないうちに、アッシュは恋する男から、ひたすら寒さに凍えるちっぽけな生きものになり下がっていた。

曲がりくねった道、真っ暗な小屋、黒々とした畑と生垣が永遠に続くかと思われた末に、馬車は巨大な鉄の門の中へ入っていった。門は開いており、きれいにならされた砂利道が奥へ延びている。道は大木の並ぶ広い庭を通り抜けて一マイル近くも続き、それから密生した低木の茂みの暗がりに呑み込まれた。左手に明かりが見えてくる。まず明かりが一つ二つ輝いては消え、茂みを過ぎて滑らかな芝生とテラス式庭園（高度差のある敷地に段状に整えられた庭）が広がると、上方の数多の窓に煌々ともる明かりが訪問者たちを照らし、冬の夜に燃える炎のように元気づけた。灰色に暮れていく空を背景に、ブランディングズ城が山のようにそびえる。

初期チューダー様式の壮麗な城である。その歴史はイングランドの歴史書に記され、ヴィオレ＝ル＝デュク（十九世紀フランスの建築家、建築理論家）もその建築について書き記した。城は威容を誇り、周囲の田園地帯を見下ろしている。

しかし、アッシュの心を最も惹きつけたのは、城が暖かそうに見えたことだ。駅を出てから初めて、明るい気分になりかけた。だが、本当に明るい気分になるには少し早すぎた。まだ目的地には着いていないのだ。城が視界に入ると馬車は迂回を始め、十分後にようやく建物の裏手の通用門をくぐり、玉石を敷き詰めた道を進んで、大きな扉の前で停まった。

アッシュは凍えた体で馬車を降り、玉石を踏んだ。そして、続いて降りようとするジョーンに手を貸した。ジョーンは柔らかな光をまとっているように見えた。女性というものは寒さを寄せつけないらしい。

扉が開いた。厨房の暖かい匂いが漂ってくる。屈強な男たちが駆け寄ってトランクを下ろし、洗い場メイドの格好をした美人が二人、緊張した面持ちでジョーンとアッシュに近づき、膝を曲げてお辞儀をした。普通の状況であれば、それだけで恐れ入っただろうが、凍え切ったアッシュは洗い場メイドにお辞儀されただけでは何も感じない。挨拶を受けて、鷹揚に頷きさえした。

洗い場メイドは王族の「お付きの者」のような役目を果たしているらしい。一人はジョーンを家政婦長のミセス・トウェムロウに紹介するために、もう一人はアッシュを執事のビーチに引き合わせるために出てきた。執事は城の主賓の従者に敬意を表するために待ち構えているのだ。

石敷きの通路を少し歩いてから、ジョーンと案内役は右へ折れた。アッシュが目指す場所は左らしい。アッシュは後ろ髪を引かれる思いでジョーンと別れた。彼女の精神的支えが欲しいところだ。

アッシュについた洗い場メイドがとあるドアの前で立ち止まり、ノックした。熟成したトゥニータイプのポートワインを思わせる朗々とした声が「どうぞ」と答える。案内役のメイドがドアを開ける。「お連れしました、ビーチさん」と言うが早いか、メイドは慣れない場所から逃げるように立ち去り、いつもの厨房へ戻った。

アッシュが執事のビーチに抱いた第一印象は、切迫感だ。初めてビーチと相対する人は皆同じような印象を持つ。弾ける寸前の張り詰めた空気を感じ、蛙やゴム風船を連想する。神経質で想像力豊かな人は、ビーチに会うと思わず身構え、爆発に備えて身体中の筋肉を硬くする。彼と親しくつきあうようになると、まもなくその段階を卒業する。ヴェスヴィオ火山の中腹に住む人が噴火の恐れを感じなくなるようなものだ。記憶を精いっぱいたどっても、ビーチはつねに今にも卒中の発作に襲われそうに見えたが、一度も卒中には見舞われていない。だから、まもなくそんな恐れを忘れてしまう。しかし、アッシュは新鮮な目で彼に近づきながら思った。この張り詰めた状態が長続きするはずがない、遠からず最悪の事態が起きるに違いないと。そう予感した途端、旅の辛苦のせいで冬眠状態だった思考が目覚めた。

執事という階級に属する人は、職場環境が大規模になればなるほど人間離れしていくようだ。田舎の小紳士の比較的つましい屋敷に雇われているような執事はほとんど庶民同然で、地元の商人と親しくつきあい、村の居酒屋で戯れ唄を歌い、災害時に突然給水が止まればポンプに張りついて水を汲み上げる。屋敷が大きくなればなるほど、執事はそういう類型から遠ざかっていく。ブランディングズ城はイングランド有数の名所であるため、ビーチはいかめしい不活発さを身につけ、ほとんど植物界の一員かと思えるほどだった。たまさか動くときには、ごく緩慢に動く。話すときは、まるで貴重な薬品を一滴ずつ計るかのようにして言葉を精製する。重いまぶたが彫像のように表情を固めている。

ビーチは丸々と肥えた白い手をほとんど気づかないほど波うたせて、椅子にかけてほしいとアッシュに伝えた。もう一方の手は悠然と動かし、炉棚で湯気を立てているやかんをつかむ。頭を少し傾げて卓上のデカンタにアッシュの注意を促す。

まもなくアッシュは、何か神秘的な儀式に参列する特権を与えられたかのように感じつつ、ウイスキー・トディ（ウイスキーに湯、砂糖、スパイスなどを加えた飲み物）をすすっていた。

ビーチ氏は暖炉の前に陣取って両手を背中に回し、ようやく言葉を発し始めた。

「お名前をまだうかがっておりませんでしたな、ええと――」

アッシュは自己紹介した。ビーチは承知しましたというように会釈する。

「馬車での道中は寒かったでしょう、マーソンさん。東風が吹いていますから」

アッシュは、はい、寒い道中でした、と答える。

「東風が吹くと」ビーチ氏は一言ずつ空気を漏らすようにして言葉を続ける。「足が痛みます」

「何とおっしゃいました？」

「足が、痛み、ます」執事は各音節の長さを揃えて繰り返す。「あなたは若い、マーソンさん。おそらく『足が痛む』というのがどういうことかわからんでしょうな」

執事はアッシュと、彼のウイスキートディと、後ろの壁を眺めていたが、重そうなまぶたの下の眼差しは解読不能だ。

「ウオノメです」

アッシュはお気の毒に、と言った。

「足が、ひどく、痛みます。ウオノメだけではありません。足の指の巻き爪が治ったばかりでして。足の、指の、巻き爪が、ひどく、痛みました。関節も、腫れて、痛みます」

アッシュがこの受難者にむける眼差しは次第に冷たくなった。健康すぎる若者にありがちな短所である。ほとんどの面では思いやりがあるにもかかわらず、肉体的不調の悩みが多い人々の告白には、残念ながら根気よく耳を傾けることができない。正しいか間違っているかはさておき、彼らに言わせれば、そのような述懐は医療の専門家の耳に入れればいいのであり、門外漢との会話にはもっと別の一般的な話題を選ぶべきなのだ。

「お気の毒です」アッシュは急いで言う。「大変だったでしょう。今、このお城では大きなハウスパーティーが開かれているのですか?」

「その予定です」ビーチ氏が答える。「大勢のお客様がみえます。三十人をくだらない方々が晩餐の席に着くことになりましょう」

「あなたは重責を担っているわけですね」。アッシュは話題が足からそれたことを喜びながら、お世辞を言う。

ビーチ氏はうなずいた。

「おっしゃるとおり、マーソンさん。私のような立場にある者がどれほどの重責を負っているか、なかなか理解されません。ときにはその重責が心にのしかかり、神経性の、頭痛に、悩まされます」

アッシュは消火活動をしているような気分になってきた。こちらが消えたと思えば、あちらで火の手が上がる。

「仕事を終えたあと、何もかもがぼやけて見えることがあります。ものの輪郭に靄がかかったように見えるのです。椅子に腰を下ろさずにはいられません。その辛さは耐え難い」

「でも、そのおかげで足の痛みを忘れられるでしょう」

「とんでもない。足も、同時に、痛むのですよ」

アッシュは無駄な抵抗をやめた。

「足の話をうかがいましょう」

ビーチ氏は自分の足について、アッシュに細大漏らさず語った。

どれほど楽しい役割にも終わる時が必ず来る。腫れた関節についての最後の一言が発せられたとき、その時がやって来た。すっかり観念し、この話題についてのいつ果てるともない考察につきあっていたアッシュは、十分ほど経って相手が話題を変えたとき、自分の耳を疑った。

「ピーターズ氏の下で働いて長いのですか、マーソンさん？」

「は？　ああ！　ああ、いえ、先週の水曜日に始めたばかりです」

「さようですか！　その前にはどなたにお仕えしていたか、お訊きしてもよろしいですかな？」

一瞬、アッシュは信じがたい反応をした——足の話題がもはや語られなくなったことを残念に感じたのだ。その質問で、彼は気まずい立場に立たされた。従者として長い経験があると嘘をつけば、しっぽを出す恐れがある。真実を言って「ジェントルマンに仕えるジェントルマン」たる従者の仕事をするのは生まれて初めてだと明かせば、この執事はどう思うだろう？　どちらをとっても想定外のことは起こり得るが、やはり真実を告げる方が簡単なので、彼はそうした。

「このお仕事は初めて？　さようですか！」ビーチ氏は言った。

「僕は——その——ピーターズ氏に会う前は別のことをしていました」

ビーチ氏は育ちがよかったため、詮索しなかったものの、彼の眉は違った。

「ほう！」と、ビーチ氏は言った。

「？」と、ビーチ氏の眉は叫んだ。「？？？」

アッシュは眉を無視して言った。

「別の仕事です」

気まずい沈黙。その気まずさをアッシュは鋭く察知した。ピーターズ氏に対する腹立たしさも感じた。どうして彼はアッシュを秘書としてここへ連れてこなかったのか？　たしかに、メインプライス・メインプライス&ブールの事務所での会話でその理由に触れてはいたが、馬鹿げた的外れな理由だけだった。時間があるうちにきちんと反論すればよかったと思ったものの、計画を練っていたあの時点では、アッシュはどちらかと言えば、従者になるという考えにくすぐられていた。その思いつきには陽気で喜歌劇的な味わいが感じられた。付随するややこしい事柄をなぜ予期しなかったのだろう？　執事の困惑した表情からは、この件についての詳細な説明を待っていることが見てとれた。もしアッシュが説明を拒めば、どうなるだろう？　刑務所にいたと思われかねない。

そう、もう打つ手はなかった。ビーチが疑っているなら、ずっと疑い続けるだろう。さいわい、執事の疑念は大して問題にならない。

ビーチ氏の眉はまだ無言のうちにアッシュに告白を促していたが、アッシュは部屋の中のビーチ氏が陣取っていない部分に目を向けた。たかが一対の眉に催眠術をかけられて、不利な自白をしたりするものか。顔色一つ変えずに、壁紙の模様を睨みつけた。見も知らぬ種類の小鳥たちがエキゾチックな灌木一本に一羽ずつ鎮座している図柄だ。

沈黙が重苦しくなってきた。そろそろ誰かが破らないといけない。ビーチ氏は依然として眉の言語にのみ頼り、たとえ夏の終わりまでかかろうと、その路線で戦い抜くつもりらしかったので、アッシュが自ら沈黙を破った。

その夜ベッドに入ってから頭の中でこの場面を再現したアッシュは、ピーターズ氏の消化不良の話題を思いついたのは神の導きに違いないと思えてきた。主人の病苦へのちょっとした言及が、執事には魔法のように効いたからだ。

「もっといい仕事もあったかもしれないと思います」アッシュは言った。「ピーターズ氏がどれほど気難しいか、きっとご存じでしょう？　胃弱なんですよ」

「そのようにうかがっています」とビーチ氏は答え、少しの間考えていた。そして「私も」と続けた。「胃では苦労しています。胃が弱いのです。胃の内壁が、私が望んでしかるべき胃の内壁とは違うのです」

「うかがいましょう」アッシュは感謝を込めて言った。「あなたの胃の内壁の話を、全部うかがいましょう」

十五分後、ビーチ氏の語りはマントルピースの上の小さな置き時計のチャイムで遮られた。振り返って時計を見た彼は、驚きと同時に、いささかの不快感を覚えたようだった。

「もうこんな時間とは！　仕事に戻らなくてはなりません。マーソンさん、僭越ながら、あなたもでしょう。廊下を真っ直ぐ行くとドアがあります。われわれの区画はそこまでです。失礼しますよ。セラーに行かなくてはなりませんので」

執事に言われたとおりに数ヤード進むと、緑色のラシャ布を張ったドア（城館の居住部分と使用人区画を分けるドア）があり、押すと開いて、目の前にはまさに城の大ホールが開けた。そこは広々とした快適な空間で、周囲に長椅子が配され、巨大な暖炉に薪が燃やされて暖かい。右手に二階へ至る広い階段がある。

この時点で、アッシュはビーチ氏の案内が完璧でなかったことを悟った。広い階段が寝室の階に通じるのは間違いないが、わざわざドアを一つ一つノックして尋ねる以外に、ピーターズ氏に割り当てられた部屋をどうやって見つけろというのだ？　今さら戻って執事にまた案内を乞うわけにもいかない。執事はもう今宵のワインを用意するためにセラーへ向かっているだろう。

戸惑って立ち尽くしていると、ホールの向こうのドアが開き、アッシュと同年配の青年が出てきた。ドアの向こうにいる人の質問に青年が答えるわずかな間に、開けたままの戸口から、ガラスの蓋がついた陳列ケースがちらりと見えた。

ここが自分の目指す陳列室だろうか？　次の瞬間、ドアがさらに数インチ（一インチは二・五四センチメートル）開き、奥に置かれたエジプトのミイラの一部が見えたので、アッシュは確信した。

できるだけ早く陳列室を検分し、ピーターズ氏のスカラベのありかを確かめなければ、という考えがアッシュの脳裏をよぎる。暇ができたらすぐに、ビーチに頼んで見せてもらおう。

そうこうするうちに青年は陳列室のドアを閉め、ホールを横切っていく。髪の毛は硬そうで、顔つきは厳しく、鼻筋が通り、目は縁なし眼鏡を通して鋭い眼光を放っている。彼こそエムズワース卿の個人秘書、有能なるバクスターであった。

アッシュは彼を呼び止めた。

「ちょっと、そこの君、教えてくれないかな？　ピーターズ氏の部屋へはどう行けばいいんだろう？　右も左もわからなくて」

上流社会の従者は「上」の人間にこんな言葉遣いはしないものだが、アッシュはそんなことを考えもしなかった。役柄を知らないと、このように最悪の結果を招く。仕事はどうにかこなしても、会話が落とし穴になる。

バクスター氏も、秘書に対する従者の言葉遣いとしてふさわしくないという意見に心から賛同しただろう。ただ、この時点で、彼はアッシュが従者であることを知らなかった。アッシュの気楽そうな話しぶりから、バクスター氏は、その日城にやってくる大勢の客の一人だと思い込んだ。ピーターズ氏について尋ねられたので、アッシュがフレディの友人で、まだ顔を合わせていなかったジョージ・エマソンだと早とちりしたのだ。

それで、ピーターズ氏の部屋は三階の左手の二番目です、と恭しく答えた。間違えようがありませんよ、とバクスターは言った。アッシュは礼を言った。

「いやあ、助かった」アッシュが言う。

「どういたしまして」バクスター氏が答える。

「こういう場所では迷子になってしまうね」アッシュが言う。

「まったくです!」バクスター氏が言う。

そして、アッシュは上階へ向かい、ほどなく教えられたドアをノックした。お入りと答えたのは間違いなくピーターズ氏の声だった。

Ⅳ

ピーターズ氏は晩餐会に出席する紳士にふさわしく盛装している最中で、鏡の前に立ってネクタイと格闘していた。アッシュが入っていくと両手の指を離し、自分の手技の出来栄えを不安げに調べた。満足できる出来ではない。叫びと罵りと共に、彼はいまいましいカラーを引き裂いた。

「ええい、くそっ!」

アッシュの目には、主人が上機嫌でないのは明らかだった。生来気難しい男にとって、引っ張ってもひねっても正しい形にならない盛装用のネクタイほど上機嫌を遠ざけるものはない。たとえうまく結べたとしても、ピーターズ氏は晩餐会のために盛装するのが大嫌いなのだ。うまく結べなかったときの気分は言語を絶している。

これほどの短気には、少々弁解の余地があった。正餐のために強いられる盛装は、その正餐がごく少量のアスパラガスと数粒のナッツだけだとしたら、虚しい徒労となる。

鏡の中で、ピーターズ氏の目がアッシュの目と合った。

「ああ、君かね？　お入り。突っ立って見物している場合じゃない。早くドアを閉めなさい。急いで！　足を引きずって歩くな。賢そうに振る舞え。口をぽかんと開けるな。今まで一体どこにいた？　なぜもっと早く来なかった？　ネクタイを結べるか？　よし、それならやってくれ」

アッシュの指によって首尾よく羽化した雪のように白い蝶のおかげで、ピーターズ氏もいくらか気が鎮まり、差し出された上着に素直に袖を通した。黒い葉巻の吸いさしを化粧台から取り上げると、再び火をつける。

「君のことを考えていた」ピーターズ氏が言う。

「はい？」アッシュが答える。

「スカラベのありかはもう突き止めたか？」

「いいえ」

「それじゃ、一体全体、一人で何をしておった？　十回も取り戻す時間があっただろうに」

「執事と話をしていました」

「一体全体、なんで執事と話なんかして時間を無駄にしていたんだ？　おおかた陳列室の場所もまだ突き止めていないのだろう?」

「いいえ、それはもうわかっています」

「ほう、そうか、わかったのだな? まあ、前進ではある。それで、どんなふうに仕事を始めるつもりかな?」

「最善の策は、夜更けに陳列室へ行くことでしょう」

「ふむ、昼下がりにあそこへ足を踏み入れる心づもりはないということか? あの部屋へ入ったら、どうやってスカラベを見つけるのだ?」

アッシュはそれについては考えてもいなかった。この仕事に深入りすればするほど、考えてもいなかったことが出てくる。

「わかりません」アッシュは白状した。

「わからんのか! ところで君は、イギリス人のよく言う『頭が切れる』人間とみなされておるのか?」

「それは何とも言えません」

「ほう、何とも言えないときたか、何とも言えないと。空っぽ頭のノータリンの低能め!」

ピーターズ氏はいきなり唾を撒き散らしてわめき始め、怒りを爆発させて腕を振り回す。「一体どうした? ちっとは意気盛んなところを見せられんのか? 何かやってのけたらどうだ? 城の中をぶらぶらしやがって、お飾りのつもりか? とにかく結果を出せ、すぐにだ! 陳列室でわしのスカラベをどう見分ければいいか、教えてやろう。あの恥知らずの老いぼれ盗人はわしからそいつを盗み出し、あそこにポンと置き、サーカスのポスターみたいに大きな貼り紙を横につけて厚かましくもこう書きおった。第四王朝のクフ王、J・プレストン・ピーターズ様より」――ピーターズ氏はそこで息を詰まらせた――「贈呈さる」

　アッシュは笑わなかったが、笑いをこらえようとして肋骨が一本ずれそうになった。人の最も大切な物を盗んでおきながら、それを所有していることを公然と相手に感謝するなんて、よくできた喜劇のようだと感じ入った。

「しかも、あれはガラスのケースにさえ入っとらん」ピーターズ氏は続ける。「古代ローマの硬貨のキャビネットの上に、盆の上に剥き出しで置かれておる。あの部屋に二分でも一人きりになれば、誰でも持ち去れる。貴重なスカラベをあんなふうに置きっぱなしにするとは、犯罪的な不注意だ。わしのクフ王を盗むなら、せめていくばくかの価値があるものとして扱うのが礼儀というものだろう」

「でも、そのほうが僕も簡単に取れますよ」アッシュは慰めるように言った。

「君が取るなら、簡単でないとな」ピーターズ氏はピシャリと言った。「もう一つ言いたい。夜更けに決行すると言ったな。それで、そんな時間にウロウロしているところを誰かに見つかったら、何と申し開きをするのだ？　それを考えてみたか？」

「いいえ」

「何か言わねばならん、そうだろう？　まさか芝居の最新作について論じるわけにもいくまい？　そんな時間にベッドを抜け出す、強力でもっともな理由を考えておかなくちゃいかん、そうだろう？」

「そうですね」

「ほう、それは認めるのだな？　そうだ、こう言えばいい。わしが君を呼びつけて、眠るまで本を朗読するよう求めたと言うのだ。わかったな？」

「それが、僕が陳列室にいる十分な説明になるとお思いですか？」

「ばかもん！　陳列室で見つかったらそう言えと言ってるんじゃない。陳列室で見つかったら、最善の策は黙秘し、初犯だから裁判官が罪を軽くしてくれるだろうと期待することだ。さっきのように言うのは、途中でウロウロしているところを見つかったときだ」

「説明としては弱いと思うのですが」

「そうかね！　それなら言っておくが、君が思うほど弱くはないぞ。なぜなら、ほぼ毎晩、君は実際にそうするからだ。三晩に二晩は、眠るまで朗読をしてもらわねばならん。わしは消化不良のせいで不眠なのだ」

その言葉を証明するかのように、ピーターズ氏は不意に体を二つに折った。

「うう！　ああ！」

葉巻を口から離し、消化薬を口に押し込む。

「わしの胃壁はボロボロだ」

革命を引き起こす直接のきっかけがじつに些細なことであるのは、興味深い。もしピーターズ氏の愚痴が別の言葉で言われたら、おそらくアッシュも抗議には及ばず我慢できただろう。それまで彼は、不平不満と罵りと苛立ちを自分にぶつけるこの小男に徐々に嫌気がさしてはいたが、決定的に反旗を翻そうとは思わなかった。ところが、執事ビーチに味わわされた苦痛のせいで、胃壁への言及にもはや耐えられない段階に達していた。他人の胃壁に関する情報への許容力を使い果たしてしまう瞬間は、誰にでもやってくる。

アッシュはピーターズ氏を見据えた。怒りっぽい小男にもう怯えてはいない。相手をたんなる病気不安症患者とみなし、有用な知識をいくつか授けることが必要だと考えた。

「まさか、消化不良が治るとでも期待しているのですか？　ちっとも運動しないし、日がな一日葉巻を吸っているのに」

人から批判される、しかも髭も生えていない若者から、という初めての経験に、ピーターズ氏は言葉を失った。ぶるぶると震え始めたが、声は発しない。

得意の話題とあって、アッシュは雄弁になった。彼の見解によれば、胃弱の人は地球上に満ち満ちている。胃弱の人々は健康か病気かを選べるのに、わざわざ後者を選んでいるようなものだ。

「あなたのような人を見ていると、胸が悪くなる。あなたと同じ人種を、僕は知り尽くしています。働きすぎて、運動を怠り、感情を抑えられず、空きっ腹で強い葉巻を吸い、当然の結果として消化不良を起こすと、自分を犠牲者扱いし、会う人すべての生活を台無しにする。あなたの体を僕に一カ月任せてくれれば、煉瓦だってもりもり食べて活力源にできる体にしてみせますよ。起床、ラーセン体操、水風呂、肌の摩擦、早歩き……」

「誰が君の意見を訊いた、生意気な若造め」ピーターズ氏が問う。

「邪魔しないで、聞いてください」アッシュが叫ぶ。「言おうとしていたことを忘れてしまったじゃありませんか」

張り詰めた沈黙。そして、ピーターズ氏が口を開いた。

「この――いまいましい――無礼者め――」

「僕に対してそんな言い方はやめていただきたい」

「わしが君に対してどんな言い方をしようと――」

アッシュは一歩、ドアへ近づいて言った。

「わかりました。それでは、辞めさせていただきます。辞表を出しますよ。あなたのこの仕事を、誰か他の人にやってもらえばいい」

ピーターズ氏のにわかにあんぐりと開いた口、顔に浮かんだ驚愕の表情から、アッシュは自分が適切な武器を手にし、勝敗の鍵を握っていることを悟った。自信を得て、彼はこう続けた。

「あなたの従者になることの意味をわかっていたら、たとえ十万ポンドもらっても、引き受けていませんでした。あなたは馬鹿げた先入観から、僕を秘書としてここへ連れてくるのをよしとしなかった。秘書なら簡単でわかりやすい。そうしなかったおかげで、僕はいつ何時、皆の前で執事から大目玉を食らったり、食品貯蔵室メイド長から猫がくわえてきた生ゴミみたいに見られたりしかねない」自らを憐れむあまり声が震える。「あなたは、どんなひどいことに僕を引きずり込んだか、ほんの少しでもわかっていますか？　一体全体、食堂に入るのが料理長の前なのか第三従僕の後なのか、どうすれば覚えられるというのです？　ここにいる限り、いっときたりとも平安は得られない。まるで歩く病院みたいな執事の退屈きわまりない話を、腰を据えて延々と聞かなきゃならない。ややこしい作法の体系をくぐり抜けていかなくちゃならない。かてて加えて、あなたは恥知らずで傲慢で、僕をサンドバッグ代わりにして鬱憤晴らしできると思っている！　あなたはどうしようもない鉄面皮で、自分の自滅的な生活のせいで消化不良の発作が起きれば、小言をぶちまけて威張り散らし、僕がそれに耐えられると思い込んでいる！　あなたはとことん図々しい人だ、何でも言いたいことを好きなように僕に言えると思っている！　もう結構！　たくさんだ！　スカラベを取り戻したいなら、誰か他の人にやらせればいい。僕はこの仕事から手を引きました」

アッシュはもう一歩、ドアに近づく。震える手が彼の袖をつかんだ。

「頼むよ、君、頼むから、頭を冷やすんだ！」

アッシュは自らの弁舌に酔っていた。本物の億万長者に対して大きな顔で不満をぶちまけるのは新鮮で、じつに痛快だった。巨人のごとく胸を張り、両脚を踏ん張って言った。

「本当にもう結構」袖をつかむ手を冷ややかに振りほどきながら言う。「そんなことをしても無駄です。われわれには共通の理解が必要なのです。要するに、あなたが消化不良に起因する腹痛に見舞われるたびに、僕があなたの——あなたの老人性癇癪のはけ口にされるのなら、いくらお金を積まれても、ごめん被りたい」

「頼む、もう二度としない。どうも気が短くて」

ピーターズ氏は指を震わせながら、葉巻の吸い殻にまた火をつけた。

「その葉巻を捨てて！」

「頼む！」

「捨ててください！　気が短いとおっしゃいましたね。気が短いのも当然です。消化器官を痛めつけているかぎり、気が短いのは治らない。僕が求めているのは、たんなる謝罪じゃありません。僕がここに留まるには、根本を正さなくてはなりません。あなたの体を僕に任せてください、僕をかかりつけ医だと思って。葉巻はやめる。毎朝、規則正しく体操する」

「とんでもない」

「それなら、もう結構」

「いや、いや、とんでもない。どんな体操だ？」

「明日の朝やって見せます。早歩きも」

「歩くのは嫌いだ」

「水風呂も」

「とんでもない」

「それなら、もう結構」

「いや、いや。この歳で水風呂に入ったら死んでしまう」

「新たな命が吹き込まれますよ。水風呂に入りますね？　嫌ですか？　それなら、もう結構」

「うん、うん、入る」

「約束できますか？」

「うん、うん」

「それなら、わかりました」

食事を知らせる銅鑼の音が遠くから届いた。

「ギリギリのタイミングで合意に至りましたね」

ピーターズ氏はアッシュをじっと見た。

「君」ゆっくりと言う。「そうまでした挙句に、君が結局わしのクフ王を取り戻すことができなければ、わしは――わしは――覚悟しとけ、皮を剥いでやるからな」

「そういう言い方をしちゃいけません」アッシュが言う。「それも覚えておいてもらわなくては。僕の養生法を成功させたいなら、そういうことは考えちゃいけませんね。自制心を鍛えなくては。美しいことを考えなくてはいけません」

「君の皮を剝ぐという考えこそ、美しい」ピーターズ氏はうっとりと言った。

V

ビーチ氏が食卓にいなければ場は盛り上がらず、砂を嚙むような食事になるため、ブランディングズ城の上級使用人は、上階の晩餐会がほぼ終わるまで夕食を開始しない慣わしだ。そうすれば、執事は食卓の一番奥の席に着き、コーヒーが供されるとき以外は食事を中断しなくて済む。

毎晩、八時半少し前に、ビーチ氏は、エムズワース卿と客たちの給仕を副執事のメリデューと従僕のジェイムズとアルフレッドに託し、晩餐室から退出しても差し支えないと感じる。あとは葉巻と食後酒を供する際に趣と風格を添えるため、数分間戻るだけでいい。その少し前に上級使用人たちは家政婦長室へ赴き、よもやま話をしながらビーチ氏が到着するまで時間をつぶす。ビーチ氏が到着すると、台所メイドが、あたかも引き綱をようやく解かれたかのように威勢よくドアを開け、「ビーチさん、どうぞ、お食事がご用意できました」と告げる。すると、ビーチ氏は曲げた肘を家政婦長の方へ差し出して「ミセス・トウェムロウ」と呼びかけ、威風堂々、廊下を進み、その後を二人一組になった使用人たちが階級順に家令室へ進む。ブランディングズ城は、家令室が上級使用人の食事室だけでなく食前の集合場所でもあるような家——あばら家と呼ぶべきだろうか?——とは違うのだ。ビーチ氏と、その種の事柄では彼と意見を同じくするミセス・トウェムロウの采配の下、この城では物事が然るべき厳粛さで適切に執り行われる。ビーチ氏とミセス・トウェムロウにとって、上級使用人は食事する部屋に集合すればいいという提案は言語道断だ。城の女主人レディ・アン・ウォーブリントンが招待客に応接間で食事をさせるようなものなのだ。

ピーターズ氏との面談を終えたアッシュは礼儀正しい小柄な少年に呼び止められて家政婦長室まで案内され、小学校に入学した初日の気持ちにも似た、身の縮むような気後れに襲われた。部屋は満員で見るからに和気藹々とした雰囲気だ。誰もが知り合い同士らしく、会話は最高に盛り上がっている。じつのところ、今回のブランデイングズ城のハウスパーティーの主目的は儀礼にのっとってエムズワースの一族を集め、ピーターズ氏と、城の花嫁となる令嬢を紹介するための催しだったから、家政婦長室に詰めかけた人々の大半は古くからの知り合いで、にぎやかに旧交を温め合っているのだ。

アッシュが入っていくと会話が小止みになり、全員の目が一斉に自分のほうへ向けられたので、ひどく居心地が悪い。ミセス・トウェムロウが前に進み出て紹介してくれたおかげで、気まずさが少し和らいだ。ミセス・トウェムロウについて描写するのは大した手間ではない。彼女はビーチ氏と並ぶと一対の花瓶か、つがいの相手に寄り添う雉《きじ》のように見える。彼と同様に今にも卒中に襲われそうな体型で、高級かつ尊大な科に属する植物界の一員のような雰囲気をまとっている。

「マーソンさん、ブランディングズ城へようこそ」

アッシュは誰かがそう言ってくれるのを待っていたが、いささか驚いたことに、ビーチ氏はそうしなかった。家政婦長がアッシュの身元を知っていたことにも驚いたが、人だかりの中にジョーンの姿を見かけて腑に落ちた。彼女が情報源なのだろう。アッシュはジョーンが羨ましかった。この群衆の中で場違いでない雰囲気を、彼女は見事に醸し出していた。アッシュ自身は、全身に詐称者の烙印が大文字で押されているように感じていた。

ミセス・トウェムロウが長々と退屈な紹介を始め、淡々と、慌てず騒がず、少しも端折らずに続ける。アッシュは自分にとって新しいこの業界の上層メンバーの一人一人と握手し、一人一人に微笑んで、しまいには顔と背中の筋肉がひきつりそうになった。これほど多くの上級使用人をさほど広くもない部屋に集められるのは驚きだった。

「シンプソン嬢はもうご存じですね」とミセス・トウェムロウが言い、アッシュは一方的な決めつけを否定しそうになったものの、それがジョーンのことだと気づいた。「こちらはジャドソンさん、こちらがマーソンさん。ジャドソンさんはフレデリック様お付きの従者《ジェントルマン》です」

「われらがフレディにはまだお目通りしていないようですね」ジャドソン氏が愛想良くそう言った。つるりとした顔の、のんびりした雰囲気の青年だ。「フレディは観察に値しますよ」

「マーソンさん、フェリスさんをご紹介いたします。ストックヒース卿お付きの従者《ジェントルマン》です」

フェリス氏は浅黒く額が広く斜に構えた男性で、アッシュと握手をした。

「初めまして、マーソンさん」

「ウィラビーさん、こちらがマーソンさん。ディナーの席にあなたをエスコートする方です。ウィラビー嬢はレディ・ミルドレッド・マントお付きの小間使《レディ》いです。もちろんご承知ですわね、レディ・ミルドレッドはうちの長女でホレス・マント大佐にお嫁入りしましたの」

アッシュは承知していなかったうえに、ミセス・トウェムロウにレディ・ミルドレッドという名の娘がいることに少なからず驚いたが、理性の助けにより、「うちの」というのはエムズワース伯爵と今は亡き伯爵夫人との間に生まれた娘のことだろうと推測した。ウィラビー嬢は気さくな若い女性で、にこやかな顔の額に栗色の前髪を垂らしている。厳格な作法により、アッシュはジョーンをディナーの席にエスコートするわけにはいかなかったので、代わりに少なくとも感じのいい女性を割り当てられたことを喜んだ。その直前に紹介されたのがチェスターという名の体格も態度も堂々としたレディで、レディ・アン・ウォーブリントンその人の小間使いだった。使用人の優先順位に関するジョーンの講義をおぼろげな記憶からたどったアッシュは、彼女が自分のパートナーになると思っていた。こんなにお高くとまった人と組むのかと思い、内心おじけづいていたのだ。

最後の紹介が済むと、会話が一斉に再開された。アッシュの印象では、どれもこれも、その場にいる使用人にしかわからない内輪の話だ。同じような会話が、使用人の社会的階層の上でも下でも繰り広げられているのだろう。おそらく使用人ホールに集まる下級使用人は家令室の上級使用人について語り、メイドの居間に集まるもっと下の使用人は使用人ホールの上級者たちについてしゃべり、食品貯蔵室ではメイドの居間の噂話に花を咲かせるのだろう。最下位グループはどれだろうと考えた末に、その代表がさっき彼の案内役を務めた小柄で恭しい少年だろうという結論に至った。あの少年は、語り合う相手もおらず、一人で座って瞑想に耽り、臨時雇いについてじっと考えているかもしれない。

アッシュはこの仮説をウィラビー嬢に話そうかと思ったが、彼女には難解すぎると判断し、ロンドンを発つ前に見た何本かの芝居について話すにとどめた。ウィラビー嬢は熱烈な演劇ファンで、マント大佐がいろいろなクラブに通い詰めているためロンドン滞在が続き、そのおかげで彼女は趣味に熱中する豊富な機会に恵まれているという。ウィラビー嬢は田舎が嫌いだ。退屈だと思っている。

「田舎は退屈だと思わないの、マーソンさん？」

「ここは退屈だとは思わないな」とアッシュは答え、彼女が感じよく含み笑いをしたのを見て戸惑った。どうやらお世辞の上手い人間だと思われたらしい。

ビーチ氏は予定どおりのタイミングで現れた。重責を果たしてきた人によくある、少し放心したような様子だ。

「アルフレッドが白ワインをこぼしおった！」アッシュの耳に、ビーチ氏がミセス・トウェムロウに声を抑えて苦々しく告げるのが聞こえた。「殿の腕から半インチも離れていない所にこぼした」

ミセス・トウェムロウが慰めの言葉をつぶやく。ビーチ氏のこわばった表情は、緊張感に満ちた人生にいつまで耐えられるか危ぶんでいるようだ。

「ビーチさん、どうぞ。お食事の用意ができました」

執事は嘆かわしい思考を押し殺し、肘を曲げて家政婦長に呼びかけた。

「ミセス・トウェムロウ」

アッシュは細心の注意を払っていたにもかかわらず序列を数え間違え、本来の順番よりも先に部屋を出そうになったが、慌てたウィラビー嬢が腕を強く抑えてくれ、すんでのところで踏みとどまった。立ち止まって堂々たるチェスター嬢に順番を譲ると、彼女は馬蹄形のネクタイピンをつけたしわだらけの小男にエスコートされて、滑るように部屋を出た。小男の名前は、この部屋に入って以来言葉をかけてきた全員の名と同様、アッシュの記憶から抜け落ちていた。

「危なかったわ、大変なへまをするところだった」ウィラビー嬢が明るくいった。「ぼんやりしていたのね、マーソンさん。伯爵みたい」

「エムズワース卿はぼんやりしているのかい？」

ウィラビー嬢は笑った。

「あら、ときどきご自分の名前も忘れちゃうのよ。バクスター氏がいなかったら、どうなるかわかったもんじゃないわ」

「バクスター氏とはまだ会っていないと思うな」

「このお城に滞在していたら、必ず会うわ。同じ屋根の下にいて、あの人の目を逃れることはあり得ない。私が言ったってことは誰にも言わないでほしいけど、あの人がここの本当の主《あるじ》よ。伯爵の秘書と称しているけれど、本当は劇の登場人物みたいに、いろんな役を一人でこなしているの」

アッシュは自らの観劇の記憶の中から、そのような劇中人物を探し、それは「ミカド」のプー・バーのことかとウィラビー嬢に尋ねた。最近ロンドンで再演されていたのだ。案の定、ウィラビー嬢はプー・バーのことを言っていた。

「だけど、私は『探り屋』って呼んでいるの。自分の仕事だけじゃ飽き足らずに、他人のことにまであれこれ鼻を突っ込むから」

行列のしんがりが家令室へ入る。ビーチ氏がいささかもったいぶって食前の祈りを唱える。食事が始まった。

「ピーターズ嬢にはもう会ったんでしょう、マーソンさん？」ウィラビー嬢がスープと同時に会話を再開する。

「パディントン駅で、ほんの数分」

「あら！　それじゃ、ピーターズ氏の従者になってあまり長くないの？」

アッシュは、出会う人全員がこの危険な質問をしてくるのだろうかと訝った。

「たった一日かそこらだよ」

「以前はどこにいたの？」

針のむしろに座っている心地だ。この状態があと少し続けば、この城での本当の任務を告白してしまい、万事休すとなりかねない。

「ああ、以前は――その――」

「旅の疲れはいかが、マーソンさん?」テーブルの向こう側から声がして、アッシュが感謝しながら顔を上げると、妙に面白がってこちらを覗き込んでいるジョーンの目と目が合った。話に割り込んでくれたのがあまりにありがたくて、言葉が見つからない。気分は上々だと、どうにか取り繕って答えた。ウィラビー嬢の関心はイギリスのあちらこちらの鉄道システムの欠陥をめぐる議論へと移っていった。


テーブルの上座ではビーチ氏がストックヒース卿の従者フェリス氏と打ち解けた会話を始めており、フレディの「哀れなパーシー」の話をしている。どうやらアリーンの未来の夫フレディの従兄弟のことらしい。執事はいつもよりもさらに控えめな口調でしゃべっている。何しろ悲劇だからだ。

「おたくの悲運を拝読し、われわれは皆非常に心を痛めております、フェリスさん」

アッシュはフェリス氏に何が起きたのか気になった。

「ええ、ビーチさん」従者が答える。「たしかに、かなりの醜態をお見せしてしまいました」そして、飲み物を一口飲んだ。「隠している訳ではないし――これまでも隠そうとしたことはありませんが――哀れなパーシーが賢くないのは事実です」

チェスター嬢が会話に割り込む。

「相手の女性、何という名前だったかしら、彼女のどこがきれいなのかわかりませんわ。どの新聞にも彼女が魅力的だとか何とか書き立てられていましたけど、『デイリー・スケッチ』紙の写真は、私には特にどうということもないように見えました。ご主人が彼女のどこに惹かれたのか、理解しかねますわ」

「あの写真は写りが悪かったのです、チェスターさん。私も法廷におりましたが、彼女はたおやかでした、とてもたおやかな女性でした。そして、思い出していただきたいのですが、パーシーは幼い頃からきわめてのぼせやすい坊ちゃんでして。私はパーシーのことは知り尽くしておりますから」

ビーチ氏がジョーンのほうを向いて言った。

「ストックヒースの婚約不履行事件の話をしているのですよ、シンプソンさん。あなたもきっと新聞でお読みになったでしょう。ストックヒース卿はうちの甥っ子です。おそらく殿もこの一件には少なからぬショックを受けられていることでしょう」

「そうですとも」ジャドソン氏が少し離れた席から同調した。「たまたま、殿がご子息のフレディに話しているのを小耳に挟みましたよ。判事が事件要点の説示を作成して容赦なくストックヒース卿に突きつけた日でした。『こういうことがお前に起きたらな、穀潰しの若造め』と殿はフレディに言いました――」

ビーチ氏が咳き込みながら言う。

「ジャドソンさん！」

「まあ、いいじゃないですか、ビーチさん。ここにいるのはいわば身内ばかりですよ。よそ者に言いふらす訳じゃあるまいし。ここにいるレディとジェントルマンのなかには、この部屋の外でこの話を吹聴するような人は絶対にいません」

一同は行儀よく同意の言葉をつぶやく。

「殿はフレディに言いました。『穀潰しの若造め、こういうことがお前に起きたら、荷物をまとめてカナダにでも行くがいい。親子の縁は切るからな』みたいなことをね。するとフレディは言いましたよ。『いや、まさか、父上、そんなこと!』」

ジャドソン氏が披露した主人の声の物真似は完璧な演技とはとても言えなかったものの、それでも一同には大いに受けた。部屋全体がどっと沸く。

ビーチ氏は、話の腰を折るのは不適切だと考えた。この部屋の不文律により、個々人は自らの雇用主について自由に言いたいことを言う権利を持っている。それでも、ビーチ氏の意見では、ジャドソンは場合によって少しやりすぎるきらいがある。

「ところで、フェリスさん」ビーチ氏が言った。「おたくのご主人はこの状況をしのいでおられるようですか?」

「ええ、パーシーはどうにかしのいでいます」。アッシュは興味深い事実に気づいた。話題にされている人が誰であれ、その従者は主人のことをほとんど親しげに下の名前で呼んでいるが、他の皆は最高に格式ばり、最大の敬意を込めて尊称で呼んでいる。ストックヒース卿はフェリス氏にとってはパーシーであり、令息フレデリック・スリープウッド様はジャドソン氏にとってはフレディだが、フェリスにとってはジャドソン氏のフレディはフレデリック様であり、ジャドソンにとってはフェリス氏のパーシーはストックヒース卿なのだ。なかなかいい作法であるが、アッシュにはどことなく封建的に感じられた。

「パーシーは」フェリス氏が続ける。「曲がりなりにもイギリス人らしくしのいでいます。損失は彼の懐を痛めるわけではありません。支払わなくてはならないのはお父上で、お気の毒なことです。ご立派な振る舞いだと言う方もいるでしょう。この一件のせいで痛風がひどくなったとおっしゃって、それでここへ来る代わりにドロイトウィッチ温泉へお出かけなのです。正直に申して、パーシーは反省なんかしていませんね」

「この一件は」ビーチ氏が総括した。「このうえなく不運な出来事でした。『下層階級』の人々がつけ上がる最近の傾向は、日々顕著になりつつあります。この事件の若い女は、私の知るところでは、バーのホステスだとか。われらが青年たちがこのようないざこざに自ら巻き込まれるようなことをするとは、まことに嘆かわしい」

「不思議なのは」抑制不能なジャドソン氏が言う。「そういう若者たちがお咎めを受けない場合が多いことです。あのとき殿が図書室でフレディに言った言葉はまんざら的外れではない。フレディがこの種の問題に直面してこなかったのは、類まれな幸運のおかげだと断言しますよ。われわれ、つまりフレディと私がロンドンにいたときのこと」ビーチ氏の不機嫌そうな咳をものともせずにジャドソン氏は続ける。「あの破綻の前、つまり殿が仕送りを打ち切ってフレディを呼び戻し、ここで暮らすよう命じる前の出来事ですが、あれは自業自得でした、間違いなく。フレディはある劇場のコーラスガールに惚れてしまったんです。夜毎、手紙と花を持たせて私を楽屋裏へ行かせたものです。何週間もの間、判で押したようにね。彼女の名前は何といったか。舌の先まで出かかっているのですが。どういうわけか、こういうことは、よく忘れてしまうものですね。フレディは相当入れ込んでいました。あるとき、彼がいない間に、たまたま彼の部屋を見回したら、彼女に宛てて書いた詩があったのを覚えています。熱烈な内容でした、かなり激しかった。彼女がその手紙を保管していれば、フレディがストックヒース卿の轍を踏むのを、われわれは見ることになりましょう」

テーブルの一同が、怖いもの見たさに息をのんだ。

「面白い！」チェスター嬢のエスコートが威勢よく言う。「ジャドソンさんにとっては面白いどころではありませんな！　フレディ様が婚約不履行で訴えられたら、馬鹿げた恋文だなどとはとても言えますまい。もう結婚式も近いですからな」

「そんな心配はありませんわ」

ジョーンの声だった。あまりに決然と言い切ったものだから、たちまちテーブル全体が静まり返り、皆が耳を傾けた。全員の目が、彼女のほうへ注がれる。アッシュは彼女の表情にはっとした。目は怒りに燃えているかのように輝き、頬が紅潮している。アッシュは列車の車中で自分が口にした言葉を思い出した。彼女は身をやつした王女のように見えた。

「どうしてそんなことを言うのです、シンプソンさん？」ジャドソンが不愉快そうに尋ねる。一同を震え上がらせようと熱弁を振るっていたのに、ジョーンに水を差されたと感じたのだ。

アッシュの目には、ジョーンが懸命に平静を取り戻そうとし、自分の立場を思い出そうとしているように見えた。

「それは」ジョーンがほとんど頼りなさそうに答えた。「その女性に求婚したなんて、あり得ないと思って」

「それは何とも言えんでしょう」ジャドソンが言う。「私の印象では、フレディは求婚しましたね。このところ、どうもフレディには心配事があるように思えます。先日、殿と一緒にロンドンへ行く前、フレディの行動はじつに奇妙でした。そして、こちらへ戻ってきて以来、考え込んでいるように思えます。それに、たまたま知ったのですが、彼はストックヒース卿の一件を逐一追っています。新聞記事を切り抜いているのです。ある日、彼の持ち物をたまたま整理していて、切り抜きを見つけたのです」

　ビーチが咳払いをした——会話を独占しようとしていることを示す彼なりのやり方だ。

「いずれにしても、シンプソンさん」ビーチは厳かに言った。「あのような成り行きとなり、陪審員——下層階級から選ばれておりますが——が意地の悪い目で見ている以上、こうした事件においては明確な結婚の約束は必要ないようです。社会主義とやらが跋扈しているせいで、求婚の事実がなくともわれわれの階級の人間を傷つけ、大きな損害を与えることができると考えただけで、彼らは有頂天なのです。熱烈な言葉が二、三あるだけで彼らにとっては十分です。ハヴァント事件で若きマウント・アンヴィル卿が訴えられたことをご記憶でしょう。要するに、世の秩序が覆され、下層階級がつけ上がっているのです。すべては三流新聞の仕業です。下層階級を焚きつけてつけ上がらせようとしている。おりしも今朝、うちの若い従僕、ジェイムズに苦言を呈さざるを得ませんでした。かつては善良な男で、よく働き、他人に対して正しい敬意を持っていましたが、今ではすっかり駄目になってしまった。なぜでしょう？　六カ月前、リウマチにかかり、ウォーキンショー特級軟膏に、効果てきめん、激痛完治という体験談と自分の写真を厚かましくも送り、数紙の新聞に掲載されて以来、ジェイムズは心根が腐ってしまったのです。つけ上がり、他人を顧みなくなりました」

「まあ、私にせいぜい言えることは」ジャドソンがまた口を開く。「願わくは、その種のことがフレディの身に降りかからないように、ということだけですな。縁組のお相手はそんじょそこらの娘ではありませんから」

　その事実に、賛同のつぶやきがあちらこちらから漏れた。

「ところで、あなたのピーターズ嬢は」ジャドソンが寛大なところを見せて言う。「可愛らしい娘さんですな」

「あなたがそうおっしゃったと聞けば、彼女も喜びますわ」ジョーンが言う。

「ジョーン・ヴァレンタイン！」ジャドソンがテーブルクロスを両手でバンと叩いて叫んだ。「たった今思い出しました。フレディが手紙と詩を書いていた相手の名前です。あなたを見て誰かに似ていると思い、ずっと思い出そうとしていた人ですよ、シンプソンさん。あなたはフレディがご執心だったジョーン・ヴァレンタイン嬢に生き写しだ」

アッシュは常日頃、特に機転の利くたちではなかったが、このときばかりは違った。暴露の衝撃と、一刻も早く何か手を打ってジョーンの狼狽が一同に悟られないようにする必要があるという事実が、頭の回転を早めたのかもしれない。いつもはあれほど自信満々で臨機応変なジョーンが、茫然自失状態なのだ。顔面蒼白で、アッシュと合わせた目には追い詰められた動物のような表情が浮かんでいる。皆の注意を逸らすためには、思い切ったことをしなくてはいけない。話題を変えるといった口先だけの試みは無益だろう。

霊感がアッシュの上に降りてきた。

サロップのマッチ・ミドルフォールドで過ごした子供時代、よく日曜学校をサボっては、地域きっての悪ガキ、エディ・ワッフルズの一味と遊んだものだ。アッシュを惹きつけたのはエディの話術もさることながら、数ある特技のなかでも、裏庭で喧嘩する二匹の猫の物真似の見事さだった。その芸をどうしてもワッフルズ師匠から伝授してほしかった。そして、アッシュはその望みを叶えた。芸を磨くために日曜学校を欠席したせいで旧約聖書のユダ族の王たちに関する知識は少々あやふやになったものの、苦労の末に体得した特技があればこそ、オックスフォード時代には集まりの度に声がかかったし、今回も苦境を脱することができたのだ。

「裏庭で二匹の猫が喧嘩している音を聞いたことはありますか？」アッシュは隣に座っているウィラビー嬢にさりげなく尋ねた。

次の瞬間、彼は渾身の演技を披露していた。

若きワッフルズ師匠は題材の研究に余念がなく、想像上の猫たちの闘いを壮大なスケールでほとんどホメロス調に描いた。まず低いゴロゴロ声が不穏な空気を醸し出し、相手はそれよりも少し音量と怒気を増したゴロゴロ声で応じる。一瞬の静寂のあと、吹きつける風のような長く尾を引く声音が続いたかと思うと、不意にウーという唸り声に遮られる。それに対して、鋭い怒声が二、三度、発せられる。相対する二匹の不満気な唸り声がひとしきり続き、次第に大きくなって、ついに一触即発の気配となる。そして、緊張をはらんだ一瞬の静寂ののちに戦闘開始、すさまじい音が耳を聾する。ワッフルズ師匠の傍に立っていると、組んず解れつの動きを逐一追うことができ、一方の闘士が優勢かと思えばすぐにもう一方へと戦況が目まぐるしく変わる様がわかる。激しい戦闘だ。鋭いブローの応酬が続き、想像の目を働かせれば、空気中に無数の毛が舞うのが見えるだろう。騒音は激化の一途をたどり、そして、絶頂に達して一際激しい騒動が繰り広げられたあと、すっかり静まり、怒気を含むかすかな唸り声だけが聞こえる。

エディ・ワッフルズ師匠演じる猫の喧嘩はそういうものであり、アッシュは、弟子の常として師匠には及ばないものの、忠実に、熱を込めて再現した。

アッシュの唇が発する尋常ならざる音声によって、一同の注意はジャドソン氏とその発言からそれた。と述べるだけでは、アッシュの尽力が呼び起こした興奮を伝えるには不十分だろう。彼らの反応は、まず不意打ちをくらった衝撃、それから驚愕だった。ビーチ執事は奇跡を眺めるように凝視し、いつにも増して卒中を起こしそうに見えた。他の人々の表情は千差万別だ。このような出来事の舞台として、ブランディングズ城の家令室という場所は、大聖堂に負けず劣らず似つかわしくない。上級使用人たちは席の上で身を固くし、詩にうたわれるコルテスの兵士たちよろしく顔を見合わせて「当て推量」をするほかはなかった（ジョン・キーツの詩「チャップマン訳ホメロスを初めて読んで〔On First Looking into Chapman's Homer〕」より）。

猫が最後のあがきで絞り出したか細いうめき声が消えると、室内には静寂が訪れた。

アッシュはウィラビー嬢のほうを向いて言った。

「……という感じですよ」そして、ミセス・トウェムロウに向かって弁解がましくつけ加えた。「ウィラビーさんにロンドンの猫の生態を教えていたのです。まったく厄介なやつらでして」

アッシュの行為について一同が黙考した三秒ほどの間、彼に対する社会的評価は揺れ動いた。斬新ではあった――だが、滑稽か、俗悪か？　家令室が決断しようとしていたのはその点だった。俗悪こそ上級使用人が忌み嫌う最たるものだ。

そのとき、ウィラビー嬢が形のいい頭をのけぞらせ、甲高い笑い声を天井に向けて放った。そのおかげで一同も結論を下した。誰もが笑った。誰もがアッシュにアンコールをせがんだ。誰もが彼の友人であり崇拝者だった。

例外は執事のビーチである。ビーチは心底ショックを受けていた。重いまぶたに覆われた彼の目が、非難の眼差しでアッシュを見据える。

執事ビーチにしてみれば、このマーソンという若造は「つけ上がった」のである。

アッシュはジョーンが横にいるのに気づいた。食事が終わり、一同は家政婦長室へ向かっていた。

「ありがとう、マーソンさん。よくやってくださったわ、機転が利くのね」彼女の瞳はきらきら輝いている。「それにしても、一か八かの賭けだったわね。うまく人気者になれたけれど、一つ間違えば村八分よ。実際、ビーチさんのお気に召してはいないのじゃないかしら」

「そのようだね。これから取り入って、ご機嫌を直してもらうよ」

ジョーンが声を低める。

「あのいけすかないチビ男が言ったことは本当よ。たしかに手紙を何通も受け取ったわ。もちろん、ずっと前に捨てたけれど」

「それでも、ここへやってきたら、彼が君に気づく恐れがあるだろう？　そうなれば、君も気まずいのでは？」

「だって、彼と面と向かって会ったことはないのよ。向こうが手紙を寄越しただけ。さっき、彼が駅に迎えに来たとき、私を見て驚いた顔をしたから、私の容姿は覚えていたみたい。でも、アリーンが私の名はシンプソンだと言ってくれたはずよ」

「あのジャドソンっていう男は、フレディが考え込んでいると言ったね。彼の悩みを解消してあげるべきじゃないかな」

「ジャドソン氏は想像をたくましくしすぎよ。フレディの悩みは解消しているわ。ロンドンでジョーンズっていう感じの悪い太っちょを私のところへ寄越して、手紙の件を揉み消そうとしたから、手紙はとっくに捨てたって言ってやった。今頃はもう報告を受けているはずよ」

「なるほど」

一同は家政婦長室へ入っていった。ビーチ氏が暖炉の前に立っている。アッシュは近づいていった。ビーチ氏を懐柔するのは容易ではなかった。アッシュは最も食いつきのよさそうな話題を振ってみた。足の腫れに言及し、胃壁の話題をちらつかせても、執事の態度は軟化しない。話題を陳列室に変えてみると、ようやく執事は活発な反応を示した。

ビーチ氏はブランディングズ城の陳列室を愛し、誇りにしている。陳列室のおかげで、生まれて初めて、ただ一度、新聞に名前が載ったからだ。一年前、隣町ブラッチフォードから『インテリジェンサー・アンド・エコー』紙の記者が城に取材に来た。そして、記事にこう書いた。「次に、親切な執事ビーチ氏の案内で伯爵の陳列室を訪れた……」ビーチ氏はその切り抜きを自分専用の書き物机に大切にとってある。

ビーチ氏はアッシュの問いに、ほとんど愛想よく答えた。たしかに、ピーターズ氏から伯爵に贈られたスカラベを――彼は「スケラベ」と発音した――見たという。執事の理解するかぎり、伯爵はピーターズ氏の「スケラベ」を非常に高く評価している。きわめて貴重なものだとバクスター氏が伯爵に言うのを小耳に挟んだというのだ。

「ビーチさん」アッシュが言った。「エムズワース卿の陳列室を見学させていただけないでしょうか」

ビーチ氏はもったいぶって彼を見た。

「喜んで、殿の陳列室へご案内しましょう」

Ⅵ

ピーターズ氏が晩餐会の直後に軽率な行動をとろうとしたのは、寝室でのアッシュとの会話のせいで苛立った精神状態に陥ったからだとしか考えられない。

晩餐会直後のピーターズ氏は、危険で自暴自棄な気分だった。食事の間中、惨めだった。ブランディングズの料理長は賓客のために腕を揮い、かつての幸せな日々ならピーターズ氏が貪るように平らげたであろう料理を次から次へと繰り出した。健康上の配慮からそのような美食を控えざるを得ない状況では、活力に満ち満ちた楽天家でさえ落ち込もうというものだ。ピーターズ氏はひどく苦しんでいた。今夜のような酒池肉林は彼にとって、貪欲と抑制がせめぎ合う数多の闘いを意味した。

晩餐の間中、彼はアッシュから突きつけられた挑戦と、その挑戦を受けた結果生じる恐ろしい事態について考え込んでいた。ピーターズ氏にとって最も苦痛に満ちた記憶の一つは、ニューヨーク州ホワイトプレインズにあるウィリアム・マルドゥーンの著名な健康回復施設で過ごした二週間の思い出だ。それまでずっと友人とみなしていた金持ち仲間の一人に説得されて行ったのだ。マルドゥーン氏の冷たいシャワーと水風呂、厳しい肉体鍛錬の日課の記憶は、いまだに頭から離れない。

マルドゥーンの施設で他の不運な面々と共に経験したような苦行を今度はアッシュの指揮の下、一人で耐え忍ぶのかと思うと、恐ろしさで凍りついた。死に至るあらゆる病は水風呂と早歩きで治癒できると信じる健康オタクを、彼は何人も知っている。皆似たり寄ったりで、彼らの手にかかると半殺しの目に遭う。これまで見た悪夢のなかでも最悪だったのは、マルドゥーンにまた滞在して村外れの寂れた小山の斜面を馬を引いて登り、ようやく頂上に着くと、遠くにシンシン刑務所（ニューヨーク州に実在する刑務所）が見えるだけだったという夢だ。

絶対に耐えられない。死んでも耐えられない。アッシュに歯向かうしかない。

しかし、もしアッシュに歯向かったら、彼は去り、そうなれば、失ったスカラベを取り戻してくれる人間をどうやって見つければいいのだろう？

ピーターズ氏は、「ジレンマの角《つの》」の真の意味を理解し始めた。どちらも茨の道なのだ。晩餐会が終わるまで、ジレンマの角は彼の心を占めていた。一つの角からもう一つの角へ、ぎこちなく行き来する。席を立ったときにはすっかり神経が高ぶっていた。

そんな状況で、その晩、どういうわけか、気づけばホールに一人きりになっていた。施錠していない陳列室のドアまではほんの十フィートあまりだ。

その事実の重要性に、すぐに気づいたわけではない。ホールに出てきたのは、一人になりたかったからだ。葉巻を吸い終えてからようやく——アッシュが何と言おうと、食後の葉巻は止められない——問題をすべて解決する手立てがすぐそこにあると、突如ひらめいた。ほんの短時間、断固たる行動をとれば、スカラベは再びわがものとなり、アッシュの脅威は過去のものとなる。

ピーターズ氏は周囲を見回した。よし、誰もいない。

スカラベの紛失に頭を悩ませ始めて以来、ピーターズ氏は一度として、一瞬たりとも、それを自ら取り戻そうと考えたことはなかった。その結果生じるかもしれない不快な事態を想像するだけで、そんな行為は論外だと思えた。危険が大きすぎて、考えもしなかった。

しかし、自分は今、危険が取るに足りないほど小さな場所にいる。アッシュと同様に、スカラベの奪還は深夜、城が眠りについている間に敢行するのだとずっと思い描いてきた。ごくさりげなくそこへ入り、クフ王をポケットに入れて立ち去る機会が訪れるなどという可能性は考えたこともなかった。だが、今、その機会はたやすく差し出され、彼はそれをつかみ取りさえすればいい。陳列室のドアは閉じられてさえいない。今立っている場所から、ドアが少し開いているのが見える。

ピーターズ氏は警戒しつつ、そちらの方向へ向かう――陳列室を目指して真っ直ぐにではなく、目的もなくぶらついているように迂回しながら。ときどき肩越しに振り返る。

ドアのところまで来て、躊躇し、通り過ぎる。向きを変え、またドアまで来て、また通り過ぎる。しばらくそこに立ったままホールに視線を走らせ、えいやっと心を決めるとドアへ突進し、脱兎のごとく走り込んだ。

同じ頃、有能なるバクスターはホールの上部三分の二ほどを取り囲む回廊の柱の陰に身を潜め、この賓客の奇妙な動きを多大な興味を持ってしばらく目で追ったあと、階段を下り始めた。

エムズワース卿の精力的な個人秘書、ルパート・バクスターは、あらゆる人間に漠然とした疑いを抱くのを最大の特徴とする類の人間である。何か明確な犯罪を疑うのではなく、ただ人間そのものを疑うのだ。そして、賛美歌で習うミディアン人のごとく獲物を求めて彷徨を続ける。その方面における彼の力量はブランディングズ城ではつとに知られている。エムズワース伯爵いわく「バクスターはかけがえのない男だ、まったくかけがえがない」。令息フレディいわく「どんなやつでも、この館に一歩でも足を踏み入れたら、あのバクスターの野郎に蹴つまずく」。屋敷で働く使用人連中は、ウィラビー嬢と同じくイギリス庶民らしい鋭い性格描写の才を発揮し、彼を「探り屋」と呼ぶ。

バクスターは上階の回廊の手すり越しに覗き込み、ピーターズ氏の奇妙な動きを観察していた。実際、ドアへ近づこうか決めかねていたピーターズ氏は、ホールをジグザグに歩き回り、まるで新種のタンゴを編み出そうとしているかのように珍妙な蛇行を続けた。有能なるバクスターは、何となく——なぜかはわからなかったし、何に対してとも言えなかったが——漠然とした疑いを抱いた。バクスターは、ピーターズ氏が不法あるいは不正な行為をしているのを見咎めたわけではない。ただ、何か怪しいことが起きそうな予感がしたのだ。

彼はその種のことに第六感が働く男だった。

しかし、ピーターズ氏が意を決して陳列室に身を投じた瞬間、バクスターの疑いは曖昧さを失い、固まった。確信が、天空からの稲妻のごとく降ってきた。

たとえ弁護士の前で宣誓したとしても、有能なるバクスターは、J・プレストン・ピーターズはスカラベを盗もうとしていると証言しただろう。

作者がエムズワース卿の秘書の直感力を奇跡的レベルまで過大評価しているという誤解を与えないためには、少々説明が必要だろう。主人からスカラベを渡されて陳列室に置くように言われたときから、そのお宝にまつわる謎がバクスターの頭を悩ませていた。エムズワース卿の忘却力についてはよく知っていたので、もらったという主人の説明を信じはしなかった。ピーターズ氏のようなスカラベマニアは蒐集した品を贈り物として手放したりはしない。とはいえ、バクスターはロンドンで何が起きたか、真相を見抜いたわけではなかった。彼が達した結論は、エムズワース卿がスカラベを買い、そのことをすっかり忘れているというものだった。仮説の拠り所は、主人がロンドンへ小切手を持参していたという事実である。何年も前から伯爵を知るバクスターは、伯爵を小切手と共にロンドンで野放しにしたら何をしでかすかわかったものではないと確信している。

ピーターズ氏が陳列室へ入った動機も、秘書の目には明らかだった。自身も骨董愛好家であり、秘書として蒐集家に仕えてきたバクスターは、経験と観察から、蒐集家をいつ襲うともしれない摩訶不思議な狂気を知っている。その狂気は、道徳や、自分の物と他人の物の明確な区別をきれいさっぱり消し去ってしまう。蒐集家はたとえ餓死寸前でもパンを盗まないが、喉から手が出るほど欲しい逸品の誘惑には屈してしまうことを、バクスターは知っている。

バクスターが階段を三段飛ばしで下りて陳列室へ入ったまさにそのとき、ピーターズ氏の震える指が自身の宝物に触れようとした。

秘書はその危うい状況を素晴らしく巧妙にさばいた。ピーターズ氏は彼の足音を聞きつけて後ろへ飛び退き、それが自白同様の働きをしたし、顔は狼狽でこわばっていたが、有能なるバクスターはそうした現象に気づかないふりをした。屈託も気まずさも感じさせない口ぶりでこう言った。

「おお！　わが城のささやかなコレクションをご覧になっているのですね、ピーターズさん？　あなたのクフ王のために貴賓席をご用意したのがお分かりでしょう。まさに逸品ですな、とびきりの逸品です」

ピーターズ氏も徐々に自分を取り戻しつつあった。バクスターは相手に時間を与えるため、しゃべり続ける。ムトとブバスティス、アメン、そして死者の書について語った。それから相手の注意を古代ローマの硬貨に向けた。

ピーターズ氏が必ずや興味を持ちそうなミタンニ王国のギルヒパ王女のいくつかの側面に触れていたとき、ドアが開いて執事のビーチが、アッシュを伴って入ってきた。話が中断されたどさくさにピーターズ氏は部屋を出て、その場から立ち去れたことを喜びながらも、座右の銘としてきた「うまくやりたければ一人でやる」を生まれて初めて疑った。

「存じませんでした」と執事のビーチは言った。「あなたが陳列室の管理もなさっているとは。お邪魔して失礼いたしました。ただ、こちらのお若い方が展示品を見たいとご所望になりましたものですから、勝手ながらお連れした次第です」

「構わないよ、ビーチ、どうぞ」バクスターが言う。

アッシュの顔に光が当たり、バクスターは、彼が晩餐会の前にピーターズ氏の部屋への行き方を尋ねた快活な青年だと気づいた。今になって分かったが、彼はフレディの友人のジョージ・エマソンでもなければ、招待客の一人でもなかったのだ。

バクスターの心に疑念が芽生える。

「あ、ビーチ」

「何でしょう」

「ちょっとこっちへ」

バクスターは話を聞かれないように執事をホールへ連れ出した。

「ビーチ、あの男は何者だ？」

「ピーターズ様の従者です」

「ピーターズ氏の従者？」

「さようです」

「もう長いのか？」バクスターが尋ねる。アッシュが使用人の分際で自分に「君」と呼びかけたことを思い出したのだ。

ビーチは声を低めた。有能なるバクスターとはかねてからの盟友であり、彼になら打ち明けてもいいと思えたのだ。

「ピーターズ様に雇われたばかりです。それに、従者を勤めるのは初めてだとか。自分でそう言いました。前歴に関する情報を引き出すことはできませんでした。立居振る舞いが妙なのが目につきまして。ピーターズ様はそのようなことにお気づきなのかどうかと、ふと気にかかりました。若者を傷つけるのは本意ではございませんが、それでも、ピーターズ様にお知らせした方がよろしいとお思いなら……。あんなに似つかわしくないのに従者を名乗る若者は、どんな人間か知れません。ピーターズ様は騙されているのかもしれませんぞ」

有能なるバクスターはうわの空だった。頭を忙しく働かせていた。

「お知らせしたほうがよろしいのでは?」

「え?　誰に?」

「ピーターズ様にです。騙されているかもしれませんから!」

「いや、いや、ピーターズ氏はちゃんと自分のことをわかっているよ」

「差し出がましいと思われたかもしれませんが、私にはそんなつもりは……」

「おそらくピーターズ氏はアッシュについて知り尽くしているだろう。なあ、ビーチ、陳列室に来ることを提案したのは誰だい?　君かい?」

「あの若者のたっての望みで、ここへ連れてきたのです」

有能なるバクスターは何も言わずに陳列室へ戻った。アッシュは部屋の真ん中に立ち、室内の配置を記憶に刻み込んでいた。刺すような疑いの眼差しが背後から自分に注がれていることには気づかない。

　アッシュはバクスターを見なかった。バクスターのことを考えもしなかった。ただ、バクスターは警戒態勢をとっていた。バクスターは臨戦態勢にあった。

　バクスターにはお見通しだった。

第六章

I

全般的悲観主義は、年を重ねることと引き換えに得られる代償の一つだ。どれほど大勝しても勝利の甘さに酔いしれることを阻む反面、運命にまんまと騙されるのを防ぐことでは絶大な効果を発揮する。金メッキを施した煉瓦や、糸がくくりつけられた硬貨や、まだ孵らないひなを差し出されても、われわれの心は動かないが、血気盛んな若者は嬉々としてそれらに飛びつき、やがて失望する。だが、二十代を終えると、棚からぼた餅が落ちてきても眉に唾をつけるのが習い性となる。それで損をすることもあるかもしれないが、飛んで火に入る夏の虫にはならずに済む。

アッシュ・マーソンはそうした冷静な不信の年齢にはまだ達しておらず、運命の女神に優しくされていると感じ、その優しさを額面通りに受け取って喜ぶほどに若かった。

ブランディングズ城での初日の夜、彼はベッドに座り、幸運の女神に破格の厚遇を受けていることを自覚した。使用人生活の作法の渦に初めて飛び込み、不面目を施さずに浮上できたばかりか、決定的勝利を収めたのだ。へまをしでかして家令室の蔑みを一身に受けるどころか、宴の主役になりおおせた。たとえ明日ぼんやりして食卓への行進の最中に客室係の前に出てしまっても、大目に見てもらえるのではないだろうか。ユーモアの持ち主には特権が認められるのだから。

それはさておき、幸運の女神の優しさは他の面にも及んだ。つきあい始めた初日から、あの癇癪持ちの雇い主を操縦し支配する正しい方法を発見できたのは、さらに大きな幸運だった。初対面の時と同じ調子でピーターズ氏とつきあい続けるとしたら、ひどく難儀だっただろう。出だしから優位に立てたおかげで、あの億万長者の武装解除に成功したのだ。

もう一つ、何よりの収穫は、スカラベのありかと周囲の状況がわかっただけでなく、それを持ち去って千ポンドを受け取るのがこのうえなく簡単な仕事だと、疑問の余地なく確信できたことだ。アッシュはすでに脳内でその金を使い始め、ベッドの上に座ってその日の出来事を思い返しているうちに楽観主義に導かれるまま、今すぐスカラベを手に入れるか、それともピーターズ氏と決めた方針どおりに彼の健康を改善する機会を得た後にするか、考えどころはそれだけだとさえ思うに至った。というのは、アッシュが直ちにスカラベを本来の持ち主に取り戻して報酬を手にすれば、億万長者の治療者兼コーチの地位は自動的に消滅するからだ。

彼にしてみれば、それは残念なことだった。病人を回復させられないと思うと胸が痛んだ。しかし、あらゆる面から見て、総合的にはスカラベをできるだけ早く取り戻し、ピーターズ氏の消化はなすがままに任せるのが最善と思われた。

二十六歳の楽観主義者は、運命の女神が自分を弄んでいるとか、何か不快な驚きを用意しているとか、有頂天になっている自分にあの強力な武器――有能なるバクスター――を今にも行使しようとしているなどとは、みじんも疑わない。

アッシュは腕時計を見た。一時五分前だ。ブランディングズ城の人々が夜更かしかどうかは知らないが、城中が寝静まるまで、あと一時間は待つのが賢明だろう。それからおもむろに階下へ下りていき、スカラベを回収すればいい。

さいわい、ロンドンから持ってきた小説は面白かった。あっという間に二時になった。ポケットに本を忍ばせ、ドアを開ける。

すべては静まり返り、そして、異様に暗い。部屋の外の廊下では、眠っている使用人たちのいびきが空中で爆裂し、唸り、震えている。城の召使いたちが一人残らずいびきをかいているかのようだ。高音のいびき、低音のいびき、偉そうないびき、不満そうないびき。しかし、最も重要な事実は全員がいびきをかいていることであり、城のこちら側に関しては人目がなく、計画が邪魔される可能性は低いということだ。

早い時間に調べておいたので、城内の構造は頭に入っている。緑色のラシャ布張りのドアまで難なくたどり着き、ドアを抜けるとホールへ出た。暖炉の薪がまだ断続的に赤い光を放っている。明かりはそれだけだったが、おかげで照明がなくとも陳列室までたどり着けそうだ。

方向はわかっている。距離を目測する。今立っている場所からきっかり十七歩だ。用心深く音を立てないようにして、アッシュは十七歩の歩みを始めた。十一歩目を踏み出したとき、誰かにぶつかった。

その人は柔らかかった。

その人の手は、彼の手に触れた感触からすると、小さくて女性らしかった。

燃え残った薪が灰の上に落ち、火が断末魔の輝きを放つ。不意の輝きのあと、再び真っ暗になる。

火は消えた。さっきの小さな炎が、消える間際の最後の頑張りだったのだ。それでも、ジョーン・ヴァレンタインを認めるのには十分だった。

「いやはや！」アッシュがうめいた。

驚きはすぐに消えた。次の瞬間、彼を驚かせたのは、自分がもはや驚いていないという事実だけだった。ジョーンには、どれほど奇妙な出来事も当たり前で自然だと思わせるような何かがあった。彼女と会って以来、人生は退屈な日々の規則正しい連続から、予想外のことばかり起きる不思議なカーニバルに変わり、彼はそれに慣れてきていた。人生はどんなことも起こり得る白日夢となり、そこでは何でも起こり得るし、起きたことは夢の中なら当然という冷静さで受け入れられる。彼女がこんな真夜中に、こんなに真っ暗闇のホールにいるのは妙だったが、つまるところ、彼がそこにいるのも同様に妙だった。彼が今入り込んだこの夢の世界では、人がありとあらゆる珍妙な動機からありとあらゆる珍妙な行動をすることを、当たり前と受け取らなくてはいけない。

「やあ！」アッシュは言った。

「驚かないでね」

「いや、いや」

「どうやら私たち、同じ理由でここへ来たようね」

「まさか、君は――」

「そうよ、私も千ポンド稼ぎに来たの、マーソンさん。私たちはライバルというわけ」

今のアッシュにとって、それはあまりに単純かつ明瞭な事実であり、本当に初めて聞いたのか訝しくなるほどだった。奇妙なことに、最初から知っていたかのように感じられた。

「君はスカラベを取りにここへ来たんだね？」

「そのとおりよ」

アッシュは何か異議を唱えたかったが、最初はその理由がわからなかった。それから、ひらめいた。

「だって、君は『容姿がいい若い男性』ではないじゃないか」

「おっしゃる意味がわからないわ。ともかく、アリーン・ピーターズは昔からのお友達なの。誰でもスカラベを取り戻した人にはお父様が多額の謝礼を出すと彼女から聞いて、それで私――」

「気をつけて！」アッシュがささやく。「逃げろ！　誰か来る！」

階段に柔らかい足音がして、カチリと音がし、アッシュの頭上が照らされる。あたりを見回す。人影はなく、緑色のラシャ布張りのドアがゆっくりと前後に揺れているだけだ。

「誰だ？　誰だ、そこにいるのは？」声が言った。

有能なるバクスターが広い階段を下りてくる。

人類全体への漠然とした疑念と、一人の人間に対する特定の明確な疑念は、混ざり合ってたちの悪い興奮剤となった。もう一時間以上、有能なるバクスターに、眠りはいっこうに訪れようとしなかった。眠りを誘うとされている手段はすべて試し、羊の数を逆から数えることまでしたというのに、効果はなかった。その晩の出来事の数々が彼の神経を鞭打ち、行動へ駆り立てた。意識をなくそうといくら努めても、見破った企みの記憶が脳裏に蘇って眠らせてくれない。それは疑り深い心が受ける罰で、自業自得だった。ピーターズ氏が陳列室で窃盗行為に及ぼうとしている現場を取り押さえ、アッシュが共犯者であることを見破って以来、バクスターに休息は訪れない。芥子《けし》もマンドラゴラも、世界中のありとあらゆる睡眠シロップも、昨日まで彼が享受していた甘い眠りに導く薬となってはくれない。

けれども、以前目が冴えたときはウイスキーのお湯割りが効いたことを思い出し、バクスターはベッドから出て階下へ向かった。目指すのは喫煙室のテーブルに載っているデカンタである。喫煙室はホールを見下ろす回廊に面して開け放たれている。お湯は自室のストーヴで沸かせる。

そういうわけでバクスターがベッドから下りて階下へ行くと、まさにそのとき、間違いなく、彼を悩ませていた企みを間一髪で阻止できる瞬間が訪れた。ピーターズ氏はベッドの中かもしれないが、一階ホールに彼の共犯者が、陳列室から十歩も離れていない場所に立っていたのだ。

バクスターは猛スピードでその場へ行き、アッシュと対峙した。

「ここで何をしている?」

そこからは、バクスターにとってまずい展開になり始めた。本来なら、アッシュはいわば現行犯である以上、たじろぎ、口ごもりながら洗いざらい自白するはずだった。ところが、彼は落ち着き払い、夢の中の人物のように淡々と冷静で、しかも作り話まで用意していた。

「ピーターズ氏に呼び鈴で呼び出されたのです」

アッシュはあの怒りっぽい小男の雇い主に感謝する羽目になろうとは思ってもみなかったが、先刻の会話で億万長者が先見の明を示したことは認めざるを得ない。ピーターズ氏の助言がなければ、今、きわめてばつの悪い立場に追い込まれていただろう。素早く言い訳を思いつけるほど頭の回転が速くないからだ。

「呼び鈴で?　午前二時半に?」

「朗読するためです」

「こんな時間に朗読を？」

「ピーターズ氏は不眠症に苦しんでいます。消化不良で、胃の痛みで眠れないことがあるのです。胃壁の状態がかなり悪くなっているものですから」

「そんな話、一言も信じないぞ」

不当な扱いを受けた善人という印象を殊更に強めるべく、アッシュは控えめな物腰で、持っていた小説を取り出し、相手に見せた。

「このとおり、本を持っています。これを朗読しに行くのです。失礼して、そろそろ主人の部屋へ行かなくてはなりません。おやすみなさい」

そして、彼は階段を上り始めた。心地よい眠りについてまもなく起こされるピーターズ氏を気の毒に思ったが、人生に悲劇はつきもの、歯を食いしばって耐えてもらうしかない。

有能なるバクスターはずっとアッシュから目を離さず、音もなく彼の後ろをつけ、電灯がついている場所に来ると素早く物陰に姿を隠した。そして、不意に追跡をやめた。自ら始めた静かなる闘いにおける相対的無力をようやく悟り、どれほど黒に近くても、疑惑だけでは何もできないと観念したのだ。ピーターズ氏を窃盗あるいは窃盗の共犯で糾弾することなど論外である。それでも、陳列室の神聖さを踏みにじられたと思うと、全身に嫌悪感がみなぎった。展示品は正式にはエムズワース卿のものだが、バクスターはこの城に関わって以来その管理を任され、今ではそれらを自分の所有物と見るまでになった。蒐集家の代理人にすぎないとはいえ、彼にも骨董品を愛してやまない蒐集家魂が宿っており、その愛は雌ライオンがわが仔に寄せる情愛を凌ぐ。すでに一生手放せないほどの愛着を抱いたスカラベを保持するためなら、どんなことでもする覚悟がある。

いや、どんなことでも、というわけにはいかない。フレディの父親とフレデイの婚約者の父親の関係が悪化する恐れに思い至ると、バクスターは立ち止まった。この城における秘書の地位は得難いもので、それを危険にさらすのは絶対に避けたい。

この微妙な問題を満足できる形で解決する方法は一つしかなかった。その夜彼が目撃したことからわかるのは、ピーターズ氏はスカラベ奪取の企てに賛同しているだけで、実際の窃盗行為を行うのはアッシュだろうということだ。それならば、バクスターがとるべき唯一の道は、陳列室でアッシュを現行犯として捕まえることだ。そうすれば、ピーターズ氏はこの件に関係する必要がなくなる。その状況ではピーターズ氏には何の落ち度もなく、たまたま従者として雇った男が、たまたま泥棒であったというだけだ。

陳列室のドアを施錠したのは間違いだったと、バクスターは思った。これからはドアを開けておくべきだ、罠を仕掛けておくのだ。そして、徹夜で見張らなくてはならない。

そんなことを考えながら、有能なるバクスターは部屋へ戻った。

いっぽう、アッシュはピーターズ氏の寝室へ入り、明かりをつけた。ようやく眠りに落ちることができたばかりのピーターズ氏は、驚いて起き上がる。

「朗読にまいりました」アッシュが言う。

ピーターズ氏の押し殺した唸り声には、怒りと自己憐憫がうまく混じり合っていた。

「馬鹿者め、やっと寝ついたところだというのがわからんのか！」

「そして、またお目覚めになりました」アッシュが宥めるように言う。「人生、そんなものですよ。ちょっと休み、ちょっと眠って両手を組み合わせ、そして、リーン！　また一日が始まります。この小説がお気に召すといいのですが。僕は夢中になりました、面白いと思います」

「こんな夜更けにここへ来るとは、どういうつもりだ？　気でも違ったか？」

「あなたの提案ですよ。まあ、この提案にはお礼を申し上げなくてはいけません。うまく行くわけがないと思ったことを謝ります。魔法みたいに効果てきめんでした。あいつが信じたとは思いません──実際、信じていないのはわかっていますが、とにかくその場は切り抜けました。僕だったら、とっさに、あんないい言い訳はとても思いつきません」

ピーターズ氏の怒りが興奮に変わった。

「取り戻したか？　わしのクフ王を見つけたのか？」

「クフ王を見つけましたが、取ることはできませんでした。悪いやつらがいたものですから。あの眼鏡をかけた男、夕方、われわれが陳列室で出くわしたときあそこにいた男がどこからともなく舞い降りてきたので、あなたに呼び鈴で呼ばれて朗読しに行くところだと言わざるを得ませんでした。さいわい、この小説を持っていました。どうも彼は僕の後をつけて二階までやってきて、本当にあなたの部屋へ行くのか見届けたようです」

ピーターズ氏は悔しそうに歯軋りした。

「バクスターめ」ピーターズ氏が言う。「あいつの名はバクスター、エムズワース卿の個人秘書で、われわれを疑っておる。あいつこそ、われわれが──つまり、君が──警戒すべき相手だ」

「まあ、気になさらず。楽しく過ごせるときは、そうしましょう。楽な姿勢をとってください、朗読を始めますから。とにかく、夜更けにいい本を読むほどの楽しみはないでしょう？　始めますよ？」

Ⅱ

翌朝の朝食後、アッシュは厩舎の前庭でジョーンがレトリーヴァーの子犬とじゃれているのを見つけた。

「貴重な時間を、ちょっと割いてもらえるかな?」

「もちろんよ、マーソンさん」

「立ち聞きされる心配のない広い場所に行こうか?」

「そのほうがよさそうね」

二人は移動した。

「そのワンちゃんに遠慮するよう言ってくれるかな」アッシュが言う。「どうも気が散って考えがまとまらない」

「残念ながら、遠慮したくないみたい」

「それじゃあ仕方ない。このまま最善を尽くそう。教えてほしい。僕は夢を見ていたのか? それとも、昨夜、午前二時二十分頃、君と本当にホールで会ったのか?」

「会ったわ」

「それで、君は本当に僕に言ったのかな、この城に来たのはピーターズ氏のスカラベを盗む――」

「取り戻す」

「取り戻すためだと?」

「言ったわ」

「それじゃ、それは本当のこと？」

「そうよ」

アッシュは考えに耽りながらつま先で地面を引っ掻いた。

「となると、事態は込み入ってくるね」

「嫌になるくらい込み入ってくるわ」

「びっくりしただろうね、僕が君と同じゲームに参加していると知って」

「いいえ、ちっとも」

「驚かなかったのか！」

「『モーニング・ポスト』紙を見たとたんにピンときたわ。あなたがピーターズ氏の従者になったと聞いてすぐに『モーニング・ポスト』を調べたの」

「最初から知っていたんだね？」

「そうよ」

アッシュはうっとりと彼女を見た。

「君はすごいよ！」

「あなたのことを見抜いていたから？」

「それもある。でも、むしろこういう仕事を引き受ける勇気があるからさ」

「あなただって引き受けたわ」

「だけど、僕は男だ」

「そして、私は女だと？　私の持論はね、マーソンさん、女性はほとんどあらゆることを男性よりもうまくやれるというものよ。この一件が素晴らしいテストケースとなって、婦人参政権をめぐる問題にもきっぱり決着がつけられることでしょう！　こうして、あなたと私、男性と女性が、どちらも同じ物を狙い、平等なチャンスのもと、同じスタートを切ったわけね。もし私があなたに勝ったら？　女性が劣っているという話はどうなるの？」

「僕は女性が劣っているなんて一度も言っていない」

「あなたの目がそう言ったわ」

「それに、君は素晴らしい女性だ」

「お世辞で切り抜けようとしても無駄よ。私はごく普通の女で、現実に男性を打ちまかすわ」

　アッシュは顔をしかめた。

「僕たちが足を引っ張り合うのを想像するのは、嫌だな」

「なぜ？」

「君が好きだから」

「私もあなたを好きよ、マーソンさん。だけど、仕事に感情を持ち込んではいけないわ。あなたはピーターズ氏の千ポンドが欲しい。私もそれが欲しい」

「君がお金を手に入れるのを邪魔したいわけではないよ」

「そんな心配はないわ。私が、あなたがお金を手に入れるのを邪魔するから。私だってそうしたいわけではないけれど、どちらかがそうするしかないもの」

「自分が卑怯に思える」

「それこそ、あなたの古臭い男尊女卑の姿勢そのものだわ、マーソンさん。あなたは女性をか弱い存在、庇護と愛玩の対象として見ている。私たちはそんな人間じゃないわ。恐るべき女たちよ。この賞金を稼ぎたかったら、私が女だということを気にしちゃ駄目よ。私を同じ男性だと思うことね。私たちは対等の闘いで対決する。私は特別扱いされたくないの。今後、あなたが全力を尽くさなければ、決して許さないわ。わかった？」

「たぶん」

「そして、お互いに最善を尽くすのよ。あの眼鏡男さんは警戒している。昨夜、ドアの後ろであなたたちの会話を聞いていたの。ところで、あなたは私に逃げろと言って、自分が残って捕まろうとしなくてもよかったのよ。私が言いたいことのいい例だわ。騎士道精神では勝負できないでしょう」

「あの場にいたことについて、僕はちゃんと言い訳を用意していた。君は用意していなかった」

「しかも、何とご立派な言い訳だったこと！　私も自分のときに使わせてもらうわ。もし捕まったら、アリーンは不眠症で、彼女が寝つくまで朗読してあげるんだって言うの。まあ、本当にそうなってもおかしくないわ、かわいそうなアリーン。まともに食べていないんだから。お腹を空かせているのよ、かわいそうに。従僕の一人が話しているのを聞いたところでは、昨夜の晩餐会では何もかも断わったそうよ。本人は否定するけれど、愛するお父様の機嫌を損ねるのが怖いのよ。気の毒に」

「彼女はか弱い存在、庇護と愛玩の対象だ」アッシュが厳かに言う。

ジョーンは笑った。

「なるほど、そうね。一本取られたわ。たしかに、かわいそうなアリーンは、強い現代女性の輝かしい見本とは言えないわね。でも――」ジョーンは言葉を切った。「あら、いやだ、もっといい言い方を、たった今思いついたわ――あなたをぎゃふんと言わせるような気の利いた受け答えよ。もう遅すぎるかしら？」

「いや、全然。僕もそういうタイプだ。ただ、たいてい、正解に思い至るのは翌日だよ。じゃあもう一度やろうか？……彼女はか弱い存在、庇護と愛玩の対象だ」

「どうもありがとう」ジョーンが謝意を表明する。「だとすれば、彼女はなぜか弱い存在なの？　彼女が自分で庇護され愛玩されることを許したからよ。自分に特権を与えることを男性に許可したからよ、大体において……うーん、思ったほどうまく言えないわ」

「もっと簡潔でなきゃ」アッシュが訳知り顔で言う。「辛辣さに欠けるな」

「でも、また私の主張に戻るけれど、私は騎士道精神を発揮されたからといって、アリーンを見習って単独行動を諦めるつもりはないわ。私の視点から物事を見ようとしてごらんなさい、マーソンさん。あなたも私と同じくらいお金が必要だということはわかっているわ。だから、考えてみて。女を相手に男が全力を尽くすのは公平じゃないとあなたが考え、それだけの理由から全力を尽くさないとすれば、私は自分がずるいと感じる。すると、仕事がしにくくなる。自分には何でもできる権利があるなんて思い込むのは間違っている。これは本当に大事な仕事なんだから、私を子供のように扱って、がっかりさせないように勝たせてやろうなんて、とんでもないわ。お金は欲しいけれど、譲られるのは嫌よ」

「僕を信じて」アッシュは熱っぽく言った。「譲ったりしないさ。僕はバクスター問題を君よりも深く研究していて、バクスターが脅威であると請け合える。あいつがなぜ勘づき、あれほど確信を持っているのかはわからないが、全体として正確な推理を打ち立てているようだ。まあ、僕に関するかぎりは、ということだけれど。もちろん、君もこの仕事に関わっていることを彼は知らないが、僕への疑念が君にも飛び火しないか心配だ。つまり、これからしばらくはあの男が陳列室のドアの前に敷物でも敷いて寝泊まりするんじゃないかと想像している。今あの部屋へ行こうとするのは、僕たちのどちらにとっても狂気の沙汰だろう」

「じつにやりにくくなってきたわね。これほど簡単なことはないと思っていたのに！」

「あいつののぼせた頭が冷えるまで、少なくとも一週間は必要かもしれない」

「たっぷり一週間ね」

「明るい面を見るようにしよう。何も急ぐことはない。ブランディングズ城はアランデル街7番Aと同じくらい居心地がいいし、食料供給部門には感服したよ。使用人たちがこれほどよくやっているとは思わなかった。そして、社交の面でも気に入った。大いに楽しんでいるよ。生まれて初めて、自分がひとかどの人間だと感じることができた。昨夜の夕食のとき給仕してくれた台所メイドに僕がどう接したか、見たかい？　古きよき時代の貴族っぽい感じが出せたと思うんだけど？　威厳がありながら、冷たくはない、そんな感じ？　僕はこの調子でやっていけるよ。個人的には、この生活が永遠に続いてほしい」

「でも、ピーターズ氏はどうなの？　あまり長く待たせたら、例の千ポンドについて気が変わる恐れはないかしら？」

「その心配は無用だ。手を伸ばせばスカラベに届きそうな場所に来たことは、あの人に最悪の作用を及ぼした。ますます喉から手が出そうになっている。ところで、君はあのスカラベをもう見たかい？」

「ええ。あなたが執事と話している間に、ミセス・トウェムロウに頼んで陳列室へ連れて行ってもらったわ。あそこにむき出しで置かれていて、どうぞ取ってくださいと言わんばかりなのに手が出せなくて、じれったかった」

「僕もまったく同じ気分だった。見た目はたいしたことないよね？　ラベルがついていなければ、ピーターズ氏が千ポンドの報酬を出す代物だとはとても信じられない。だけど、それは彼の問題だ。物の価値は、そのために費やされる金額で決まるから。その理由は、僕たちには関わりがない。僕たちはとにかくバクスターの目を欺いて、あれを手に入れるんだ」

「『僕たち』、まさにそうね！　あなた、まるで私たちがライバルじゃなくてパートナーみたいな言い方をしている」

　アッシュは驚いて叫んだ。

「よく言った！　いいね！　食うか食われるかの競争をする必要がどこにある？　手を組めばいい。そうすればすべて解決だ」

　ジョーンは考えているようだ。

「つまり、報酬を山分けするということ？」

「そのとおり。きっかり半分ずつに」

「それで、労働は？」

「労働？」

「どう分けるの？」

　アッシュはためらった。

「僕の考えでは」アッシュが言った。「僕が、その――いわゆる荒っぽい仕事をして、それで――」

「あなたが実際にスカラベを盗み出すということ？」

「そのとおり。僕がその方面を担当するよ」

「それじゃ、私の仕事は何？」

「ううん、君は――君はいわゆる――何て言えばいいかな？　君は、いわゆる精神的支えになる」

「ベッドの中でぬくぬく、ぐっすり眠りながら？」

　アッシュは彼女の視線を避けた。

「そうだな、うん――その――そういう路線で」

「あなたがあらゆる危険を冒しているときに？」

「いや、いや、危険はほとんど存在しない」

「ついさっき、陳列室に今行こうとするのは私たちのどちらにとっても狂気の沙汰だと言ったわよね？」

　ジョーンは笑った。

「無理よ、マーソンさん。あなたを見ていると、昔飼っていた年寄り猫を思い出すわ。ネズミを殺すたびに、それを応接間に持ってきて大事そうに私の足元に置くの。私は気味の悪い死骸に触るのはごめんだから猫を追っ払うのだけれど、ゾッとする贈り物を持って、必ずまたやって来るのよ。私が喜んでいないって、どうしてもわからせることができなかった。彼にとってネズミはいいもので、私が欲しがらないなんてとても理解できなかったの。あなたの騎士道精神もまったく同じ。あなたはご親切に死んだネズミをプレゼントしてくれるけれど、正直に言って、私には使い道がない。私がたまたま女だからというだけの理由で親切にされるのなら、絶対にお断り。この件であなたと手を結ぶなら、私も公平に役割を分担し、公平に危険を――『ほとんど存在しない』危険を冒すのでなければいけないわ」

「君は、とても――意志が固いんだね」

「頭が固いと言われても結構。気にしないわ。たしかにそうだもの。現代でも女の子はそうでなくちゃ、互角にやっていきたければね。ねえ、マーソンさん、私、死んだネズミはお断りよ。死んだネズミは嫌いなの。あなたが私に死んだネズミを押しつけようとするなら、この同盟は結成する前に解散よ。私たちが手を結ぶなら、交代でスカラベ奪還を試みること。他のやり方では納得できないわ」

「それでは、僕が最初に試みる権利をもらおう」

「そういうやり方ではだめ。最初のチャンスは、お行儀よくコイントスで決めましょう。コインはある？　私が投げるから、表か裏か言って」

　アッシュは最後の抵抗を試みた。

「それじゃまったく――」

「マーソンさん！」

　アッシュは譲歩した。コインを取り出し、しぶしぶ彼女に渡す。

「賛成というわけではないけどね」

「表？　裏？」ジョーンがお構いなしに言う。

　アッシュはコインが陽光の中で回転するのを見つめた。

「裏」と声を上げる。

コインの回転が止まった。

「裏だわ」ジョーンが言う。「悔しい！　まあ、いいわ。あなたが失敗したら私にチャンスが来るから」

「失敗するものか」アッシュは勢い込んで言う。「たとえ陳列室をぶち壊すことになろうとも、失敗しないぞ。これで、ありがたいことに君が馬鹿げた行動をする心配がなくなったわけだ」

「自信過剰は禁物よ。まあ、頑張って、マーソンさん」

「ありがとう、相棒」

二人は握手した。


ドアの前で別れるとき、ジョーンはもう一言つけ加えた。

「一つだけ言っておきたいの、マーソンさん」

「何？」

「もしも誰かからネズミを受け取る可能性があるとすれば、間違いなくあなたからだわ」

第七章

I

その後の出来事に照らせば記録に値するのが、ブランディングズ城に集められた客たちが滞在の初期に、ここは退屈だという感想を全般的に抱いていたことだ。大西洋航路の一等船客に見られるような倦怠感と無為を余儀なくされ、単調さを破るのは食事だけという日々への諦めが漂っていた。エムズワース卿の客たちは皆、今にもあくびをして腕時計に目をやりそうな様子をしていた。

季節のせいもあった。狩猟シーズン以外に催されるハウスパーティーはたいがい退屈なものだ。しかし、敗因の大半は、エムズワース卿のホスト（主人）としての義務感が極端に希薄だったことに帰せられるだろう。

一族郎党を城に抑留する権利がホストに認められるのは、外部から愛嬌があって如才ない客を招待して彼らに紹介できる場合だけである。それができない不調法なホストは、せめて自ら骨身を削って犠牲者たちに楽しみと気晴らしを提供せねばならない。エムズワース卿はどちらの務めも惨憺たるほどに果たせていなかった。城にはピーターズ氏と令嬢アリーン、それにジョージ・エマソンの他に、外部からの客はいなかった。さらに、ホストは接待に力を尽くすどころか、食事時にチラリと客に姿を見せれば御の字という有様だ。ホストにも流派があり、エムズワース卿は「城の客は構われずに自ら楽しむのがお好きなはず」派に属する。古い上着を着て庭園をぶらぶら歩き回って雑草を抜いたり、スコットランド出身の専制君主——表向きは園丁頭——との議論に熱中したりしながら、客のことをたまさか考えたとしても、彼らも自分と同じように幸せだろうと夢想して満足するだけだ。木々の蕾が咲き出す季節にブランディングズ城にいられるだけで喜ばない者が息子フレディの他にいようとは、想像もできない。フレディのことは非常識で悪趣味で分別のかけらもない若造として、とっくに見限っている。

毅然たるホステス（女主人）さえいれば事なきを得たのだろうが、レディ・アン・ウォーブリントンもその方面の能力ははなはだ心許なく、ミセス・トウェムロウにすべて丸投げして寝室で手紙を書くのが関の山だった。レディ・アン・ウォーブリントンが寝室で手紙を書いていないとき——そんなことは滅多になく、文通の相手は無数にいるらしい——は、やはり寝室で、重い頭痛をやり過ごしている。彼女はけっして客に姿を見せない女主人だ。ただ、図書室へ入ってきた客が反対側のドアから彼女のスカートの裾が消えていくのを垣間見ることはある。

そのように扱われる城の客はたいがい、ビリヤード室へ足繁く通い、そこでストックヒース卿が従兄弟のアルジャーノン・ウスターといつも繰り広げているハンドレッド・アップの接戦を手に汗握って楽しむか、ゴルフ好きなら「クロック・ゴルフ」の熱戦で暇をつぶしてゴルフ場が近くにない鬱憤を晴らすか、たまたま話し相手になった親戚とテラス式庭園をそぞろ歩き、ホストと他の親戚連中の悪口を言い合う。

それこそが一番人気の娯楽だった。ジョーンとアッシュが協定を結んでから十日ほど経ったある日の朝食後、テラス式庭園はそぞろ歩きをする二人組でいっぱいだった。こちらではホレス・マント大佐がゴダルミングの司教と歩きながら、高位聖職者とあろうものが教理省にはとても聞かせられない本音をぶちまけるのを、軍人らしい言葉で宥めている。あちらではレディ・ミルドレッド・マントが分家筋のジャック・ヘイル夫人を相手に、ホスト、娯楽提供者としての父親の資質をこき下ろし、いつもの彼女とは別人のようだと呆れられている。向こうでもエムズワース家の親族や遠縁の誰彼がときおり立ち止まってはジェスチャーを交えてしゃべっている。それはいかにもイギリスの家庭らしい、穏やかで平和な光景だった。

上方のテラスで幅の広い石の手すりにもたれながら、アリーン・ピーターズとジョージ・エマソンが不平分子たちを見下ろしている。

アリーンがほとんど聞き取れないほどかすかなため息を漏らす。しかし、ジョージは耳がいい。

「君はいつになったら認めるのかな」ジョージは体の位置を変えて、彼女に正面から向き合いながら言う。

「認めるって、何を?」

「君がこんな生活に耐えられないこと。この連中と一生、まるで蠅取り紙にくっついた蠅みたいに離れられないなんて、あまりに酷だってこと。フレディとの婚約を破棄し、ここを去って俺と結婚し、末長く幸せに暮らす決心ができているってことをだ」

「ジョージ!」

「だって、あれはそういう意味だったんだろう? 正直に言ってごらん」

「あれって何？」

「さっきのため息さ」

「ため息なんかついていないわ。ただ呼吸しただけよ」

「それじゃ、君はこの空気の中で呼吸できるんだ？　驚きだね」ジョージは敵意に満ちた目でテラス式庭園をねめ回す。「あいつらを見ろ！　クスリ漬けにされた黄金虫みたいにはいずり回っている。ねえ、アリーン、こんな所で生きていける振りをしても、何もならないよ。君はすでに、やつれる一方だ。ここへ来てから、どんどん痩せて、青白くなっている。ああ！　俺たちはやがてこの生活を思い出し、おさらばできたことを天に感謝するだろう。その頃には香港で幸せな新生活を始めているのさ！　香港はきっと君の気に入る。とても風光明媚な所だ。たえず何かが起きている」

「ジョージ、駄目よ、本当に！」

「どうして駄目なんだ？」

「間違っているわ。そんな言い方をしちゃいけないわ、二人とも手厚いおもてなしを受けているのに――」

ジョージのけたたましい笑い声が犬の遠吠えよろしく響きわたり、近くをそぞろ歩いていた親戚二人組の会話をかき消す。ホレス・マント大佐は話を遮られ、憮然として声の主のほうへ目を上げた。

「あのエマソンという輩とフレディのどちらがピーターズ嬢の婚約者なのか、教えてもらいたいものですな。彼女がフレディと一緒のところはついぞ見ないが、エマソンと離れているのも見たことがない。わが岳父殿にいささかでも分別があるなら、あんな振る舞いをやめさせるだけの分別を発揮してほしいところだ。首を賭けてもいいが、あの娘はエマソンに惚れていますね」

「いや、いや」司教が言う。「いや、いや、まさか、ホレス。途中になってしまったが、君は何を言おうとしていたのかね？」

「私が言おうとしていたのは、親戚同士が金輪際口をきかないようにしたければ、全員を人里から百マイル離れた収容所にでもぶち込んで、自分は気の済むまでクソみたいな花壇を突っついてりゃいいってことですよ！」

「そのとおり、そのとおり。まさに君の言うとおり。もっと言いたまえ、ホレス。君の言葉にはどういうわけか胸がすくよ」

　二人の上のテラスでは、アリーンが目を丸くしてジョージを見ていた。

「ジョージ！」

「失礼。それにしても、君も人が悪いよ、急にあんな冗談を言うんだから。手厚いって言ったね。そうだ。ありがたいことだ」

「由緒ある素敵なお城だわ」アリーンが弁解がましく言う。

「よく言った。それですべてが言い尽くされているよ。景色と建物を愛でることでこれから一生、生きていけるわけじゃない。人間的要素を考える必要がある。そして、君はもう――」

「あそこにお父様が」アリーンが遮る。「ずいぶん速く歩いていること。ジョージ、ここ数日、父がどこか変わったのに気づかない？」

「いいや。俺の特技はピーターズ家の他のメンバーを見つめることだから」

「どういうわけか、よくなっているみたいなの。葉巻もほとんどやめたようだし――本当に嬉しいわ、葉巻は健康にとても悪いもの。お医者様は口を酸っぱくしてやめるように言っていたのに、父はちっとも気にしなかった。それに、運動もかなりしているみたい。私の寝室は父の隣でしょう、毎朝、壁の向こうから物音がするの。父が踊ったり息を切らしたりしているのよ。ある日の朝には、従者が体操用の棍棒を一組とボクシング用グローブを持って入っていくのを見たわ。父もやっと自分の健康管理がちゃんとできるようになったんだと思う」

ジョージ・エマソンは噴き出した。

「さすがに潮時だろう！　お父さんに食餌療法を守らせるためだけに、君は餓死寸前の状態をいつまで続けるつもりなんだ？　食事時に君を見ていると、怒りが爆発しそうになる。この調子だと君は死んでしまう。ますます青白く、痩せていく。このままではいけない」

アリーンの顔がくもる。

「たしかに、ちょっとお腹が空くときもあるわ。たいてい夜中に」

「君には、世話をして面倒を見てくれる人が必要だ。それをするのは、俺さ。君は俺の目を欺けると思っているかもしれないけれど、俺にはわかる。間違いない。君は折れてきている。このままでは駄目だとわかってきた。遠からず俺のところへ来て言うだろう。『ジョージ、あなたの言うとおりだわ。誰にも言わずにこっそり脱け出して駅へ行き、ロンドンへまっしぐら、そして登記所で結婚しましょう』。うん、俺にはわかる。ずっと君を愛してきたんだ、わからないはずがない。君は折れてきている」

このような超人タイプの欠点は、節度がないことだ。力の抜き方を知らない。胸を広げて雄叫びをあげる。すると女性は、アリーン・ピーターズのような娘でさえ、彼の勝ち誇った態度についていけず、引いてしまう。しかし、超人は姑息な小細工を軽蔑する。どうやら、それが彼らと普通の男との違いであるようだ。

アリーンは眉根をかすかに寄せ、口元をきゅっと結んだ。

「私は折れてなんかいないわ」その声は彼女にしてはかなり辛辣だった。「あなたって――あなたって、思い込みが激しすぎる」

ジョージは征服者の眼差しで景色を眺めている。

「君はフレディと結婚するなんて愚行の極みだとわかり始めている」

「愚行なんかじゃないわ」アリーンはむっとして言い返す。苛立ちのあまり涙を浮かべている。「それに、彼をフレディと呼ぶのはやめていただきたいわ」

「あいつがそう呼んでくれって言ったんだ。あいつのほうから言ったんだよ」

アリーンは地団駄を踏んだ。

「そんなこと、どうでもいいわ。とにかくやめて」

「わかったよ、お嬢ちゃん」ジョージが穏やかに言った。「君の気分を害するようなことはけっしてしない」

ジョージ・エマソンは、自分の偉ぶった態度が相手の気分を害していることに気づきもしない。その事実が、超人の頭がいかに固いかを物語っている。

Ⅱ

有能なるバクスターは煙草を買うためにマーケット・ブランディングズへ向かって自転車を漕ぎな

がら、考えに耽っていた。考えに耽る理由はいくつかある。今しがた、アリーン・ピーターズとジョージ・エマソンが上のテラスで打ち解けた会話をしているのを見たことが、まず気にかかる。ジョージ・エマソンを疑っているからだ。あいつは草地の蛇のようだという漠然とした疑念、ピーターズ嬢とフレデリック・スリープウッドの間で取り決められ、まもなく実現する結婚の手続きの順調な進行に悪影響を及ぼすのではないかという疑念を抱いている。ただ、ジョージが蛇としての役割に熱意と根気を持って取り組んでいるとは思っていなかったので、先述の会話が耳に入っていれば、ルパート・バクスターは心臓発作を起こしていたに違いない。それでも、周囲の出来事の大半に目配りをしている彼は、二人の親密な様子に気づき、不快に感じていた。悪いのはフレディだ。フレディがもっと情熱的な恋人であれば、アリーンともっと多くの時間を共にし、ジョージ・エマソンは舞台後方の群衆の一人という、よりふさわしい場所に納まるだろう。しかし、フレディ自身はこの件に関して、彼女の婚約者候補として期待されることはすべてやり尽くしたのだから、今しばらくは彼女を放っておいても許されると思っているらしかった。

かくして、バクスターは煙草を買うためにマーケット・ブランディングズへ向かって自転車を漕ぎながら、フレディと、アリーン・ピーターズと、ジョージ・エマソンのことを考えていた。

それに、ピーターズ氏とアッシュ・マーソンのことも考えた。

それから、とりとめもなく物思いに耽った。この一週間、かなり寝不足だったせいだ。

一人の青年が務めを果たし、そのために少なからぬ不便に耐える姿は、見る者の胸を痛ませるとはいえ、優れた道徳的模範となる。したがって、ルパート・バクスターが真夜中にホールでアッシュと出くわして以来九日間の夜をいかに過ごしたか、省くわけにはいかない。手短に述べることにしよう。

ホール上部を囲むように張り出す回廊には大きな椅子が、大階段から数歩の位置に置かれている。その上に、オーバーコートにくるまり――夜は冷え込むのだ――、ゴム底の靴を履いて、有能なるバクスターは一夜の例外もなく午前一時から夜明けまで座り、待って、待って、待ち続けた。固い決意があったとはいえ、それを続けるのは苦行だった。そもそもバクスターは夜型に生まれついてはいない。自分の寝床が大好きだ。睡眠不足は人の顔色を青白く土気色にすると医者が説くのを知っているから、ばら色の頬を保つためにシーツの中できちんと八時間を過ごすことをつねに心がけていた。かつてジョージという国王が――何世だったかは失念した――毎晩何時間だかの睡眠――正確な数は思い出せない――をとればどうかなると言ったようだが、どうなると言ったのだったか。ともかく、バクスターはその王様の言葉に賛同している。こんな夜更かしをするのはまったく彼の直感に反していたが、自らの義務であるゆえに遂行したのだ。

彼を悩ませたのは、被疑者アッシュがこの巧妙に仕掛けた罠に一向にかからないため、夜を重ねるにつれて目覚めたままでいるのが難しくなってきたことだ。寝ずの番の二、三晩目までは終始完璧に覚醒し、回廊の手すりに顎を載せ、かすかな物音も聞き逃すまいと耳をそばだてていた。しかし、高水準を維持するのは不可能だった。頭がガクンと落ちたのを何度か自覚したし、昨晩などはハッと起きると、すっかり明るくなっていた。その前の最後の記憶は墨を流したように何も見通せない暗闇だったので、急に激しい不安に襲われ、陳列室へ駆け下りた。スカラベがまだそこにあるのがわかって安堵したものの、どうなっていたかと思うだけで安堵感は半減した。

そういうわけで、バクスターが煙草を買うためにマーケット・ブランディングズへ向かって自転車を漕ぎながら物思いに耽っていたのには、それなりの理由があったのだ。

バクスターは煙草を買うと、三十分ほど町の生活と人々を観察した。市の立つ日で、普段は停滞した町の雰囲気も一時的に活気づき、沸き立っている。飼い主から逃げ出した豚たちと雄の仔牛が、靴紐を結んでいる最中の太った農夫に体当たりし、農夫を六フィートも跳ね上げたおかげだ。バクスターはエムズワース・アームズへ向かう。マーケット・ブランディングズの住民が摩訶不思議なやり方でどうにか経営を支える十一軒の宿屋（兼パブ）のうち最も高級な店である。イギリスの大半の田舎町のパブは、その数が住民の数を上回らないかぎり、じつにうまく商売を切り盛りする。店が不景気のあおりを受けて店主が政府を非難するのは、パブの数が人口の二倍を超えたときだけだ。

バクスターが求める店は、似たり寄ったりの実直な自作農で溢れんばかりの混み合ったバーではない。目指すのは宿屋の一階の上品なレストラン、禿げたウェイターが亀の従兄弟のようにすり足で移動し、食事客に昼食を給仕するレストランだ。バクスターは睡眠不足のせいで、城に集う面々の存在と駄弁に耐えられる状態ではなかった。エムズワース・アームズで昼食を取り、食後に肘掛け椅子で一寝入りしようという魂胆である。

彼があてにしていたのは、客が自分一人で店内が貸切状態になることだ。マーケット・ブランディングズには昼食をとる習慣はあまりない。しかし、彼が困惑し失望したことには、店はすでに茶色いツイードに身を包んだ男に占領されていた。

占領されていた、という言葉は正しい。一瞥したところ、その男が部屋を満たしているように見えたからだ。記憶もおぼろげな昔、サーカスに足繁く通って余興の見世物をよく見ていた頃以来、これほど人並外れた肥満体を見たのは初めてだ。

男は五十歳ほどで髪は白髪混じり、顔色は紫色がかって、陽気な雰囲気を漂わせている。

バクスターにとって嘆かわしいことに、この人物は彼がテーブルに着いた途端、話しかけてきた。店内にはテーブルが一つしかなく、座った者全員が一つのグループになってしまうのが欠点だ。バクスターが自分の殻にこもってこの人物の働きかけを無視するのは不可能だった。

もっとも、仮に同じ部屋の中で何ヤードも離れていたとしても、バクスターが孤独を謳歌できたかどうかは疑わしい。この太っちょは生来話し好きだったのに加えて、適当な犠牲者にしばらく恵まれなかったらしく、口を開くやいなや、押さえつけていた言葉が堰を切ったようにあふれ出た。

「どうも」と彼は口を切った。「いい日和ですな。農家にとってはありがたい日です。差し支えなければ、テーブルのそちら側へ席を移してもよろしいですかな。ウェイター、私の牛肉は、テーブルのこちらの紳士の側へ運んでくれたまえ」

彼は椅子を軋ませてバクスターの横に座り、また話し始めた。

「いやあ、どうしようもなく静かな所ですな。昨日の午後に到着して以来、まともに話せる相手が見つからなかった。耳も口も不自由な田舎者ばかりでして。こちらには長くご滞在ですか？」

「町の郊外に住んでおります」

「ご同情申し上げます。私にはとても住めませんよ。こちらには仕事で来ましたが、仕事が終わるのが待ち遠しい。昨夜は静かすぎて一睡もできませんでした、嘘じゃありませんよ。ようやく眠りに落ちかけたとき、窓の外で鳥のやつがチュンチュン鳴きやがって、誰かが銃でもぶっ放したかと思って跳ね起きましたよ。けしからん猫がいて、部屋の近くのどこかでニャーニャー鳴くんです。次にニャーと声がするのは今か今かと苛々しながら、ベッドに横たわっていました。まったく田舎には参りますな。あなたにとってはどうということもないかもしれませんがね、快適な住まいと、夕食後におしゃべりできる仲間が一人か二人いれば。しかし、このどうしようもない町——どうやら町と称しているらしいですな——がどんなふうか、あなたには想像もつかんでしょう。ここには映画館があると聞いて急いで行ってみたら、曜日が違いました。火曜日と金曜日にしか開かないのだとか。いっぱい食わされました！　通りをまっすぐ行くと教会がありましてね。ノルマン様式か何かだそうです。とにかく古いらしい。私は普段あまり教会に縁がない人間ですが、まあ、行って見てみました。それから、目抜き通りの端まで行くと眺めがいいと聞きました。それで、行って眺めてみましたが、そうすると、どうやら観光はし尽くし、この町が提供し得る楽しみはことごとく味わい尽くしてしまったようでした。もう一つ教会があるなら話は別ですが。もう退屈しきっていますから、あると言われればメソジスト派の教会でも見に行きますよ」

　新鮮な空気、睡眠不足、食事室の狭苦しさが相まって、バクスターは意識が朦朧としてきた。相席した男の話にほとんど返答もせず、ぼんやりと昼食を食べた。向こうも返答を予期も期待もしていないらしい。しゃべり続けているだけで十分なのだ。

「こういう場所で、人は何をするのでしょう？　つまり、その、娯楽を求めているときの話です。まあ、こういう場所で育てば話は別だ。生まれつきの色覚異常なんかと同じようなものでしょう。何とも思いません。苦労するのは旅行者だ。こういう町には進取の気性ってものがない。ここからすぐのところに、競馬の障害物競走コースにうってつけの土地がありますよ。自然の障害物が揃っている。おあつらえ向きだ。それをどうにか利用しようって考えがここの人たちには浮かばないらしい。こんな有様では、人間というものに絶望したくなりますな。私だったら——」

　バクスターはまどろんでいた。フォークはまだ一片のコールドビーフを突き刺したまま、半醒半睡の状態に陥っていた。夜の熟睡の代用として昼に自然が与えてくれる状態である。太っちょは気づかないのか気にしないのか、しゃべり続けた。その声が通奏低音のようにバクスターを休息へ誘う。不意に音が途切れた。バクスターは体を起こし、瞬きをした。おかしなことに、相手が「ハロー、フレディ！」と言い、たった今ドアが開いて、すぐに閉じたような気がしたのだ。

「ん？」バクスターは言った

「はい？」太っちょが言った。

「何とおっしゃいました？」

「私が話していたのは――」

「あなたはたった今『ハロー、フレディ！』と言ったようですが」

相手は笑みを含んだ目で彼を見た。

「あなたのほうを見たとき、どうも居眠りなさっているようでしたよ。夢を見ていたのでしょう。私がどうして『ハロー、フレディ！』と言わなくちゃならんのですか？」

その難問には答えられない。バクスターはあえて答えようとしなかった。しかし、目覚めたとき、頭のどこかに、妙なことだがフレデリック・スリープウッドをちらりと見たような記憶が残っていた。彼の顔が警戒するように歪み、ドアの隙間に消えていったような気がする。

だが、フレディがエムズワース・アームズに一体何の用があるというのだ？

バクスターは難問の答えを思いついた。自分はフレディを見たという夢を見て、そのせいで「ハロー、フレディ」という言葉が頭に浮かんだのだが、合理的に考えれば、相席している男がそんな言葉を口にするはずがない。たとえフレディがここへ入ってきたにしても、この太っちょはおおかた訪問セールスマンの類だろうから、フレディのことも知らなければ、そんなに親しげに話しかけるはずもない。そうだ、それで説明がつく。夢の中では妙ちきりんなことばかり起こるものだ。昨夜、椅子の上で眠り込んでしまったときに見た夢では、彼は陳列室のガラスケースの中に鎮座し、エムズワース卿と、ピーターズ氏と、執事のビーチに向かってしかめ面をしていた。彼は第四王朝クフ王の治世のスカラベで、皆が彼を盗もうとしていたからだ。目覚めているときならば、彼らに向かってそんな顔をするはずがない。

そうだ、きっと夢を見ていたに違いない。

レストランに有能なるバクスターが陣取っているのを発見して逃げ込んだ客室で、フレディはおんぼろ椅子に座って苦りきった顔をしていた。

お気に入りの警句に一言、加えてみる。

「どこであれ、足を踏み出そうとすると、必ずあのいまいましいバクスターの野郎に出くわす！」

バクスターに見られただろうか。バクスターに気づかれただろうか。R・ジョーンズが「ハロー、フレディ！」と言ったのを、バクスターに聞かれただろうか。

もしそうだとしたら、R・ジョーンズは機転と生来の話術で、バクスターの疑いを晴らすような弁解をしてくれるだろうか。フレディは気を揉んだ。

第八章

Ⅰ

バターか油脂を入れた鍋を火にかけ、熱くなれば玉ねぎを加えて炒める。仔牛肉を加え、焦げ目がつくまで焼く。水を加え、きっちり蓋をして、肉が柔らかくなるまでじっくり煮込み、調味料を加え、肉の上にじゃがいもを載せる。蓋をしてじゃがいもが柔らかくなるまで煮るが、煮崩れないように注意すること。

「当たり前だ」ピーターズ氏が言う。「煮崩れないように。そのとおり。続けて」

「それからクリームを加えて、さらに五分間煮る」アッシュが読む。

「それで終わりか?」

「この料理は終わりです」

ピーターズ氏はベッドの中で姿勢を変えてくつろぐ。

「〈ロブスターのカレー風味〉のところを読んでくれ」

アッシュは咳払いする。

「〈ロブスターのカレー風味〉」アッシュが読み上げる。「材料。重さ二ポンド（一ポンドは約四五四グラム）のロブスター二尾、レモン汁小さじ二、カレー粉小さじ半分、バター小さじ二、小麦粉小さじ一、沸騰直前まで温めた牛乳一カップ、砕いたクラッカー一カップ、塩小さじ半分、胡椒小さじ四分の一」

「続けて」

「下拵え。バターをクリーム状にして小麦粉を混ぜ、温めた牛乳を加え、レモン汁、カレー粉、塩、胡椒を加える。ロブスターの身を殻から外して半インチ角のさいの目に切る」

「半インチ角のさいの目か」ピーターズ氏は物欲しげにため息をつく。「それから？」

「後者をソースに加えます」

「後者について何も言っとらんぞ。ああ、そうか、半インチ角のさいの目だ、そうだな？」

「ロブスターの殻に戻し、砕いてバターを混ぜたクラッカーで覆い、クラッカーに焦げ目がつくまでオーブンで焼く。これで六人前」

「一時間後には、その六人が山猫を生きたまま飲み込んだように苦しむわけだ」ピーターズ氏が憂い顔で言う。

「そうとも限りません」アッシュが答える。「僕なら今この瞬間にも二人前を平らげてベッドに潜り込み、幼な子のようにぐっすり眠れます」

ピーターズ氏は片肘をついて身を起こし、彼をじっと見る。二人がいるのは億万長者の寝室、時刻は午前一時。ピーターズ氏がアッシュに、寝つくまで本を読んでほしいと求めたのだ。彼はアッシュの小説を却下し、ずいぶんページをめくった跡がある料理本をスーツケースの奥から取り出してきた。消化不良という不幸に襲われて以来、その本を精読することでいささかの慰めを得てきたのだと、彼は説明した。幸せだった思い出が最大の悲嘆の種となる人もいるが、ピーターズ氏はそうでないと自ら悟ったらしい。苦悶の真っ最中にハンガリー風シチューや脳みそのエスカロップについて読み、今ではナッツと青菜だけで命をつなぐ自分もかつては楽園の住人だったことを思い出すことで、癒されてきた。

有能なるバクスターの精力を吸い取ってきた近頃の日々は、ピーターズ氏には逆の効果をもたらしていた。ピーターズ氏は中途半端なやり方では満足できない性分である。何をやるにも等しく熱いエネルギーを注ぎ込む。最初に爆発的な抵抗をしてからは、アッシュを家元とする身体養生流派の模範的門弟になりおおせた。振り返ってみれば、マルドゥーンの経験も同じだった。記憶をたどると、ホワイトプレインズから戻ったときは二度とあそこを見たくないと思ったが、肉体が生まれ変わっていたのは確かだ。マルドゥーン教授はつねに患者が怠けることを許さなかったが、ピーターズ氏の場合は、ひとたび洗礼を受けると、あとは鼓舞する必要はなかった。懸命に治療法に取り組んだ。それが目下の仕事だからだ。今、彼はアッシュの指導の下、懸命に励んでいる。いったん始めてしまえば、興味を引かれ、虜になった。ピーターズ氏はどうせ嫌々続けるのだろうと踏んでいたアッシュは、この億万長者の振る舞いに驚愕し、喜んだ。アッシュの性格はコーチにうってつけだ。ピーターズ氏とすっかり一体化し、わずかな進歩をも喜んだ。

ピーターズ氏の状態にはすでに明らかな改善が見られる。現代では奇跡はそう起こるものではないし、長年ひたすら不摂生を続けてきた人間が一夜にして健康になるのを期待するのは無理があるものの、アッシュのような楽天家にとって、喜ばしい兆しには事欠かない。ピーターズ氏はいずれ脱ぎ捨てた古い殻を踏み台にして、さらなる高みに到達できるだろう。カレー風味のロブスターをまるごと貪ったあとで微笑む域にまでは至らないにしても、マトンの切身ならいくらでも平らげる猛者になれるだろう。

「君はたいしたものだ」ピーターズ氏は言う。「生意気で、年長者や目上の者に敬意を払わないが、結果は出す。そこが肝心だ。いやあ、気分がよくなってきた。なあ、今朝なんか、胴回りに新しい筋肉がついているのを感じたぞ！　まるでできものができるみたいに、どんどん体についてくる」

「ラーソン体操の効用ですよ。全身を発達させますから」

「うん、ラーソン体操に広告塔が必要なら、君は適任だな。わしの所に来る前は何をしていた？　賞金稼ぎのボクサーか？」

「ここへ来て以来、会う人は皆、その質問をしますね。僕が答えられなかったせいで、執事に怪しいやつだと思われたようです。僕は小説を書いていました。探偵小説を」

「君はこのイギリスで健康回復施設を経営すべきだよ、マルドゥーンがアメリカでやっていたように。だが、その気があれば、ここでの仕事をネタにもう一冊書けるかもしれん。スカラベ奪還を再び試みるのは、いつになりそうかね？」

「今夜です」

「今夜？　バクスターは？」

「バクスターという危険は冒さざるを得ませんね」

ピーターズ氏はためらった。ここ数年、度量の大きさを示すという習慣を忘れてしまっていた。消化不良というものは忠誠を独占せずにはいられず、これに取り憑かれた人間は度量の広さを心の隅に追いやるほかはないのだ。

「まあ、ちょっと待て」ピーターズ氏はおずおずと言った。「このところずっと考えていたんだが、取り戻して何になる？　妙なものだな。わしがこんなことを言うなんて、一週間前に予言されても絶対に信じなかっただろうが、君のことが気に入り始めている。君をいざこざに巻き込みたくない。古いスカラベなんか、どうでもいい。そもそもスカラべとは何だ？　もう忘れて、わしの専属マルドゥーンとして残らないか。金のことが心配なら、それも忘れろ。指導料として君にやろう」

アッシュは呆気にとられた。話しているのがあの怒りっぽい雇い主だとは、ほとんど信じられない。アッシュは社交的な性分だったから、人間関係を良好に保って長くつきあおうとするのが常だったが、今回ばかりは永遠に戦闘状態が続くだろうと腹を括っていたのだ。

彼は感激した。この冒険を放棄したいと思ったことがあるにしても、こう言われては、やり通したい気持ちがなおさら燃え上がるのを感じた。ピーターズ氏の人間味が不意にあらわになったことで、むしろスイッチが入ったようだ。

「そんなことは考えもしません」アッシュは言った。「ご親切なお申し出ですが、あれをあなたがどれだけ大切に思っているか承知しているゆえに、たとえバクスターの首をへし折らなければならないとしても、あなたのために取り戻します。おそらくバクスターも、ここまで待ちぼうけが続けば、見張りが割に合わないと感じてそろそろ匙を投げるでしょう。われわれは彼に頭を冷やす時間を十日間与えました。今頃はきっとベッドでいい夢を見ていますよ。もうすぐ二時です。あと十分待ったら、下りていきます」

アッシュは料理本を取り上げる。

「どうぞ横になり、楽になさってください。まずはお休みになるまで朗読します」

「君はいいやつだな」ピーターズ氏は眠たげに言った。

「始めますよ？　『豚フィレの背脂添え』。豚の背脂半ポンド」

ピーターズ氏の唇にかすかな笑みが浮かぶ。両目を閉じ、ゆっくり呼吸する。アッシュは低い声で続ける。

「豚フィレ肉大四個、砕いたクラッカー一カップ、熱湯一カップ、バター小さじ二、塩小さじ一、胡椒小さじ半分、ハーブミックス小さじ一」

ベッドから小さなため息が聞こえる。

「下拵え。フィレ肉を濡れ布巾で拭く。よく切れるナイフで、フィレ肉の長辺に沿って深い切れ込みを入れる。背脂は細長く切り、ラーディングニードル（脂を肉に刺し込むための針）を使ってフィレ肉に刺し込む。バターを湯煎で溶かし、調味料と砕いたクラッカーを加え、全体をよく混ぜる。その詰め物をフィレ肉の切れ目に詰め、フィレ肉を――」

枕の上からいびきの音がし、朗読の要所要所に感嘆符を打つように響いた。アッシュは本を置き、ベッドランプの光線の向こうの闇を覗き込む。雇い主は眠っている。

明かりを消し、そっとドアへ向かう。廊下で立ち止まり、耳を澄ます。どこもかしこも静まりかえっている。

アッシュは静かに階下へ下りた。

Ⅱ

ジョージ・エマソンは寝室に座り、煙草を吸っていた。眼光に決意が表れている。ベッドの脇のテーブルと、その上の物を一瞥すると、目に宿した決意の光は燃え上がり、死に物狂いの覚悟の炎となった。たとえて言えば、中世の騎士が乙女を竜から救う旅に出かける前夜の面持ちである。

煙草は燃え尽きた。腕時計を見て元の場所へ戻し、それからもう一本、煙草に火をつける。彼の表情は、約束の時間を待つ人のものだ。

二本目の煙草を吸ってしまうと、また瞑想を始めた。アリーン・ピーターズにまつわる瞑想である。ジョージ・エマソンはアリーン・ピーターズのことで思い悩んでいる。恋する男の目で彼女を見守っているうちに、彼女の何が心痛の種になっているのかがわかった。その日の朝、テラスで、彼女は彼に対してそっけなかった。彼女ほど優しくない娘だったら、そっけないどころかとげとげしく聞こえるような物言いをした。そう、率直に言って、彼女はとげとげしかった。それが何を意味するのか。アリーンの体調がよくないということだ。あの青白い顔色と疲れた目は、ここでの生活が彼女のためにならないことを意味している。

これまでジョージは十一回ブランディングズ城で夕食をとったが、十一回ともアリーンの食べ方を見て心を痛めた。焼いた肉を断り、不味い野菜料理しか食べない。胃弱に苦しむ彼女の父が医者に許されているのがそれだけだったからだ。ジョージの憐憫の情にも限界がある。彼の心は、ピーターズ氏のためには疼かない。ピーターズ氏の食餌療法はピーターズ氏自身のことだ。しかし、アリーンがただただ親を精神的に支えるために、そうやって自ら食を絶たねばならないとしたら、話は別だ。

ジョージはいささか物質的かもしれない。屈強な若者で、食事時には特盛りと呼べる量を平らげ、満ち足りた人生に欠くべからざるものとして食べ物を重視しすぎているかもしれない。アリーンを観察しながら自身の心の欲求に照らし合わせ、あんな夕食が十一回も続けば自分なら死んでしまうと確信した結果、愛しい女が餓死寸前だと断じた。あんな空しい晩餐で命をつなげる人間はいない。彼にとって、ピーターズ氏がそういう食生活を続けているという事実は論理の欠陥にはならない。ジョージはピーターズ氏を一種の機械と見ていた。成功した実業家は、若者にそういう印象を与えがちだ。ピーターズ氏は自動車同様にガソリンで動くと聞かされても、ジョージはたいして驚かなかっただろう。しかし、言語を操る才と共に人間を野獣以上の存在に引き上げる肉の咀嚼という行為を、アリーンは、彼のアリーンは、自分に禁じなくてはならないのだ。そのことがジョージを苦しめる。

ジョージはその日一日を費やしてこの問題の解決策を練った。アリーンの心はあまりに善意に満ちているため、父親の精神的支援をやめるよう彼女を説得して体力保持に努めさせるのは、ジョージにさえ難しかった。何か他の案を考える必要があった。

そのとき、彼女の言葉が脳裏に蘇った。

彼女は言った――かわいそうなアリーン！――「たしかに、ちょっとお腹が空くときがあるわ。たいてい夜中に」

問題は解決だ。夜中に食べ物を届ければいい。

ベッドの脇のテーブルには丈夫な包み紙がある。その上に、郊外住宅の客間の壁によくかかっている静物画のように、舌肉、パン、ナイフ、フォーク、塩、コルク抜き、白ワインの小瓶が載っている。

ジョージはこれまで言葉だけで情熱を伝えてきたから、それらの食品を最重要証拠として提出してアリーンへの並々ならぬ愛を示せるのは、喜ばしかった。調達するのは容易でなかった。もっと小さな家であれば、彼はなんのためらいもなく食料貯蔵室から失敬しただろうが、ブランディングズ城では食料貯蔵室がどこにあるかさえ定かでない。わかっているのはホールに面した緑色のラシャ張りドアの向こうのどこかにあることだけだ。いつもそのドアの前を通り過ぎて寝室へ向かう。使用人区画の迷路の中をうろうろと探し回るなんて、できるわけがない。とるべき道はただ一つ、マーケット・ブランディングズへ行って買い揃えることだ。

幸先よく、フレディの二人乗り小型自動車でマーケット・ブランディングズへ行くことになった。しかし、ジョージの目には、フレディが彼を助手席に乗せることに同意はしたものの、あまり気が乗らないように見えた。フレディはその小型自動車でマーケット・ブランディングズへ行く理由を明かそうとはしなかったが、到着するや、あからさまに、一刻も早くジョージを厄介払いしたがった。ジョージとしても願ったり叶ったりで、やはり一刻も早くフレディを厄介払いしたかったから、詮索せず、互いに目的を打ち明けずに町外れで別れた。ジョージはまず食料品店へ行き、次にマーケット・ブランディングズの宿屋兼居酒屋のうちエムズワース・アームズとは別の店へ行き、白ワインを買った。ジョージは味のわかる若者で、田舎の酒蔵を信じていなかったから、その白ワインがあまりいいものだとは思わなかったが、品質はどうあれ、深夜にアリーンを元気づけてくれるだろうと考えた。

そして、買い込んだ品々を携え、たっぷり五マイルをてくてく歩いて城へ戻った。

本当の試練はそこから始まった。愛の崇高さに似合わぬ行動を強いられたのだ。重い荷を抱えた男にとって城まで歩いた道のりも十分に辛かったが、その荷物を寝室へこっそり持ち込む苦労に比べれば、ものの数ではない。超人的な男ではあったが、ジョージは状況の微妙さを正しく理解していた。他人の家で寝室に食べ物と飲み物を運んでいるところを見つかれば、主人のもてなしにケチをつけているとみなされるのは避けられない。機密文書を携えて敵陣の中を進む兵士さながら、ジョージは隠れ、隠れ場所を抜け出し、身をかわし、身を屈め、走った。自分の部屋のドアを後ろ手で施錠し、ベッドに身を沈めた瞬間、人生でこれほど嬉しいことがあっただろうかと思ったほどだ。

その試練の記憶に比べれば、今乗り出そうとしている企てはたやすいと思える。ただアリーンの部屋へ行き、そっとドアを叩いて、中から覚醒の気配が感じられたら、今来た闇の中へ引き返し、ベッドへ戻ればいい。アリーンは察しがいいから、戸口のマットの上に舌肉と、パンと、ナイフと、フォークと、塩と、コルク抜きと、白ワインの小瓶を見つけ、それをどうするのかを理解し、それを置いた愛に満ちた手が誰のものか見当をつけてくれるだろう。

だが、最後の部分は重要ではない。誰の手だったかを翌朝、告げるつもりだったから。自分の功績を慎ましく隠す人は少なくないだろうが、ジョージ・エマソンは違う。

あとは夜が十分に更けて遠征の安全が確実になるまで、時間をやり過ごすだけだ。時計をまた見る。まもなく二時だ。もう城中が寝静まっている頃だろう。

舌肉、パン、ナイフ、フォーク、塩、コルクぬき、白ワインの小瓶をまとめて、部屋を出た。何もかもが静まり返っている。ジョージはそっと階段を下りた。

Ⅲ

ホール上部を取り囲むように張り出した回廊で、有能なるバクスターは分厚いコートにくるまり、ゴム底の靴を履いて椅子に座り、闇を見据えていた。当初寝ずの番をやり通す支えになってくれた憂いなき高揚感は消え、深い疲労感がのしかかってくる。目を開けているのが辛く、開いた目を闇が強く圧迫するように感じられた。要するに、有能なるバクスターは今、うんざりしていた。時間が止まっていた。

バクスターの思考はさまよい始めた。こんな状態ではいけないと感じ、どうにか考えをまとめようと努める。何か一つの明確なことに精神を集中させようとした。それにふさわしい主題としてスカラベを選んだのに、スカラベは彼の期待を裏切った。スカラベに集中するどころか、思考は古代エジプトからピーターズ氏の消化不良へ、それから枝分かれして一ダースもの支離滅裂な想念へと迷走していく。

バクスターはそれを、店にいた太っちょのせいにした。あの太っちょが存在感と会話を押しつけてこなければ、昼下がりの熟睡を楽しんで、すっきりした気分で夜の勤めに臨めただろうに。彼はあの太っちょについて思いをめぐらせ始めた。

そして、奇妙な偶然の一致により、数分後に、なんとその男にまた出会ったのだ。

事の成り行きはいささか珍妙だったが、バクスターには申し分なく論理的で辻褄があうように思えた。彼がパジャマにシルクハットというでたちでウェストミンスター寺院の外壁をよじ登っていると、突然、それまで気づきもしなかった窓からあの太っちょが頭をひょいと出し、「ハロー、フレディ！」と言った。自分の名はフレディではないと説明しようとしているうちに、バクスターは、気づけばアッシュ・マーソンとピカデリーを歩いていた。アッシュが「みんな僕を嫌っている！」と言い、その悲哀が有能なるバクスターの心をナイフのように切り裂いた。返事をしようとしたそのとき、アッシュは消え、そこはピカデリーだとばかり思っていたのに飛行機の機内で、バクスターはピータ一ズ氏と共にブランディングズ城の上空をホバリングしている。ピーターズ氏は手に爆弾を持ち、それを愛おしげに撫で回す。彼はバクスターに、その爆弾はエムズワース卿の陳列室から盗んだと説明した。「コールドビーフ一切れとピクルスを使ってまんまと盗んだのだ」と彼は言い、バクスターも、それが唯一の方法だと理解していた。

「さあ、落とすから見ていろ」とピーターズ氏が言い、片目を閉じて城に狙いを定める。「医者からの指示で、どうしてもやらねばならんのだ」彼は爆弾を落とし、たちまちバクスターはベッドの中にいて、それが落ちるのを見ていた。恐ろしかったが、体を動かそうという考えは起きない。爆弾はゆっくりと落下し、下降したかと思うと羽根のように揺れた。どんどん近づいてくる。そして、轟音と共に着弾し、あたり一面が炎の海に……。

バクスターは、喧騒《けんそう》と物が壊れる音で目を覚ました。一瞬、夢とうつつの間をさまよい、それから眠りが去っていき、階下のホールで大きな物音を伴う何らかの騒動が持ち上がっていることに気づいた。

Ⅳ

根本的原因を突き詰めれば、ありとあらゆる衝突は、ただ一つの原因から起こる。面上のある一点をある瞬間に占めることができる物体は一つだけであるという自然の法則に、二つの物体が逆らおうとすることである。大階段の最下段近くのある地点で、階段を下りてきたアッシュと、階段を上がっていくジョージ・エマソンが、互いの進路に踏み込む羽目になった。ジョージは午前二時一分三秒に、音もなく、しかし迅速に移動しながらそこへ到達した。アッシュは、やはりかなりの速度を保ちながら午前二時一分四秒にそこへ到達し、歩行を止め、飛翔を始めた。ジョージ・エマソンも一緒だ。二人は今や落下していた。アッシュの両腕はジョージの首に回され、ジョージはアッシュの腰にしがみついていた。やがて階段の上り口に達し、その傍らには客用の陶器と写真の額があった。

その音、とりわけ客用陶器の音が、バクスターの耳に届いたのだ。

ジョージ・エマソンは相手が賊だと思った。アッシュは相手が誰か見当がつかなかったが、とにかく振り解かねばならないことはわかっていたので、ジョージの顎の下に手を差し入れて上へ押しのけた。ジョージは今や、舌肉、パン、ナイフ、フォーク、塩、コルク抜き、白ワインの小瓶を永遠に手放し、目下の仕事のために両手を自由にして、左手でアッシュの体を摑んで右手で脇腹にパンチを加えた。アッシュは左腕をジョージの首から離して右腕に添え、両腕を使ってジョージの喉を押さえつける。今やアッシュに組み敷かれたジョージは、アッシュの両耳をがっちりつかんでひねり、喉にかかる圧力を減じさせる。すると、アッシュはその夜初めて声を上げた。ぶつかった瞬間に双方の口から「ウッ」と声が漏れて以来のことだ。アッシュはジョージの両手を耳から払い除け、肘で彼の脇腹を打つ。ジョージがアッシュの左足首を蹴る。アッシュはジョージの喉を探り当て、手をかけて絞めつけ始め、双方共に嬉々として闘っているうちに、騒動は最高潮に達した。階段を飛ぶように下りてきたバクスターがアッシュの脚につまずいて前につんのめり、やはり客用の陶器と写真の額を満載した別のテーブルに激突したのだ。ブランディングズ城のホールは、ホールというよりは予備の応接間のような場所で、レディ・アン・ウォーブリントンは寝室で頭痛のため休んでいないとき、そこで客にアフタヌーンティーを出す。そのため、小さなテーブルがあちらこちらに配置されていた。実際、五、六卓ものテーブルがいろいろな場所に置かれて、ぶつかられ、砕かれるのを待っていた。

それにしても、小さなテーブルにぶつかって物を壊すのは時間を要する作業、悠長な気晴らしである。ジョージもアッシュも、二人のちょっとしたいざこざに第三者が加わった今、その場に止まって最後までやり抜く気はなかった。アッシュは見つかるわけにいかない。そんな時間にそこにいた理由を問いただされるのは絶対に避けたい。ジョージも、舌肉をはじめとする品々がホール中に散らばってしまった今、尋問されてつまらない言い訳をするのはやはり敬遠したい。あたかも互いに同意したかのように、双方が握力を緩めた。二人はほんの一瞬、息を切らしながら立っていたが、アッシュは使用人区画に入る緑色のラシャ布張りのドアがあると思しき方向へ、ジョージは自分の寝室へ至る階段へ向かい、その場を立ち去った。

二人が立ち去るのとほぼ同時に、バクスターはひっくり返したテーブルの積載物の山から抜け出して、電灯のスイッチを探り始めた。スイッチは大階段の上り口の近くにある。バクスターは、それまで試みた移動方法よりも時間はかかるがより安全な四つん這いの態勢で進んだ。

上階でも物音がし始めた。陶器が派手に割れる音で目を覚ました客たちが、やおら詮索を始めたのだ。どうしたのかと問うているくぐもった声がいくつも聞こえてくる。

バクスターは相変わらず、電灯のスイッチを目指して両手と両膝をついて這っていた。今の彼は、さながら勝利を期待されていたボクサーがトラック運転手組合のライバルのパンチを顎にくらった直後のような有様だ。自分がまだ生きているのはわかった。言えるのはそれだけだ。脳にはまだ眠りの薄靄がかかり、激突したテーブルの角で脳天が揺さぶられたことも相まって、まだ夢見心地だ。

かくして有能なるバクスターは這いずり続け、手をつきながら慎重に進むうち、何かに触れた――生気のない、ぐにゃりとして氷のように冷たい何か。その感触に、彼の心は名状しがたい恐怖でいっぱいになった。

バクスターの心臓が止まったと言えば、医学的には不正確だ。心臓は止まらない。主《あるじ》の感情がどうであれ、心臓は鼓動を続ける。正確を期するなら、バクスターは高速エレベーターに生まれて初めて乗った人のような気分だったと言うべきだろう。内臓を何階か下に置いてきたまま、取り戻す見込みがなさそうに感じられた。体の慣れ親しんだ部分があるはずの場所に、大きく冷たい穴がぽっかりと空いている。喉がカラカラで締めつけられるようだ。背筋がゾクゾクする。たった今触れた物が何か、わかっているからだ。

テーブルとの激突で痛みを覚え、頭がぼんやりしてはいたものの、バクスターは、すぐそばで目に見えない敵同士が熾烈な戦いを繰り広げていたという事実を見逃しはしなかった。ぶつかり合う音、床に叩きつけられる音、忙しい息遣いが、陶器のかけらを取り除く間にも聞こえていた。それほどの戦闘はほぼ確実に、相対する一方あるいは双方に身体的負傷を引き起こすに至るものだ。単なる負傷よりもさらに悪いことが起き、自分は死者の横に跪いているのだと、バクスターは悟った。死んでいることは疑いようがなかった。たんに気を失っているだけなら、こんな氷のような冷たさが生じるわけがない。

バクスターは闇の中で頭を上げ、近づいて来る人たちに向かって大声で叫んだ。

自分では「助けて！　人殺し！」と叫んだつもりだったが、恐怖のためにはっきりと発音できていなかった。

彼の叫び声はこう響いた。「ター！　ヒー！」

すると、階段の近くから何者かが回転式拳銃を発砲し始めた。

階下でゴタゴタが始まったとき、エムズワース卿は深く安らかな眠りを貪っていた。彼は身を起こし、耳をそばだてた。そうだ、間違いない、賊だ。電灯のスイッチをつけて、ベッドから飛び起きた。引き出しから拳銃を取り出し、それを携えて状況を探りに行った。夢見がちな伯爵は、腰抜けではなかったのだ。

騒動のあった所まで来てみると、そこは真っ暗だった。伯爵の背後にはパジャマ姿とナイトガウン姿が入り混じった親戚たちの一団が続く。伯爵が先頭に立っていたのは、親戚の者たちと二階の廊下で出会ったとき、「わしが先に行く。拳銃を持っているから」と言ったからだ。彼らは伯爵を先に行かせた。実際、連中はひどく聞き分けがよく、しゃしゃり出たり人を押しのけたりせず、慎み深く目立たないように振る舞い、きわめて整然と行動した。エムズワース卿が「わしが先に行く」と言ったとき、まさに最前線に飛び出ようとしていた若いアルジャーノン・ウスターは「そうだな、そいつが正解だ、よろしく！」と言って後ろへさがり、ゴダルミングの司教は「もちろんだ、クラレンス、当然だ。どうぞ前を行ってくれたまえ」と言った。

　階段の下まで下りたことが感触からわかると、エムズワース卿は立ち止まった。ホールは真っ暗で、賊たちは一時的に活動を停止しているかに見える。そのとき、賊の一人がしわがれただみ声でしゃべった。何と言ったか、エムズワース卿にはわからなかった。「ター！　ヒー！」と聞こえた。おそらく、共犯者への秘密の合図か何かだろう。エムズワース卿は回転式拳銃を構えて、声のした方向へ弾丸を全部撃ち込んだ。

　きわめて幸運なことに、有能なるバクスターは四つん這いの態勢を変えていなかった。間違いなくそのおかげで、エムズワース卿は新しい秘書を雇う手間が省けたのだ。弾丸はバクスターの頭上でうなり、次から次へと全部で六発発射され、彼の体とは別の場所へ着弾した。それぞれの着弾地点は以下のとおり。一発目は窓を破ってヒューと音を立てながら夜気の中へ消えた。二発目は食事を告げる銅鑼に当たり、最後の審判のラッパのような尋常ならぬ音を立てた。三発目、四発目、五発目は壁にめり込んだ。最後の六発目は伯爵の母方の祖母の等身大の肖像画の顔面を直撃し、思いがけず修整を施す結果となった。エムズワース卿の母方の祖母がコメディアンのジョージ・ロビーにそっくりだからといって、また、百年前に流行った超古典的様式に則って海から誕生するヴィーナスに扮して（もちろん、それらしくドレープを寄せた衣装をまとって）肖像画を描かせたからといって、敬う気持ちが減じるものではない。それでも、孫の弾丸のおかげでブランディングズ城で目の毒になる最たるものの一つが永遠に消滅したことに、否定の余地はないだろう。

　弾丸を使い果たしたエムズワース卿は「誰だ、そこにいるのは！　言わんか？」とやや重々しく言った。自分が口火を切ったのだから、今度は侵入者が社会的儀礼を果たす番だと言わんばかりの口調である。

有能なるバクスターは答えない。今の彼は、しゃべったり物音を立てたりして自分の居場所を危険な狂人に悟られるような真似は、何があってもしないだろう。相手はいつまた弾を再装塡して連続射撃を始めるかもわからない。事の経緯を説明するのは、誰かが正気に戻って明かりをつけてからでいいと、彼は考えた。絨毯の上に這いつくばって、事態の好転を祈った。横にある死体に頰が触れ、顔を顰めて身震いをしたものの、声を上げることはしなかった。六発の銃撃の後では、声も出ない。

上方から声がして――司教の声だ――「賊は死んだのではないか、クラレンス」と言う。

別の声が――ホレス・マント大佐の声だ――言う。「明かりをつけろよ、くそっ、誰か、明かりをつけないか、くそったれ」

一同は声高に明かりを求めた。

明かりがついたのはホールの反対側からだった。銃弾が六発、午前二時十五分に発射されれば、熟睡中の召使いたちさえ目を覚ます。使用人区画は蜂の巣をつついたようになった。女性の甲高い叫び声が空気を切り裂いた。執事のビーチ氏は、ピンク色の絹のパジャマの上下という見違えるような出立ちで階下の男性召使いの一団を率いていた。先頭に立ちたかったからではなく、先頭に押し出されたのだ。緑色のラシャ布張りのドアの向こうの廊下は渋滞し、召使いたちはビーチ氏に向かって口々に、ドアを開けて何事か確かめろと叫んだが、抜け目のないビーチ氏はじわじわと後退り、行列の先頭から撤退した。

撤退が済むと、ビーチ氏は声を張り上げた。「さあ、ドアを開けろ。そのドアを開けるんだ。何事か確かめろ」

ドアを開けたのはアッシュだった。彼はホールから脱出して以来、緑色のラシャ布張りのドア近辺にひそみ、この人だかりの中に紛れ込んだのだ。群衆に混じってようやく心のゆとりを取り戻すと、人混みを抜け出て前へ進み、ドアを開き、明かりをつけた。

明かりに照らし出されたのは中途半端な着衣のまま階段に密集する人々の群れと、陶器やグラスの散らばったホールと、弾痕で窪んだ銅鑼と、故エムズワース伯爵夫人の修整された肖像画と、有能なるバクスターが厚手のコートにゴム底靴で、冷製舌肉の傍らに横たわる姿だった。

そこから遠くない場所に他の品々が散らばっていた――ナイフ、フォーク、パン、塩、コルク抜き、白ワインの小瓶。

何か意味のあることを言うという意味で最初に発言したのは、エムズワース卿だった。彼は横臥した秘書を見下ろして言った。「バクスター！　バクスターよ、一体全体どうしたのだ？」

一同は深い失望を噛みしめている。まったくの期待外れに心底がっかりしていた。当初、この有能なる秘書が動かなかった間は希望が掻き立てられたものの、彼が負傷していないことがわかったとたん、白けた雰囲気に襲われた。二つのうち一つでもあれば――賊か死体か――、皆満足しただろう。賊なら生死にかかわらず喜ばれただろうが、バクスターが適切な役割を果たすためには、死んでいる必要があった。一同の期待を集めた挙句に正体が露見し、バクスターは彼らをすっかり失望させてしまった。かすり傷一つ負っていないとは、肩透かしもいいところである。

冷ややかな沈黙のなか、バクスターは床からのろのろと立ち上がる。

舌肉に視線を落とすと、驚き、じっと目を凝らしてそれを見つめた。驚きのあまり金縛り状態だったのだ。

エムズワース卿も舌肉を眺め、それなりに合理的な結論を即座に下した。その口調は冷たく高飛車だ。親戚一同と同様に拍子抜けしてがっかりしたのみならず、気を悪くしていたからだ。自分が客にたえず娯楽を提供する熱心な主人ではないことは承知しているが、ホストとして一つだけ自負がある。生活の物質的面に関しては、客を丁重に扱っている。豪勢な食卓を維持しているのだ。

「バクスターよ」。伯爵は、息子フレディを説教するときのためにとってある口調で言った。「腹が減って朝食を待てず、夜中にわが城の食料貯蔵室を荒らさねばならないのなら、願わくは、あまり音を立てないよう工夫してもらいたい。わしは食べ物を出し惜しんだりはせん、好きなときに好きなものを食べればいい。ただ、君ほど食欲旺盛でない人間は夜には眠りたいということを、忘れんようにサンドイッチでもロールパンでも、腹にたまると思うものを寝室に運ばせるほうが、よほど気が利いている」

この手ひどい叱責は、先ほどの弾丸以上にバクスターの思考を鈍らせた。脳みそは発酵している最中で、さまざまな言い訳が押し合いへし合いしていたが、どれも口には出せなかった。どちらを見ても激しく非難する視線に出会った。ジョージ・エマソンの視線には後ろめたさと悔しさが宿っている。アッシュ・マーソンは、この目で見ていながらとても信じられないという顔をしている。一番下っ端のナイフ・靴磨き係の少年にまでジロジロ見られるのは耐えがたい。

バクスターは口ごもった。言葉がいくつか口から出かけたが、もつれ、つっかえてしまう。

エムズワース卿の冷ややかな誹謗は和らぐ気配がない。

「弁解は無用だ、バクスター。食べ物への欲求は誰にでもある。それを手に入れ、運搬する方法のやかましさを咎めておるのだ。さあ、もう寝るぞ」

「でも、エムズワース伯爵――」

「ベッドへ行きなさい」主人は断固として繰り返す。

一同は不満げに二階へ向かい始める。明かりは消された。有能なるバクスターは体を引きずるようにして立ち去った。

使用人区画のドア周辺の暗がりから、声が聞こえてくる。

「大食漢の豚野郎！」声には蔑みがこもっている。

それはナイフ・靴磨き係の少年の溌剌とした子供っぽい声のようだったが、打ちのめされたバクスターには確かめる気力はない。バクスターは立ち止まることなく撤退を続けた。

「のべつまくなし食べ物を詰め込んでやがる！」さっきの声が言う。

姿の見えない召使いたちの群れから、賛同の呟きが聞こえてくる。

第九章

I

われわれは年を重ね、人間の幸福の限界を徐々に悟るにつれ、人生における唯一かつ真実不変の喜びは他人に喜びを与えることだと知る。どうやらバクスターは、それが腑に落ちる年齢にまだ達していなかったらしい。なぜなら、数十人の同胞に真の喜びを与えたという事実にも心を癒されなかったからだ。

彼が喜びを与えたのは疑う余地がない。客人一同は、彼が死んでおらず賊でもないと判明した際の失望から立ち直るや、ブランディングズ城における生活の短調さが打破されたことを心から喜んでいた。何年も口をきかない仲だった親戚同士も諍いを忘れ、すっかり相和して屋敷内をぶらつきながら共にバクスターをこき下ろした。満場一致で下された評決は、バクスターが正気でないというものだった。

「あの青二才の頭がまともだなんて言わせませんぞ」ホレス・マント大佐は言った。「私にはちゃんとわかる。あいつの目を見ましたか？　後ろ暗い？　狡猾な目だ！　陰険な光を秘めている。それに加えて、くそっ、昨夜あいつが荒らしたホールの有様を見ましたか？　荒れ放題でしたよ、ねえ、まったく荒れ放題でした。壊れた瀬戸物やらひっくり返されたテーブルやらが散らかって。暗闇の中でたまたまぶつかっただけだなんて言わせませんぞ。そう、あいつはのたうち回っていたに違いない。まるで釣り針にかかりやがった間抜けな鮭みたいに。きっと発作の類でしょう。頭のどこかがブチ切れたんですな。医者に見せたら病名がつくでしょう。よくある精神異常です。妄想症――と呼ぶのだったかな？　まず頭に血が上《のぼ》り、それから暴れ回る。インド帰りのやつらがそういう話をしていましたっけ。風土病ですよ。自分が何をしているかわからなくなり、街路を突っ走りながら馬鹿でかい刃物で人に斬りつけるとか。あの青二才も同じだ、まだそれほど重症ではないが。施設に入れるべきですな。そのうち症状が悪化すれば、夜陰に乗じてベッドにいるエムズワースをぶっ殺しかねない」

「それはあんまりだ、ホレス！」

ゴダルミングの司教の声は当然ながら怯えていたものの、調子を合わせるように聞こえなくもない。

「誇張なんかじゃありません。とはいえ、まあ、似合いの組み合わせだと言えなくもない。エムズワースがずっと前から、実務的計画や目的に関してはまったく、くそったれのキ印《じるし》だってことは、もう知らない者はないのですから」

「それはあんまりだ、ホレス！　君にとっては義理の父親。家長ですぞ」

「くそったれのキ印ですよ、司教様、家長であろうが家長でなかろうが。あそこまでぼんやりした男に、自分はまともだとうそぶく権利はありませんな」

主人の前から退いたばかりの有能なるバクスターも、やんごとなき雇い主に対して同じ感想を抱いていた。眠れぬ夜を過ごした彼は、昨夜の出来事の真相を説明しようと、朝早くからエムズワース卿を捜した。やがて陳列室で見つけた主人は、嬉々として鳥の卵の棚をペンキで塗っていた。小さなスツールに腰を掛け、床に大きな赤いペンキの容器を置き、ペンキを滴らせながら刷毛をせっせと動かしている。作業に夢中で、秘書が何を言おうと耳を貸そうともしない。

バクスターは十分ほど、彼が続けた寝ずの番について、それがいかにして打ち破られたかについて、微に入り細を穿って描写してみせた。

「そうかい、そうかい、バクスターよ」話が終わると伯爵は言った。「よくわかった。わしが言いたいのは、もし夜食が欲しくなったら、召使いの一人にそう言って部屋に持ってこさせる、それも消灯前にということだ。そうすればあのような騒ぎを起こす恐れはなかろう。バクスター、君が一日に百回食事をしようと文句を言うつもりはないがね、そのために屋敷中の者を目覚めさせるとなれば、話は別だ。夜には眠りたいという人も多いからな」

「しかし、エムズワース卿！　たった今説明したじゃありませんか……、あれはたんに……私はただ……！」

「もういい、バクスターよ、もういい。なぜそれほどこだわる？　ベッドで休む前に軽く何かつまみたくなる人は珍しくない。医者もそう勧めることがあるとか。なあ、バクスター、この陳列室はどう見える？　少し明るくなっただろう？　ちょっと色を加えたら、よくなったじゃないか？　わしはそう思うね。陳列室というのは得てして薄暗いことが多いからな」

「エムズワース卿、もう一度説明させていただけませんか？」

伯爵はうるさそうな顔をした。

「バクスターよ、言っただろう、説明すべきことは何もない。いささかくどいぞ……。何と深みのある強い赤だろう、新しいペンキの匂いの何と清々しいこと！　なあ、バクスター、わしは子供の頃から、ペンキを塗りたくりたくて仕方がなかったのだ。今は亡き父親に杖で打たれたことを覚えておる。もちろん、君がまだ生まれもしない頃の話だが。ところで、フレディを見かけたら、わしから話があると言ってくれんか？　おそらく喫煙室だろう。わしがここにいるから来るよう言ってくれたまえ」

喫煙室へ行き、予想どおりそこにいたフレディに伝言を伝えると、頭に血が上ったバクスターは深いひじ掛け椅子に座って休憩した。

人生の重さがこたえる時が誰にでもあるものだが、バクスターにとって今がまさにそうだった。運命は彼に味方しなかった。彼は二者択一を迫られる立場に立たされた。いずれ劣らず不快な選択肢だ。昨夜のような大失敗を犯す可能性に直面するか、あるいは、見張りを断念し、危険にさらされたお宝の警護を諦めるかである。

昨夜の恐ろしい体験を繰り返すことを思うと、身の縮む思いがする。テーブルに衝突して激しく揺さぶられたうえに、それに続く出来事によってさらに激しく動揺させられた。回転式拳銃が連射されたときの銃声は今なお彼の耳の中で鳴り響いている。

いちばんものを言ったのは、あの銃声の記憶かもしれない。舌肉やら何やらを携えた男と再び関わり合いになるとは思えない。舌肉の謎を解こうとする気もすっかり失せた。皆目見当がつかないからだ。それにしても、今夜も回廊でホールを見張るとすれば、再びエムズワース卿の無責任な凶弾の標的にならないとも限らない。集団全体が不安に駆られているときには、日没後のほんのかすかな音でさえ発砲するのに十分な理由となる。実際、アルジャーノン・ウスターがストックヒース卿に言うのを小耳に挟んだ。ウスターは、今夜ショットガンを持って階段の上に座ってもいい、俺はやる気満々さ、この事件は意外に面白そうだ、きっと悪いやつらが何か企んでいて、あいつ、何といったっけ、そう、バクスターのやつも一枚嚙んでいるに違いない、と言っていた。

そんなことをあれこれ考え、バクスターはその夜は安全な自室にとどまることに決めた。やる気が萎えていたのだ。

苦渋の決断だった。陳列室へ至る道を略奪者に向けて開け放っておくのは、きわめて心苦しかった。もしもバクスターがジョーン・ヴァレンタインとアッシュ・マーソンの会話を耳にしていたならば、エムズワース卿の回転式拳銃とアルジャーノン・ウスターのショットガンの危険など顧みなかっただろう。

アッシュはジョーンと会って昨夜の出来事を話して聞かせたとき（ジョーンはぐっすり眠っていて現場に居合わせなかった）、自分はしくじったと考え、悔いていた。たしかに運が悪かったとはいえ、結果を出せなかったという事実に変わりはない。

けれども、ジョーンはその意見に与しなかった。

「あなたは奇跡を起こしてくれた。私のために道を開けてくれたのよ。これこそ真のチームワークだわ。あなたと組んで本当によかった。あなたの手柄のおかげで私だけいい思いをして、戦利品を横取りしたら後味がすごく悪いもの。こうなれば、今夜は私が下へ行って、正々堂々と目的を果たすわ」

「まさか、今夜陳列室へ行こうなんて考えているんじゃないだろうね」

「もちろん、考えているわ」

「正気の沙汰じゃないよ」

「それどころか、今夜こそ危険はゼロのはずよ」

「昨夜あんなことが起きたのに？」

「昨夜あんなことが起きたからよ。あんなことの後で、バクスター氏がベッドから起き出そうとすると思う？　この仕事を終わらせるチャンスがあるとすれば、今夜よ」

「君の言うとおりだ。そんなふうに考えたことがなかったよ。バクスターは再び災厄を呼ぶ危険を冒すはずがない。今度こそ、成功してみせるぞ」

ジョーンが眉を上げた。

「おっしゃる意味がよくわからないわ、マーソンさん。あなた、今夜またスカラベを取り戻しに行くおつもり？」

「そうさ。きっとこれ以上ないほどたやすく――」

「お忘れかしら、私たちの取り決めからすれば、今度は私の番だっていうことを？」

「まさか、僕に行くなと言うつもり？」

「もちろん」

「そんな、僕の立場も考えてほしいな！　君が仕事を全部片づけている間、僕がベッドに寝ていて、それで報酬の半分を分け前として受け取るだなんて、本気でそう思っているの？」

「そうよ」

「そんなの馬鹿げている」

「馬鹿げてなんかいないわ、私だって同じようにする。マーソンさん、話を蒸し返す必要なんかないのよ。もうずいぶん前に、決着をつけたじゃない」

彼女はこの問題をそれ以上話し合おうとせずに立ち去り、アッシュは不安と悔しさを抱えたまま取り残された。宵闇が迫り始めると、有能なるバクスターも同様の苦悩に襲われた。

Ⅱ

ブランディングズ城では、朝の食事は気楽なものだ。階下へ下りて朝食をとろうという元気な人のためには細長いダイニングホールに食べ物と飲み物が用意されているものの、城で過ごす客の大半は自室で朝食をとる。エムズワース卿は率先垂範していた。一日の始まりを親戚連中に囲まれて過ごすなんてまっぴらごめんだ。しかも、ほとんどが自分の嫌いな連中なのだ。

したがって、早朝までまんじりともせずに過ごしたバクスターが自然の欲求に屈して午前九時に眠りに落ちても、誰も起こしに来なかった。呼び鈴も押さなかったから、バクスターは誰に邪魔されることもなく、十一時半まで眠り続けた。日曜日の朝だったので、その頃には、司教一人と下級聖職者数人を含む客人のほとんどは教会へ出かけた後だった。

バクスターは急いで髭を剃り、服を着た。不安で苛立っていた。そんな時間までベッドにいた自分を責めていた。彼がいない時間が一分でもあればスカラベは紛失しかねないというのに、何時間も惰眠を貪ってしまったのだ。

目が覚めたとき、嫌な予感がした。スカラベが夜の間に盗まれたという虫の知らせがあり、今となってはあらゆる危険を冒しても見張りを続けていればよかったと思う。

静まり返った城の中を、ホールへ急ぐ。窓の前を通ると、エムズワース卿が安息日には似つかわしくないツイードのスーツ姿で、花壇の上に身を屈めてせっせと熊手を動かしているのが見えた。司教が見たらどれほど嘆いたことだろう。だが、庭にいるのはエムズワース卿だけで、屋内はがらんとしている。ホールは日曜日の朝特有の空気を漂わせ、そっとしておいてほしい、昼食まではいかなる人間も受け入れたくないと言わんばかりだ。それを感じ取れるのは、皆が教会へ行ったあと、広い城館にただ一人残った客だけである。

バクスターが入っていくと、壁にかかった何枚もの肖像画、とりわけ海から誕生するヴィーナスに扮した故エムズワース伯爵夫人の肖像画が、冷たい目で彼を見咎めていた。椅子さえも彼を遠ざけ、嫌っているように見える。しかし、バクスターはそうした雰囲気を感じ取れるような状態にはない。彼の良心は眠ったままだ。頭を占めるのはスカラベとその運命であり、他のことは一切入り込む余地がない。昨夜見張りにつかなかったのは、何という致命的怠慢だろう！　陳列室のドアを開けるずっと前から、最悪の事態が起きたという揺るぎない確信に襲われている。

予感は当たっていた。陳列室は相変わらずそこにある。第四王朝クフ王時代のスカラベ、寄贈者はJ・プレストン・ピーターズ氏と記したカードは、まだそこにある。ミイラも、鳥の卵も、タペストリーも、祈禱書も、その他諸々のエムズワース卿のお宝は、全部そこにある。

しかし、スカラベはなくなっていた。

Ⅲ

事態はまさに予測どおりだったにもかかわらず、有能なるバクスターが衝撃から立ち直るまでにはしばし時間がかかった。彼は立ち尽くし、目をむいて空っぽの場所を見た。

エムズワース卿がぶらりと入ってきたとき、バクスターはまだ目をむいてそこを見ていた。エムズワース卿はぶらぶら歩きにかけては世界屈指の強者《つわもの》であり、日曜日の朝は彼のお気に入りのぶらぶら時間だ。朝食を済ませて以来、庭をぶらつき、厩の周りをぶらつき、図書室をぶらついた。そして、陳列室へぶらりと入ってきたのだ。

「エムズワース卿！」

バクスターがその姿を見てこう喚いたとき、エムズワース卿はすでに、秘書が立っている場所から目と鼻の先をぶらぶらと歩いていた。ささやくだけでも聞こえただろうが、有能なるバクスターの感情はひどくたかぶり、言葉は鋭い叫びとなって発せられたのだ。マスト上の見張り台で任務についている乗組員が船長と意見を交わすときのような、耳をつんざく音声だった。エムズワース卿は六フィートほど飛びのき、体に絡まった古いタペストリーを解くと、片手を耳に当ててゆっくりと撫で、若い秘書をにらみつけた。

「わしに対してそんなに怒鳴るとは、一体何事だ、バクスター？　まっこと、君はあらゆる面で度を越しとるぞ。さながら疫病神だ」

「エムズワース卿、なくなったんです。スカラベがなくなっています」

「おかげで鼓膜が破れたぞ」

「何者かが、ピーターズ氏から贈られたスカラベを盗んだのです、エムズワース卿」

鼓膜の症状にまつわる懸念は、エムズワース卿の唯一の関心事の座から滑り落ちた。見開いた目が秘書の人差し指の先をたどり、悲劇の起きた場所を検分する。

「こいつはたまげた。まさに君の言うとおりだ、バクスター。何者かがスカラベを盗んだ。じつに困った。ピーターズ氏は気を悪くなさるだろう。ピーターズ氏の感情を損なうようなことは夢ゆめあってはならぬ。わしがあのお宝を粗末にしたと思われかねない。ところで、一体全体何者が盗んだのだ？」

バクスターが答えようとしているところへ、ホールの方向から、ドアと廊下越しにくぐもってはいたが、石炭を一トンぶちまけたような音がした。重い肉体が階段を転げ落ち、悪態をついている。フレディ・スリープウッドの声だと二人が認めたその悪態は、着地と共に破砕音が奏でるメロディにかき消された。それは客用陶器が分解する音だと、バクスターには難なく判断できた。

エムズワース卿にとってもバクスターにとっても、それらの証左から何が起きたのかを推理するのは難しくなかった。フレディが階段を転げ落ちたのである。

ピーターズ氏のスカラベをめぐる物語のこの部分は、少し工夫を加えれば、日曜日の朝の礼拝をサボるのが今日《こんにち》でもどれほどの危険を孕むかを物語る優れた訓話になるだろう。もしフレディが教会へ行っていれば、その時間に城の大階段を駆け下りなかったはずだし、もしその時間に城の大階段を駆け下りなければ、ミュリエルと遭遇することもなかったはずだからだ。

ミュリエルはレディ・アン・ウォーブリントンのペルシャ猫である。レディ・アンは自室で朝食をとって遅くまでベッドに横たわっていた。例によってひどい頭痛が始まる予感がしたのだ。ミュリエルは下げられた朝食の盆を追いかけて部屋を出た。レディ・アンの軽い食事の主役だった舌平目のムニエルの埋葬に立ち会いたくてたまらず、盆を下げるメイドの後についてホールまで来た。ミュリエルを嫌うメイドはそこで立ち止まり、ジンジャービールの瓶が破裂したような声を発しながらミュリエルのほうへ突進し、意地悪く蹴飛ばした。痛手を負って面食らったミュリエルは来た道を戻り、全速力で階段を駆け上り、まさにそのとき、どういうわけかひどく急いでいたフレディが足取りも軽く階段を下りてきたのだ。

サイズ28のブーツでミュリエルの背骨を踏みつけてわが身を守ることができた瞬間もあったものの、そんな危機の最中にさえフレディは頭を働かせ、これまで重ねた悪行に伯母の愛猫虐殺が加われば、もはや当局の鉄槌は避けられないと考え、素早く身をかわした。怖気づいた猫はそのまま二階へ向かい、フレディは数段おきに階段に触れながら階下まで落ちたというわけだ。

着地した彼はカルタゴの廃墟のマリウスよろしく、散らばった客用陶器の真ん中に座り込んで負傷の程度を懸命に確かめた。修復不能なまでに折れた箇所が十を下らないのではないかと心配になってきたのだ。

父親と有能なるバクスターが到着すると、フレディはアッシュ・マーソンに助け起こされているところだった。

陳列室で夜に盗みが働かれたことを秘書が発見したとき、アッシュもすぐ近くにいた。実際、バクスターよりも先に、スカラベの紛失を予測していた。緑色のラシャ張りのドアの陰でホールに人気《ひとけ》がなくなるのを待ち、ジョーンが息巻いたとおりスカラベを盗み出したか確かめようと、陳列室を覗く機会をうかがっていたのだ。バクスターが驚愕のあまり声を上げたので、アッシュはあやうく見つかるところだったと思った。秘書とエムズワース卿が話している間、その場に隠れて待っていたが、彼らと同様に、フレディが落下する音を聞きつけて階段まで出てきた。

アッシュは怪我人を引っ張り上げて立たせようとしたが、フレディは痛そうにうめいて腰を落とした。父親と秘書が駆けつけたとき、彼はまだ床に座っていた。そして、何も言わず悲しげに彼らを見上げた。

「アン伯母様のあのアホ猫のせいなんです、父上。階段を駆け上がってきやがった。足首をやっちまったみたいです」

「お前は何もかもやっちまったぞ」父親は同情のかけらも見せずに言った。「お前とバクスターの間に置かれたら、まともに立っている家具が一つでもこの城にあるか、怪しいものだ」

「いやあ、ありがとう、君」フレディは、再び彼を支えて立たせてくれたアッシュに感謝した。「部屋まで手を貸してくれるとありがたいな」

「さて、バクスター」エムズワース卿が言った。「マーケット・ブランディングズのバード先生に電話して、すまないが往診してくれないかと頼んでくれ。フレディ、気の毒な事故だったが――」と彼はつけ加えた。「このところ、何もかも混乱していて、わしは――わしがいちばん混乱しとる」

アッシュとフレディがホールを横切り始めた。フレディは飛び跳ねるように、アッシュはポルカのステップを踏むように進んでいく。バクスターは二人の姿を恨めしそうに見つめて立っていた。スカラベ紛失が明るみに出た直後にやってきたアッシュに対し、彼はまたしても出し抜かれたと感じていた。心の中でアッシュが犯人だと確信し、彼を糾弾できないために苦い思いを嚙みしめている。

外で車輪の音がし、先発隊が教会から戻って城の中へ入ってきた。

「表向きはフレディが階段から落ちて足首を捻挫したことになっていますがね」その日の午後、マント大佐がゴダルミングの司教とこの事件について話しながら言った。「私は確信していますよ。あのバクスターのやつ、まさに私が思ったとおりのことをやったとね。逆上した挙句、フレディにひどい怪我を負わせたのですよ、くそったれめが。私が城の中へ入っていったとき、フレディは支えられながら階段を上り、バクスターは邪悪な目でその後ろ姿を睨みつけていましたから。まったく、ここは怪しいことだらけで訳がわからん。一日も早くミルドレッドをここから無事に連れ出さなくては、安心できません。バクスターのやつ、完全にイカレてますよ」

Ⅳ

エムズワース卿が教会帰りの一団にピーターズ氏を見つけて脇へ連れていき、彼の芳情により城の陳列室に贈呈された貴重なスカラベが夜の間に何者かによって盗まれたと知らせたとき、億万長者の反応は寛大すぎるように感じられた。盗まれた品がもう自分のものではないとしても、いまだに愛着を抱いているはずだから、贈呈品があまりに無防備に管理されていたことに不快の念を示したとしてもおかしくない。

ところが、ピーターズ氏はこの件に関して大いなる雅量を示した。この不運な出来事を伯爵が防げたはずだという考えを退けた。深い理解を表した。少しも気を悪くしていなかった。このような災厄は誰にも予測できない。こういうことは往々にしてあるので受け入れるしかない。彼自身がかつて同じような被害を被り、コレクションの至宝をほとんど眼前で、信じられないほど易々と持ち去られた、と言うのである。結局、ピーターズ氏はエムズワース卿の心を大いに軽くした。そして、素早くその場を去ると、アッシュを呼びつけた。

アッシュが来たとき、ピーターズ氏は欣喜雀躍していた。熱狂的な賛辞をアッシュに浴びせた。アッシュの背中をバンと叩きさえした。ピーターズ氏の称賛の嵐は、アッシュがこの出来事はまったく自分の手柄でないと告白するまで止まなかった。

「取ったのは君じゃないって？　じゃあ、誰が？」

「ピーターズ嬢の小間使いです。話せば長いのですが、われわれは手を結び、協働していたのです。僕があれを取ろうと最初に試みて失敗し、そして、彼女が成功したのです」

　ピーターズ氏が賛辞の対象をジョーンに代えるのを聞きながら、アッシュは複雑な気持ちだった。ジョーンの勇気は認めるし、彼女の冒険がつつがなく終わったことに安堵したし、彼女がその勇気ある行動に対して人が与え得るあらゆる称賛に値するのはわかっていた。それでも、当初は若干の悔しさが湧いてくるのを抑えきれなかった。彼が最初のチャンスに恵まれたにもかかわらず失敗した企てに、女性が成功したからだ。そもそもジョーンとの協定には引っ掛かるものがあった。男は、たとえ近年の女性解放運動に共感を抱いたとしても、女のくせに男よりも有能な泥棒がいることが証明されると、面白くない。女性は男性の領分の侵略に着々と成功しつつあるが、それでも、男が独占するのが当然とみなされる領分はまだいくらか残っており、夜中の警戒をついてスカラベを盗み出すのはその一つに違いない。アッシュに言わせれば、ジョーンはもう少し控えめでおとなしい役割を担ってもよかったのだ。

　アッシュらしくないそうした感情は、長続きしなかった。彼は多少の欠点はあるにしても、公正な精神の持ち主である。ピーターズ氏は言いたいことを全部言ってしまうと、階下でジョーンを探すようアッシュに命じた。彼女を見つけたときには、アッシュはつまらぬ遺恨をかなぐり捨て、彼女を心から祝福する準備ができていた。ただ、何があっても報酬は分けてもらわないと決めていた。その点に関しては心を揺るがせまいと、固く決意した。

「たった今、ピーターズ氏に会ってきた」アッシュが口を切る。「万事順調だ。ピーターズ氏は小切手帳をテーブルの上に載せて、小切手にきちんと記入できるように万年筆の調子を確かめているよ。ただ、僕から一つだけ言っておきたいことがある」

ジョーンが彼の言葉を遮った。驚いたことに、反感のこもった目で冷ややかにこちらを見ている。

「私からも、一つだけ言っておきたいことがあるわ。つまり、報酬を一ペニーでも受け取るつもりが私にあると思っているなら――」

「まさに僕が言おうとしていたことだ。もちろん、ほんの少しでも受け取ろうなんて夢にも思っていない」

「意味がわからない。もちろん、あなたが全部受け取るのよ。協定を結んだときに私が言ったのは、私にもそれなりの仕事をさせてくれたら、分け前をもらうということだった。あなたがその申し合わせを破ったのだから、私がもらう筋合いはないの。マーソンさん、あなたは親切のつもりでしょうが、ありがたいとはどうしても思えない。言ったでしょう、これはビジネスの契約であり、騎士道精神の発揮などご無用、それで、あなたが約束した以上――」

「ちょっと待って」アッシュは面食らって言う。「話が見えないな。どういうこと？」

「どういうことですって？　それは、あなたが昨夜、私よりも先に一階の陳列室まで行ってスカラベを取り返したことよ、今回は遠慮して私にチャンスをくれるって約束したのに」

「いや、僕はそんなことは一切していない」

今度はジョーンが面食らう番だった。

「だけど、あなたがスカラベを持っているのでしょ、マーソンさん？」

「いや、君が持っているんだろう」

「いいえ」

「だって――だって、あれはなくなっていた」

「知っているわ。二人で決めたとおり、昨夜、陳列室へ行ったのだけれど、私が着いたときには、スカラベはなかった。消えていたの」

二人はうろたえ、顔を見合わせた。最初に口を開いたのはアッシュだった。

「君が陳列室へ行ったときには、もうなかったんだね？」

「影も形もなかった。てっきりあなたに先を越されたと思ったの。怒りではらわたが煮えくり返ったわ」

「そんな馬鹿な。誰が持ち去った？　ピーターズ氏が報酬を出すことを知っている者は僕たちの他にはいない。昨夜、一体何があった？」

「私は午前一時まで待ったわ。そして、そうっと下りていって、陳列室へ入り、マッチをすって、スカラベを探した。スカラベはなかった。最初は信じられなかったわ。それからマッチを何本も何本もすったけれど、見つからなかった。スカラベはなくなっていた。仕方なくベッドへ戻り、あなたのことを散々恨んだの。私の見当違いだった。あなたが約束を破ったりしないことをわかっていたはずなのに。だけど、あれがなくなった理由は、他に説明のしようがなかった。とにかく、誰かが持ち去ったということね。問題は、私たちがこれからどうするかよ」ジョーンは笑った。「報酬をどう分けるかで口論するなんて、捕らぬ狸の皮算用だったわね。どうやら報酬はこれっぽっちもなさそうだから」

「ともかく」アッシュは憂鬱そうに言った。「ピーターズ氏の所へ戻って報告しなきゃ。きっと意気消沈するだろうな」

第十章

Ⅰ

ブランディングズ城は日曜午後の静寂のうちにまどろんでいる。何もかもが平安だった。フレディはベッドに横たわっている。もういいと言われるまで安静にしているよう、医者から命じられたのだ。エムズワース卿は熊手の所へ戻っていた。他の面々は敷地内でそぞろ歩いたり、腰を下ろしたりしていた。早くも真夏を思わせるような、晩春の暖かい日だ。

アリーン・ピーターズは寝室の開いた窓の傍に腰掛けていた。窓からはテラス式庭園が見渡せる。脇のテーブルに手紙が山と積まれている。日曜日は郵便配達人が城へやってくる時間が遅いため、昼食前に手紙を全部読み終えられなかったのだ。

アリーンは当惑していた。塞ぎの虫に取り憑かれているのを自覚したが、理由がさっぱりわからない。いつもなら、憂鬱な気分になるのは、どうしてもうまくいかないことがあるときだ。彼女は、人生の底流にある漠とした悲しみについて思い悩みがちなタイプの娘ではない。いつもなら、自分が生きているという事実に悲劇の要素など見つけることはない。生きているのが好きだから。

しかし、今日の昼下がり、すべて世は事もなしとは思えなかった。いつも天候にとても敏感で、仔猫のように日向ぼっこを楽しむ彼女にしては珍しい。まるでアメリカにいるような上天気なのに、そんな日和にも慰めを見いだせないのだ。

アリーンはテラスを見下ろした。すると、ジョージ・エマソンが視界に現れた。足早に歩いている。彼の姿を見た途端、アリーンは、塞ぎの虫の原因を知る鍵が見つかったように感じた。

歩き方にもいろいろある。ジョージ・エマソンの歩き方は、精神が不安定な歩き方だった。両手を後ろで組み合わせ、眉根を寄せて、目はまっすぐ前を見据え、火のついていない葉巻を上下の歯の間に挟んでいる。男が火のついていない葉巻を口にくわえるのは、楽しからぬ考えに沈んで葉巻がそこにあるのを忘れたときと決まっている。要するに、ジョージ・エマソンも、すべて事もなしというわけではなかった。

アリーンは昼食の席でも薄々感づいていた。今思えば、憂鬱な気分にとらわれ始めたのは昼食の最中だった。そう気づいて、いささか動揺する。ジョージの悩みがそれほど自分の心に影を落とすとは気づいていなかった、もしくは認めようとしていなかった。彼女はずっと自分にこう言い聞かせてきた。ジョージのことは好きだ、ジョージは大切な友達だ、ジョージは楽しいし刺激を与えてくれる、と。それでも、彼が悩む姿を見たせいでアメリカを発って以来最高の上天気を楽しめないのは、彼に首っ丈だからだなんて、認めるわけにはいかない。ただ、公式の恋人であるフレディが火のついていない葉巻を嚙みながら城の敷地内を何時間ウロウロしても、自分はきっと何とも思わないだろう。それを率直に認めざるを得ないことに気づき、アリーンは驚いたのみならずショックを受けた。

そのフレディと来月には結婚する予定なのだ。たしかに、よく考えなくてはいけない。ジョージが歩き回る姿を上からしばらく眺めると、アリーンはこの件について考え始めた。

彼女は物事を深く突き詰める性格ではなかった。フレディのことを、小説に描かれるような意味で愛していると思おうとしたことはない。彼のことは好きだし、貴族と結ばれるという考えも好きだし、父もその考えが好きだし、彼女は父が好きだ。それらの「好き」が合わさって「イエス」と答えた。去年の秋、フレディがまごついたカエルのようにドギマギし、喉をヒクヒクさせながらあの忘れえぬ台詞を発したときのことである。「その、つまり、あれだ、わかるかな」で始まり、「僕が言いたいのは、その、結婚してくれるかい、どう?」で終わる台詞だ。アリーンは、伯爵家次男フレディ・スリープウッドの夫人として穏やかな幸福に浸ることを期待していた。そんなとき、ジョージ・エマソンが再び彼女の人生に現れ、それが波紋を生じさせている。

今日までは、ジョージに恋しているのだろうと誰かにほのめかされたら、反発していただろう。ジョージと一緒にいるのは好きだ。話しやすかったし、彼があからさまに行使しようとする意志の力に抵抗し続けるのが面白いからでもあった。

しかし、今日は違った。昼食時に芽生えた疑問の答えが、今はっきりとわかった。カーテンの陰から彼の姿を見下ろし、彼が沈んでいるのに気づくと、もう自分を誤魔化しきれなくなった。

アリーンが感じているのは母性愛、強い母性愛だ。ジョージは困っている。彼を慰めてあげたい。

フレディも困っていた。だが、フレディを慰めたいと思うだろうか? 否。それどころか、今日の午後は彼の傍らに座って過ごすと、昼食前にあまりに軽い気持ちで約束したことを、もう悔いていた。階段から転げ落ちて足首を捻挫するなんて間抜けもいいところだという明らかな侮蔑が、フレディに対する彼女の気持ちの大半を占めている。

ジョージ・エマソンは相変わらず歩き回り、アリーンは相変わらず彼を見つめていた。そして、とうとう我慢できなくなった。アリーンは手紙をまとめて化粧台の一角に積み上げると、部屋を出た。

彼女が正面玄関のドアから続く石段を下り始めたとき、ジョージはテラスの端まで来て踵を返したところだった。彼女を見つけ、足を速めた。そして、彼女の前で立ち止まると、むっつりと彼女を観察した。

「君を探していた」

「ほら、私はここよ。元気を出して、ジョージ。一体どうしたの？　お部屋の窓からずっとあなたを見ていたの。あてもなくひたすら歩き回っていたわね。何かうまくいかないことでもある？」

「何もかもだ」

「何もかもって、どういうこと？」

「言ったとおり、そのものズバリさ。もうおしまいだ。これを読んでごらん」

アリーンは黄色い紙片を手に取った。

「電報だ。今朝受け取った。ロンドンの本部からだ。読んでごらん」

「読もうとしているわ。意味があるとは思えないけれど」

ジョージは陰気に笑った。

「ちゃんと意味があるさ」

「どうしてそう言えるのか、わからないわ。『メレディス、ゾウ、カンガルー……』」

「警察の暗号だよ。それを言うのを忘れていた。『ゾウ』は『重病のため出勤不能』の意味だ。メレディスは俺の休暇中、代わりに勤務していたんだ」

「まあ、お気の毒に。とてもお悪いのかしら？　メレディスさんとは親友なの？」

「メレディスはいいやつで、あいつのことは好きだ。だが、ただ病気だというだけなら、まだ耐えられるだろう。残念ながら『カンガルー』は『次の船で必ず帰れ』という意味なんだ」

「次の船で帰らなくてはいけないの？」

アリーンはジョージを見た。その目からは、彼女が徐々に状況を理解しつつあることが見てとれる。

「まあ」アリーンはようやくそう言った。

「俺にとっては大問題だ」ジョージが言う。

「でも……次の船って……出航はいつ？」

「水曜日の朝。明日にはここを発たなくてはならない」

アリーンの目は谷の向こうの青い丘陵に向けられていたが、何も見えていない。間に靄がかかっている。打ちひしがれ、ひどい仕打ちだと感じ、孤独が身に沁みる。ジョージがすでに去り、見知らぬ土地に一人きりで残されたかのように感じる。

「でも、ジョージ」と彼女は言った。

どうしようもない状況に抗議する言葉は、それしか見つからない。

「運が悪かった」エマソンは静かに言った。「とはいえ、こうなってよかったと思わないでもない。これですっぱりけじめがついた。ここにい続けてお互いに惨めになるよりもいい。この電報が来なければ、結婚式当日まで君を困らせ続けたことだろう。最後の瞬間まで、自分にチャンスがあると夢見ていただろう。しかし、この一撃ですべて終わった。さすがの俺も、明日、列車が出るまでに自分が奇跡を起こせるなんて想像するほど図々しくはない。それまでの時間をせいぜい有効に過ごさなくてはね。君とまた会う機会があるとしても、まあ、そんなことはないだろうけれど、いずれにしても君は結婚する。暗示をかけるという特技も遠距離では使えない。テレパシーで君の心を変えられるなんて望むべくもない」

ジョージは彼女の傍らで手すりにもたれ、低い落ち着いた声で話している。

「この知らせはショックで、まさに青天の霹靂だった――メレディスは世界一、病気と無縁の男だ。最後に会ったときも馬車馬のごとく元気いっぱいに見えたからね。しかし、おかげで目が覚めた。これまでなぜか気づかなかったが、俺は史上最悪級に思い上がり自惚れた大馬鹿者だった。自分には抗えない魅力があると信じ、君が俺との結婚という素敵なご褒美のためだけに婚約を破棄して世界中を驚かせるだろうと考えるなんて、まったくどうかしていた。どうも、男に自分の真の姿を直視させるにはショック療法が必要なようだ。これ以上君のことを好きになるなんて不可能だろうが、俺の大言壮語と空威張りと超人きどりを大目に見てくれたおかげで、ますます好きになってしまうよ。君はじつに優しい」

アリーンは言葉がなかった。まるで、この十五分間で世界がひっくり返ってしまったような気がする。目の前にいるのは、新しいジョージ・エマソンだ。からかうことなど誰もできない、知らぬ間に魅力的になったジョージだ。アリーンの心臓の鼓動が速まる。彼女はまだ気持ちを整理できてはいないものの、最も厚い防護壁が崩れ、自分がこれまでになく無防備になっている気がした。これまでは自分を支配しようとする意志の圧力に反射的に抗って、頑なに冷静さを保ってきた。状況に巧みに対処してきた。謙虚さとは無縁だった。

アリーンの弱点は優しさである。自分でははっきり意識しなかったが、フレディを受け入れるに至った原因の一部は、哀れみだった。秋に初めて出会った頃、彼はあまりに落ち込み、いじけているように見えたからだ。慎重にならなければ、と、心の声がささやく。ひとたびジョージ・エマソンを哀れんだりしたら、妙な成り行きになりかねない。

沈黙が続く。アリーンは言葉が見つからなかった。今の気分で話をするのは危険だった。

「俺たちは知り合ってからもう長い」エマソンが言う。「そして、俺はしょっちゅう君に愛していると言ってきた。ほとんどジョークの種にしかねないほど、まるで何かのゲームみたいに。俺たちはたまたまそういうやり方でやってきた、物事を笑い飛ばしながら。それでも、キャッチフレーズじみているかもしれないが、もう一度言う。愛している。もはや俺には勝ち目がなく、君は他の人と結婚するという事実は甘んじて認める。けれども、君を愛することはやめない。君を忘れるほうが身のためだとか、そんな話じゃない。忘れられない。どうしても忘れることはできない、それだけのことなんだ。俺が君にとって何であれ、君は俺の一部であり、ずっと俺の一部であり続けるだろう。君を愛さずに生きるのは、息をしないで生きようとするのと同じことだ」

彼は言葉を切り、背筋を伸ばした。

「これで全部だ。愁嘆場を長引かせて、晴れ渡った春の午後に君の気分を台無しにするのはやめよう。言いたいことは全部言った。これで最後だ。もう二度と言わない。明日、列車に乗り込む時には愁嘆場はなしだ。駅まで来て見送ってくれる気はある?」

アリーンは頷いた。

「来てくれるんだね? 嬉しいよ。さて、部屋へ戻って荷造りをして、出発しなくてはならないと、わがホストに知らせよう。きっと、俺がここにいることを知って驚くだろうよ。俺の顔を認識できるかも怪しい」

アリーンは彼が去った後も手すりにもたれたまま、その場に立ち尽くしていた。

かなり時間が経ってから、フレディに昼食後すぐに彼の部屋へ行って一緒に過ごすと約束したことを思い出した。

フレディは紫色のパジャマにくるまり、いくつもの枕に体を支えられて、ベッドの上で『捜査官グリドリー・クエイル』を読んでいた。アリーンが入って行ったとき、ちょうど手に汗握る場面にさしかかっていたため、フレディは雲の上からいきなり地面に落下したような気分になった。フレディの心を鷲掴みにするグリドリー・クエイルの作者ほど幸運に恵まれて読者を虜にする作家はそう多くないだろう。

フレディが本に気を取られていた結果、まず、アリーンに向けた眼差しが常日頃よりもさらにどんよりしたものとなった。ジョージと交わした会話のせいで神経が張り詰めていたアリーンには、元々少し出目である彼の目がカタツムリの目のように自分に向かって飛び出たように見えた。ベッドの中で男が格好よく見えることは滅多にない。そんな不利な姿を初めて目にするアリーンは、フレディに嫌悪感を催した。彼にキスしてくれと言われたらどうしようと、猛烈なパニックに襲われた。

フレディはそんな要求はしなかった。愛情をあからさまに表現する恋人ではないのだ。ベッドの上で体の向きを変え、下顎を引いただけだった。

「やあ、アリーン」

アリーンはベッドの端に腰かけた。

「どうも、フレディ」

彼女の婚約者は、下顎を持ち上げたおかげで容貌がほんの少し改善された。それでもやり過ぎだと感じたのか、口を完全に閉じはしなかったが、開口部分は減少した。フレディは、つねにのんびりと口を開けたまま生きている人種に属する。

この日の午後に限って、アリーンは奇妙な失語症に取りつかれたらしい。さっきはジョージに話すことができず、今はフレディに言う言葉がどうしても思いつかない。彼女は彼を見て、彼は彼女を見て、マントルピースの上の時計がチクタクと時を刻み続けた。

「アン伯母様のアホ猫のせいなんだ」軽い会話をしようとして、ようやくフレディが言葉を発した。「猫のやつが階段を駆け上がってきて、そのせいで恐ろしく派手に足を踏み外したってわけ。猫は嫌いさ。君も猫が嫌い？　ロンドンの知り合いに、猫だけは勘弁してほしいって男がいたよ」

アリーンは自分の言語器官が永遠に損なわれてしまったのかと疑い始めた。猫を話題に話を展開するのは簡単なはずだが、どうしてもそれができない。彼女の心は他のあらゆるものを排して、恋人のパジャマ姿を眺める不快感でいっぱいなのだ。

フレディが再び会話を始める。

「素晴らしく面白い本を読んでいたんだ。こういう本を読んだことがある？　毎月発売されていて、素晴らしく面白いんだよ。これを書いているやつは天才だね。こういう話を一体どうやったら思いつくのかな。探偵の話なんだ、名前はグリドリー・クエイル。血湧き肉躍るストーリーさ」

アリーンは失語症の簡単な治療法を思いついた。

「私が読んであげましょうか、フレディ？」

「よしきた！　いいね。このページの一番上まで読んだところだよ」

アリーンはペーパーバックを受け取った。

『拳銃七丁が彼にピタリと照準を定めた』ここからでいい？」

「うん、ばっちりだ。危機一髪の場面だよ。このクエイルってやつが、苦境にある友達に会おうとして人里離れた一軒家におびき寄せられたんだ。現れたのは友達じゃなくて覆面をして銃を持った悪党どもの一味だ。どうやって危機を脱するかはわからないけれど、あいつなら大丈夫。天才だからね」

クエイル氏の冒険をたどるアリーンを彼女自身以上に哀れんだ人がいるとすれば、それはアッシュ・マーソンだろう。彼は身悶えしながらこの話を執筆した。アリーンは身悶えしながらそれを読んだ。フレディも身悶えしていたが、それは激しい興奮のせいだった。

「どうしたの？　やめないでくれよ」アリーンの声が止まると、フレディは叫んだ。

「声がかれてきちゃったの、フレディ」

フレディはためらった。グリドリーの冒険を追い続けたいという欲求が、基本的礼儀作法と葛藤した。

「それなら……自分で続きをちょっと見てもいいかな？　その後でおしゃべりしてもいいんじゃないかい？　すぐに終わるから」

「もちろん。そういうことなら、どうぞお読みになって。でも、フレディ、本当にこういうのがお好きなの？」

「僕？　そうだとも！　どうして？　君は好きじゃない？」

「どうかしら。どうも、ちょっと……。わからないわ」

フレディはもう本に没頭している。アリーンはもはや、クエイル氏に対する自分の姿勢を分析しようとはしなかった。彼女はまた黙り込んだ。

その沈黙には思考が詰まっていた。この青年との結婚が何を意味するのかを、初めて思い描こうとした。これまでフレディに会った回数はごく少なく、彼をじっくり検分する機会がほとんどなかったことに驚いた。賑やかな外の世界では、彼はいつも、どうにか耐えられる人間に思えた。しかし、今日の彼は違う。今日は何もかもが違うのだ。

これは結婚後に予想される生活の好例だと、彼女は受け止めた。結婚とは、せんじつめれば、二人の人間がしょっちゅう、かなりの長期にわたって二人きりになり、頼り合って共に楽しむことを意味する。フレディとしょっちゅう二人きりで長い時間を過ごすのは、実際にどんなふうだろう？

そう、おそらくこういう感じなのだろうと、彼女は推測した。

「大丈夫だ」フレディは目も上げずに言った。「案の定、クエイルは抜け出したよ。爆弾を持っていて、『俺を解放しろ、さもなければ家を木っ端微塵に爆破するぞ』と脅した。それで悪党たちは引き下がった。彼のことだ、きっと隠し玉を持っていると思ったよ」

こういう感じ……。

アリーンは息を深く吸い込んだ。こういう感じになるのだ――それがずっと、ずっと、ずっと、死ぬまで続くのだ。

彼女は身を乗り出して彼を見つめた。

「フレディ、私を愛してる？」

返事はない。

「フレディ、私を愛してる？　私はあなたの一部？　私がいなければ、息をしないで生きようとするみたい？」

フレディは上気した顔を上げ、ぼうっとした目で彼女を見た。

「え、何だって？　僕が……？　うん、そう、そうだとも。悪党の一人がたった今、グリドリー・クエイルの寝室に、明かりとり窓からガラガラヘビを放したところだ」

アリーンは席を立ち、そっと部屋を出た。フレディは構わずに読書を続けた。

Ⅱ

貴重なスカラベが再び何者かによって持ち去られ、これまで以上に手の届かない場所へ消えてしまったと知らされたピーターズ氏は、ほぼアッシュの予測どおりの反応をした。人生における成功の欠点は、たまたま失敗に至ったとき、それが過度の重みを持ってしまうことだ。成功のおかげで、ピーターズ氏の性格の一部は甘やかされた子供のようになっていた。アッシュから報告を受けたピーターズ氏は、あのスカラベを取り戻すためなら全財産の半分を投げ打ってもいいと息巻いた。スカラベの奪還はもはや名誉の問題となった。彼の見るところ、今やスカラベは賞品だ。自らの意志と何らかの悪しき勢力の意志との対決に勝った者がそれを手に入れるのだ。彼に歯向かうその勢力は、彼の力にも限界があることを示そうと躍起になっている。その昔ウォール街で彼の背後に忍び寄り、鉄道株や人気の株を手放すよう仕向けた者たちに対しても、こんな感情を抱いたものだ。一種の被害妄想だが、その被害妄想が人を億万長者にする。最強で無敵であることを自ら証明したいという欲望さえなければ、億万長者になるという愚行に及んだりはしない。

ピーターズ氏は従来の報酬額を倍増することで、いくばくかの安堵感を得た。アッシュはジョーンを探しに行き、この新たな刺激剤が二人の頭脳を活性化し、ひらめきを与えてくれることを願った。

「何か新しいアイディアは降りてきた？　僕はさっぱりさ」

ジョーンは首を横に振った。

「諦めては駄目よ」ジョーンが励ます。「もう一度考えましょう。これが何を意味するか理解しなきゃ、マーソンさん。私たち二人、一夜にして一万ドルを失ったのよ。納得できない。遺産をもらい損ねたみたいなものよ。このまま諦めて『ホーム・ゴシップ』に公爵と伯爵の話をまた書き続けるなんて、絶対に嫌」

「またグリドリー・クエイルに取り組むかと思うと——」

「あら、あなたが探偵小説作家だということを忘れていたわ。この謎をたちどころに解いて見せなくちゃ。自分の胸に訊いてみて。グリドリー・クエイルならどうするか？」

「それなら答えられる。グリドリー・クエイルはなす術もなく、何らかの偶然が起きて助かるのを待つだろう」

「奥の手はないの？」

「奥の手はいくらでもある。ただ、偶然がなければ効力を発揮できない。とにかく、二人で知恵を絞ってみよう。昨夜陳列室へ行ったのは何時？」

「午前一時よ」

「そして、スカラベがなくなっていると気づいたんだね。君にとってそれは何を示唆している？」

「何も。あなたにとっては何を示唆しているの？」

「まったく何も。もう一度考えてみよう。誰がスカラベを持ち去ったかはわからないが、その人物はピーターズ氏が報酬を出すという機密情報を知っていたに違いない」

「それなら、なぜピーターズ氏のところへ行って報酬を要求しないの？」

「そのとおり。そこがこの推理の弱点のようだ。考え直そう。スカラベを持ち去った人物はどうしても緊急に金を必要としていたに違いない」

「それで、誰がどうしても緊急にお金を必要としていたかを、どうやって見つけるの？」

「まさに。どうやったらいい？」

言葉が途切れた。

「あなたのクエイル氏は、依頼者にとってはとても頼りになる探偵のはずよね？」ジョーンが言う。

「帰納的推理がいささか行き詰まってしまったようだ、それは認める。偶然を待たなくてはならない。偶然が起こる予感がする」一呼吸おいてからアッシュは言った。「偶然に関しては、僕はとても恵まれているんだ」

「そうなの？」

アッシュは周囲を見回し、盗み聞きしそうな人間がいないのを確かめて安心した。召使いとして城にいると、そういう状況を作るのは容易ではない。滞在客の従者や小間使いに与えられるスペースは限られ、他の従者やメイドや従僕に出くわさずにそぞろ歩きを楽しむのも至難の業だからだ。だが、今、二人の周りには誰もいないようだ。城の裏手へ続く車路はがらんとしている。見渡すかぎり、上級・下級を問わず使用人の姿はまったく見られない。

それでも、アッシュは声を低めた。

「絶妙な偶然がなければ、そもそも君が僕の人生に登場することはなかったと思わない？」

「そうは思わないわ」ジョーンの答えは散文的だ。「私たちは当然、遅かれ早かれ会うことになったでしょうよ、同じ建物の別の階に住んでいるのですもの」

「君があの部屋を借りたのも偶然の賜物だ」

「なぜ？」

アッシュはしょげた。もちろん、彼女は論理的には正しいが、この難しい局面で少しは彼の力になってくれてもいいではないか。女性の直感で、元気に声を張り上げていた男が低くハスキーにささやき始めたら、何か理由があると察してくれてもいいのに。目的達成の見通しの暗さが心に重くのしかかり始める。あの夕方、マーケット・ブランディングズ駅で彼女に恋したことに気づいてからずっと、告白する機会をうかがってきた。だが、顔を合わせる度に、話はどうしても実務的で非情緒的な方向へ流される。そして今、二人は双子のようによく似た心を持つこと、運命が引き合わせてくれたのだから、その運命に逆らうのは馬鹿げていることを全力で説こうとし、二人は宿命によって互いのために生まれてきたのだという印象を伝えようとしているのに、彼女は「なぜ？」と答える。これには参った。

この話題をもっと掘り下げようとした、まさにそのとき、城のほうからフレディの従者ジャドソン氏が近づいてくるのが見えた。このいけすかない青年の目的は明らかに、二人の間に割って入って、アッシュからわずかな機会を奪うことだ。神の思し召しが彼自身とジョーンにどんな神秘的作用を及ぼしたかを彼女にわからせようとしていたのに。フレディの従者は間違いなく会話を欲していた。口から言葉が溢れそうな様子だ。常日頃の怠惰をかなぐり捨て、こちらへ向かって全速力で駆けてくる。

二人のところまで来る前にしゃべり始めた。

「シンプソンさん、マーソンさん、やっぱり本当でした。あの夜私が言ったことです。あれは事実でした」

アッシュはこの闖入者を悪意に満ちた眼差しで見た。ジャドソン氏のことは当初から好きになれなかったが、今では憎悪さえ覚える。神の思し召しの神秘的作用についてジョーンと話し合うところまで漕ぎ着けるのは容易でなかった。彼女にはどこか感情を捉えにくいところがあったからだ。その形容し難い資質ゆえにジョーン・ヴァレンタインは夜中に他家の陳列室へ侵入することができるいっぽう、双子のような魂とか運命については、いささか語りにくい女性でもあった。アッシュが愛する彼女の資質、強さ、能力、雄々しい独立心が、愛を告白しようとする彼にとっての障害ともなるように見えた。

ジャドソン氏はまだペラペラしゃべり続けている。

「本当です。今となっては疑う余地はありません。あの夜私が言ったとおりのことが起きたのです」

「あなたは何と言いましたっけ？　いつの夜？」アッシュが尋ねる。

「あの夜、夕食の席ですよ。あなた方二人がここへ来た最初の夜。フレディと、彼がロンドンで手紙を書いていた娘の話をしたのを覚えていませんか？　ほら、シンプソンさん、あなたにそっくりだと言った人のことです。名前は何だったかな？　ジョーン・ヴァレンタイン。そうだ。劇場に出ていた彼女への手紙を、フレディは毎晩のように届けさせました。その彼女がやっぱり行動を起こしたんですよ。あの夜、全部話したでしょう、彼女ならやりかねないって。手紙のことでフレディにつきまとっているのですよ。こうなることは目に見えていたはずなのに、まったくフレディも間抜けだ。あの手の娘たちは、一人残らずみんな同じなのに」

ジャドソン氏は言葉を切り、周囲の景色を注意深く眺め回してから、続けた。

「さっき、フレディの着ていたスーツを取り出してブラシをかけようとしたら、たまたま」――ジャドソン氏はちょっと間を置いて小さく咳をした――「たまたま、ポケットの中身に目が行き、手紙を見つけました。片づけるついでにちょっと目をやると、差出人はジョーンズという男で、そのヴァレンタインという娘はフレディが手紙に書いた内容にこだわっていて、あと千ポンドくれたら手紙を手放してやってもいいと言ってるようです。しかも、どうもフレディはすでに五百ポンドを彼女に渡しているらしい。どこで手に入れたかは私の理解を超えますが、手紙によれば、そのようです。ジョーンズって男が自分の手で彼女に渡したが、彼女は満足しなかった、もう千ポンドくれなければ、婚約不履行で訴えると言っているとか。それで、フレディは私にジョーンズ宛てのメモを託したんです。ジョーンズは今マーケット・ブランディングズに来ています」

ジョーンはこの聞き捨てならない話を、驚きのあまり呆然として聴いていた。ここまで聴いて、ようやく初めて意見を述べた。

「でも、そんなこと、あり得ないわ」

「この目で手紙を見たんですよ、シンプソンさん」

「でも――」

ジョーンは途方に暮れてアッシュを見た。二人の目が合う。彼女の目は当惑で見開かれ、彼の目には解明できたゆえの輝きが宿っている。

「つまり」アッシュはゆっくりと言った。「フレディはどうしても緊急に金が必要なんだね」

「間違いありません」ジャドソン氏は得意満面で言った。「フレディも今度ばかりは崖っぷちに立たされているようです。もし婚約不履行で訴えられたら、半端ではない騒ぎになること必至です。ビーチ氏と皆に知らせに行かなくちゃ。みんな肝をつぶしますよ」彼の顔に、急に失望が浮かぶ。「ああ、しまった、このメモを忘れていた。すぐに持っていくようにとフレディから言われていたのに」

「僕が持って行きましょう」アッシュが言う。「ちょうど暇だから」

ジャドソン氏の感謝は並々ならぬものだった。

「君はいい人だ、マーソン。この恩は今度返しますよ。こういうニュースはすぐに伝えないと落ち着かなくて。しゃべらないでいるとパンクしそうな気がするんです」

ジャドソン氏は顔を輝かせながら家政婦長室へ急いだ。

「全然わけがわからないわ」ジョーンがようやく言った。「頭の中がぐるぐる回っている」

「わからない？　すべてが完全にはっきりしたじゃないか。僕がグリドリー・クエイルとして待っていたのはこういう偶然だ。これで帰納的推理を再開できる。証拠を吟味すると、何がわかる？　あの卑怯者フレディが犯人さ。あいつがスカラベを持っている」

「でも、何もかもめちゃくちゃだわ。私は彼からの手紙を持っていないのに」

「ジョーンズのもくろみでは、君が持っていることになっている。この事件におけるジョーンズの役割を確認しよう。君が彼について知っていることは？」

「ものすごく太った人。ある晩訪ねてきて、手紙を取り返すよう頼まれていると言うの。私が手紙はとっくに処分したと言ったら、帰っていったわ」

「ふむ、それなら、そこまではっきりしている。ジョーンズは単純ながら巧妙な企みをフレディに仕掛けているわけだ。相手が誰でもうまくいくわけではなかろうが、フレディに関して見聞きしたことからすれば、彼はおつむがあまり強くなさそうだ。作り話も簡単に信じ込むだろう。彼はどうするのか？　ただちに千ポンド用意しなくちゃならないが、最初の五百ポンドを調達したことでもう貸付限度額を使い果たしている。それでスカラベを盗むことを思いついた」

「でも、なぜ？　そもそも、どうしてスカラベに目をつけたの？　そこがわからない。フレディがスカラベをピーターズ氏に渡して報酬を要求するわけはないわ。ピーターズ氏が出す報酬のことを知っているわけがないもの。エムズワース卿が不適切な方法でスカラベを手に入れたことも知るわけがないし。それに――ともかく、彼は何も知るわけがないわ」

アッシュの意気込みは少々そがれた。

「この裏には何かある。だが――そうだ。ジョーンズがスカラベのことを知って、フレディに教えたに違いない」

「だけど、どうやって知ったの？」

「うん、その裏には何かある。ジョーンズはどうやって知ったのか？」

「知るわけがないわ。その晩、アリーンが来たとき、ジョーンズはもう帰ったあとだったもの」

「わからないな。いつの晩のこと？」

「私があなたと初めて会った日の晩。アリーンがスカラベの話と、ピーターズ氏が報酬を出すという話を私にしたとき、彼が立ち聞きした可能性があるかもと、ふと思ったけれど」

「立ち聞き！　その言葉でピンときた。グリドリー・クエイルが勝利を収めるのは十中八九、何かを立ち聞きしたおかげだ。僕たちの推理はいい線いっていると思うよ」

「私はそうは思わない。どうやって私たちの話を立ち聞きできたの？　ドアは閉まっていたし、その頃には彼はもう外に出ていたはずよ」

「外に出ていたと、どうしてわかる？　出るところを見たのかい？」

「いいえ、でも部屋からは出ていったわ」

「階段で待って、耳をそばだてていたかもしれない――7番Aの階段の暗さを君も覚えているだろう？」

「なぜ？」

　アッシュは考えた。

「なぜ？　なぜ？　なんと厄介な言葉か。探偵の頭痛の種だ。君がそう訊くまでは解決したと思っていたが――そうだ！　なぜそうしたか、説明しよう。全部読めたぞ。ジョーンズの手口がわかった。彼が君に会いに行ったのは、ピーターズ嬢との結婚が近いフレディが手紙を取り戻したがったからだ、そうだね？」

「ええ」

「君は彼に、手紙は破棄したと言った。彼は部屋を出ていった。そのとおりだね？」

「ええ」

「彼が外へ出る前に、ピーターズ嬢が正面入り口で自分の名をメイドに告げた。ジョーンズの立場に立ってごらん。彼はどう考える？　疑念を抱くだろう。何らかの企てが進行中だと考える。彼は二階へ戻り、ピーターズ嬢が君の部屋へ入ってしまうまで待ち、そしてドアの外に立って聞き耳を立てる。どうだい？」

「きっとそのとおり。易々とできたでしょうね」

「そう、彼はそうした。まるでその場にいたように確信できる。実際、僕がその場にいた可能性がかなり高いんだ。すべては僕たちが初めて会った日の晩に起きたと言ったね？　その晩、一階へ下りていったのを覚えている。ミュージックホールへ出かけるところだった。そして、君の部屋で話し声がするのを聞いたんだ。はっきり覚えている。おそらく、僕は危うくジョーンズと鉢合わせするところだった」

「すべて辻褄が合うわね」

「間違いない。どこにも綻びはない。残る問題はただ一つ、証拠を押さえてフレディのところへ行き、スカラベを手放させることができるかどうかだ。全体から見れば、ジャドソンに約束したとおり、このメモをジョーンズに届けて、彼を利用できないか考えるほうがよさそうだ。うん、それが最善の策だ。すぐに出発するよ」

Ⅲ

おそらく、体が不自由な時に最も苦痛なのは、入れ替わり立ち替わり見舞客が訪れて元気づけてくれることだろう。フレディ・スリープウッドはその苦しみを嫌というほど味わっている。社交的な性格でない彼は、無数の見舞客と会話を成立させる必要に迫られ、限られた知力を使い果たした。彼の望みは、一人になって『グリドリー・クエイルの冒険』に読み耽り、読書に疲れれば仰向けに寝て天井を見上げ、何も考えないこと、それだけだ。活力ある人や世界の工場を精力的に支える労働者は、足首を捻挫して床を離れられなければ苛立つものだ。フレディはそれを楽しんでいる。子供の頃からずっとベッドに寝そべるのが大好きだったが、運命の計らいにより誰に咎められることもなくそれが許される今、お節介な親戚に夢想を破られるのはご免こうむりたい。

見舞客の合間にたまさか一人になれたときには心の中で、あらゆる点を鑑みて最もありがた迷惑なのはどの従兄弟か叔父叔母かを決定しようとした。栄えある勝者は軍人ならではの弁舌をふるうホレス・マント大佐（「九十三年の冬、山岳地帯での軍事行動で捻挫の憂き目にあったことが思い出されるな」）だと考えたり、いや、ゴダルミングの司教の説教じみた物言いのほうが癇に障ると考えたりする。リストの筆頭に従兄のストックヒース卿パーシーの名が挙がるときもある。最近の婚約不履行訴訟と、評決が父親にどのような反応をもたらしたかという話以外は一切受けつけないからだ。今のフレディは他人の婚約不履行訴訟に同情するどころではない。

月曜日の朝、ベッドに横たわって読書する一人きりの希少な至福の時間にあっては、今にもドアが開いて親切な見舞客が入ってくるかもしれないという心配だけが玉に瑕だ。

嫌な予感は的中した。グリドリー・クエイルを抹殺しようとする秘密結社が巧みに一計を案じ、クエイルのコック（悪者）を買収して彼のチキンフリカッセに馬の毛の細切れを振りかけさせたというくだりに差しかかった途端、ドアのノブが回され、アッシュ・マーソンが入ってきた。

病室に見舞客が引きも切らないことに苛立っていたのは、フレディだけではなかった。怪我人が一人きりになれる時間がなかなかないという事実は、アッシュにとってもきわめて腹立たしかった。それまでしばらくの間、アッシュはフレディの部屋がある廊下をうろうろしていたが、やる気満々だったにもかかわらず、フレディの身を案ずる人々の群れのせいで一歩も踏み出せずにいた。怪我人にしなくてはならない話は、第三者のいる前では絶対にできない。

フレディがアッシュの姿を見て感じたのは、安堵だった。司教ではないかと半ば恐れていたのだ。アッシュを見て、事故のとき助け起こしてベッドまで支えてくれた親切な従者だと認識した。礼儀正しく具合を尋ねに来てくれたのだろうが、長居はしないだろう。フレディは頷いて読書を続けた。

ふと目を上げると、アッシュがベッドの脇に立ち、射るような目でこちらを凝視している。射るような目で見られるのは苦手だ。未来の岳父プレストン・ピーターズ氏と二人きりになりたくない理由の一つは、あの億万長者は生まれつき目つきが鋭いうえに、生き馬の目を抜くニューヨークでの事業活動のストレスから、人を穴のあくほどじっと見る癖がついていることだ。若い男がピーターズ氏との一対一の会見を楽しむためには、フレディよりも太い神経と清い心がなくてはならない。

それでも、アリーンの父親だから必要悪として受け入れてきたし、彼ほどの立場にあれば、相手の感情などお構いなしに好きなだけ鋭い眼差しを注ぐ資格がある。だが、その特権を従者にまで認めるわけにはいかない。ベッドの脇に立つこの男が投げかける眼差しは、フレディの繊細なる想像力にとっては銃口から発射される真っ赤な火にも等しい。これにはフレディも我慢がならない。

「何の用だ?」フレディは喧嘩腰だ。「なんでそんなふうに僕を睨む?」

アッシュは腰を下ろし、ベッドに両肘をついて、今度は低い位置からまたフレディを見た。

「ふん!」

主人公グリドリー・クエイルの帰納的推理能力の描き方についてはアッシュにも足りない点があるとしても、各作品に必ず一つは秀逸な場面がある。最終章でクエイルが犯人と対峙し、自らの正体を明かす場面だ。クエイルは話の途中まではドジを踏んでも、山場では決して的を外さない。淡々と、簡潔で、無慈悲なまでに強引だ。アッシュは部屋に入る前、廊下でこの面談の予行演習をし、探偵を手本にするのがいちばんの得策だと決めた。そこで、淡々と、簡潔に、無慈悲なまでに強引な態度でフレディに接した。アッシュが二言三言言うと、ひ弱な若者は酸素を求めるように口をパクパクした。

「よく聞くんだ」とアッシュは言った。「君の貴重な時間を数分くれたら、教えてやろう。ほう、呼び鈴を押したいなら、どうぞ。証人の前で事実を暴露する。エムズワース卿もお喜びだろう、信頼していた息子がじつは――泥棒だと知ったら」

フレディの手がだらりと垂れた。呼び鈴には触れなかった。フレディは口をあんぐりと開けている。パニックの最中にあって、フレディは奇妙な感覚にとらわれていた。その台詞は、以前どこかで聞いたか、読んだような気がする。そして、思い出した。同じ言葉が一言一句違わずに『捜査官グリドリー・クエイル　青いルビーをめぐる冒険』に出てきたのだ。

「どう――どういう意味だ？」フレディは吃りながらに尋ねた。

「どういう意味か教えよう。土曜の夜、貴重なスカラベがエムズワース卿の城の陳列室から盗まれた。この事件は私の手に委ねられた――」

「こいつはたまげた！　君は探偵なのか？」

「いかにも！」アッシュは答えた。

数多の大作家が指摘してきたように、人生は皮肉に満ちている。フレディには、この瞬間がその最たる例に思えた。探偵というものに会ってみたいと長年望み続け、その望みが叶った今、探偵があげたホシは自分だったのだ。

「この事件は」アッシュはいかめしく言葉を続ける。「私の手に委ねられた。私が捜査を行った。私が突き止めたのは、君がどうしても緊急に金を必要としているということだ」

「一体全体、どうしてそれがわかった？」

「ふん！　もう一つ突き止めたのは、君がジョーンズという人物と連絡をとっていたことだ」

「まいったな！　どうしてわかった？」

アッシュは静かに微笑んだ。

「昨日、そのジョーンズと話した。彼はマーケット・ブランディングズに滞在中だ。なぜマーケット・ブランディングズに滞在しているのか？　なぜなら、君と連絡をとる理由があったから。なぜなら、君が彼にある物を託すことになっていたから。君でなければ手に入れることができないが、彼でなければ処分できない物を。スカラベだ」

フレディは言葉を失っている。アッシュの話に、何も言い返せない。アッシュは続ける。

「私はそのジョーンズという男と面談し、言った。『フレデリック・スリープウッドから内密に打ち明けられ、事情をすべて心得ている。私に何か指示することは？』彼は尋ねた。『何を知っているんだ？』私は答えた。『フレデリック・スリープウッドはある物をあなたに手渡したいが、思いがけず怪我をして部屋から出られず、渡すことができない』と。すると、ジョーンズは、スカラベを使いの者に届けさせるよう、あなたに伝えてくれと言った」

フレディは気を取り直そうと必死だ。追い詰められたが、最後の可能性が残っている。これまで探偵小説を熟読してきたおかげで、探偵が事件の性格によっては態度を軟化させる場合もあることを知っている。グリドリー・クエイルでさえ、ときに憐憫の情を掻き立てる話にはほだされる。犯行を暴かれた犯罪者が、やむにやまれぬ動機から犯した罪ゆえに放免された話を、フレディはいくつか覚えていた。そこで、ここはアッシュの慈悲に縋ろうと決めた。

「ねえ、その、」フレディは下手に出た。「君が何もかもお見通しなのは、あっぱれだ」

「それで？」

「だけど、僕の側の事情を知ったら、きっと大目に見てくれるんじゃないかな」

「君の側の事情も承知している。君はかつてヴァレンタイン嬢という女性に書いた手紙のことで、彼女から強請られていると思っている。だが、真相は違う。ヴァレンタイン嬢は手紙を破棄した。彼女はロンドンで訪ねてきたジョーンズにそう告げている。ジョーンズは君から五百ポンドをせしめ、偽りの口実の下、さらに千ポンドを騙し取ろうとしているのだ！」

「まさか！　そんな話、正しくない」

「私はいつも正しい」

「君は間違っている」

「私はけっして間違わない」

「だけど、どうしてわかった？」

「独自の情報源がある」

「彼女は僕を婚約不履行で訴えないのかい？」

「あの人にはそんなつもりは毛頭ない」

フレディは重ねた枕に体を沈み込ませた。

「ありがたい！」フレディは熱っぽく言い、満面の笑みを浮かべた。「それなら」と噛み締めるように言う。「どうやら安心だ」

「その件は心配ご無用」アッシュが言う。「スカラベを渡すんだ。どこにある?」

「それをどうするんだい?」

「正当な所有者に返還する」

「父上に僕の仕業だと言うつもりかい?」

「いや」

「どうやら」フレディは感謝を込めて言う。「君はすごくいいやつみたいだ。きっと超一流の大物になるよ!　例のものはマットレスの下だ。階段から落ちたときに持っていたから、そこへ押し込むしかなかった」

アッシュはスカラベを引っ張り出した。その場に立ち尽くし、魅入られたようにじっと見る。目標にようやく到達したこと、一財産が自分の手のひらの上にあることがほとんど信じられない。

フレディは尊敬の眼差しで彼を見ている。

「ねえ、君」フレディが言った。「ずっと探偵に会ってみたかったんだ。君たちがどうやって事件を解決するのか、見当もつかないよ」

「それなりの方法があるのだ」

「そうだろうね。いやあ、本当に舌を巻くよ!　そもそも、どうして僕に目星をつけたんだい?」

「それは」アッシュが答える。「説明するとあまりに長くなる。もちろん、緻密な帰納的推理が必要だった。ただ、細かい経緯を一々追っていてはキリがない。退屈な話だ」

「僕は退屈しないな」

「いつか別の機会に」

「ねえ、君、このグリドリー・クエイルのシリーズを読んだことはある？　僕なんかもう暗記しているよ」

スカラベを無事にポケットに収めてしまうと、アッシュは相手がこちらへ差し出したけばけばしい色の本を、さほどの嫌悪感も持たずにじっくりと眺めることができた。憂鬱の種だったクエイルに、かつての自分の人生の一部として感傷を抱き始めていた。

「こういう本を読むのか？」

「読んだどころじゃない」

「作者は私だ」

言葉ではとても言い表せない至福の瞬間があるものだ。フレディは自分の人生にまさにその瞬間が訪れたと悟り、驚きの叫びと四肢の抑えきれない動きで喜びを表した。枕に埋もれていた上体を起こし、目を丸くしてアッシュを見つめる。

「君が作者？　まさか、あの本を書いていると？」

「いかにも」

「こいつはたまげた！」

フレディはまだまだ言いたいことがあったに違いないが、そのとき、ドアの外で複数の声がした。足音が近づいてくる。そして、ドアが開き、ささやかな行列が入ってきた。

先頭に立つのはエムズワース卿だ。その後に億万長者、ホレス・マント大佐、有能なるバクスターが続く。彼らはぞろぞろと部屋に入り、ベッドの脇に立った。アッシュはそれを潮にさりげなく部屋を出る。

フレディはさしたる感興もなく一行を見渡す。彼の頭は他のことでいっぱいだ。どうせ皆、足首の調子を尋ねにきたのだろうと考え、一人ずつではなくまとめて来てくれたことに少し感謝した。ところが、どことなく気まずい雰囲気が漂っている。

「あー、フレデリック」エムズワース卿が言う。「わが息子フレディよ」

ピーターズ氏は無言でベッドカバーをもてあそび、マント大佐は咳払いをする。有能なるバクスターはしかめ面をしている。

「あー、フレディ、愛する息子よ、残念ながら、われわれは痛ましい――あー――義務を、果たしにまいった」

その言葉はフレディの良心のやましさを直撃した。彼らもフレディの犯行を突き止め、あのいまいましいスカラベを盗んだかどで彼を咎めに来たのだ！　肝心の物がもうここにはないことを思い出すと、安堵の波が押し寄せた。あの探偵のような話せるやつなら告げ口はしないだろう。とにかく平然と、断固として否認することだ。それで切り抜けよう。断固たる否認あるのみ。

「何のことかわからないな」フレディは身構えて答える。

「当たり前だ、わかるわけがないさ、くそっ」マント大佐が言う。「それをこれから話そうってわけだ。まず言っておきたいが、ある意味では私の落ち度だったとも言えるのだ。いかなる行動が最善か見極め損ねて――」

「ホレス」

「ああ、わかりました。説明しようと思っただけです」

エムズワース卿は鼻眼鏡をずり上げ、うまい言葉を探して壁紙を眺める。

「わが息子フレディや。われわれはいささか不愉快な――その――あー――困ったことを……お前に知らせることを余儀なくされておる……。皆ひとかたならず心を痛め、驚き、そして……」

有能なるバクスターが口を開いた。見るからに不機嫌である。

「ピーターズ嬢が」バクスターはピシャリと言った。「ご友人のエマソンと駆け落ちしました」

エムズワース卿は安堵のため息を漏らす。

「そのとおりだ、バクスター。まさしくそうだ。よくまとめてくれた。まことに、君はかけがえのない男だ」

全員の目が、フレディの顔に抑えきれない感情のしるしを探す。一行は気を揉みながら、彼の悲嘆に満ちた叫びを待つ。

「あー、何だって?」フレディが言った。

「本当なのだ、わが息子フレディよ。彼女は彼と十時五十分の列車でロンドンへ行った」

「ただし、私が無理矢理足を引っ張られなければ」バクスターが辛辣に、マント大佐に恨みがましい視線を送りながら言った。「阻止できていたはずです」

マント大佐はまた咳払いをし、口髭に手をやった。

「残念ながらそのとおりだ、フレディ。じつに不幸な誤解であった。何があったのか説明しよう。列車が入ってきたとき、私はたまたま駅の売店にいた。バクスター君も駅にいた。列車が止まり、あのエマソンという若者が乗り込んだ。われわれに別れを告げ、そして、乗り込んだのだ。発車しようとしたまさにそのとき、ピーターズ嬢が叫んだ。『ジョージ、愛しい人、私も一緒に行くわ、行っちゃうわ』とか何とか言いながら猛スピードでエマソン青年のコンパートメントのドアへ突進した。それで――」

「それで」バクスターが割って入る。「私は彼女を止めるために飛び出そうとしました。他のことは考える間もありません。列車はもう動き出していて、ピーターズ嬢は負傷する恐れが大きかった。前方へ飛び出そうとしたそのとき、足首に激しい衝撃が走り、転倒しました。ショックから覚めて――それにはしばらくかかりましたが、気づいたのは――」

「つまり、フレディよ、私が誤解に基づいて行動したのだ。この過ちを誰よりも後悔しているのは私自身だが、この城で昨今起きた出来事のせいで、このバクスター君が自ら行動を抑制できないという印象を持っていたのだ。おおかた働きすぎたせいだと思うが。インドではそうした事例をたびたび見てきた。殺気立って暴れて、途方もない騒動を起こすやつらを。このところバクスター君をごく近くから注視していたことは潔く認めよう。この種の事故が起きてもおかしくないと思っていたからだ。むろん、今では過ちに気づき、すでに謝罪した――謹んで謝罪したぞ、くそっ。しかし、その時点では、ここにいるわれらの友人が何らかの攻撃をピーターズ嬢に仕掛け、負傷させようとしていると思い込んだ。その種の騒ぎがインドで起こるのを、十回以上は見てきたからな。九二年の――いや九三年だったかな？――暑い夏、現地人の荷物運搬人の一人が……。ともかく、私は前に飛び出し、杖の持ち手でバクスター君の足首を引っ掛け、引きずり倒した。そして、彼の釈明を聞き終わった頃には時すでに遅し。列車は走り去っていた、ピーターズ嬢を乗せて」

「そして、たった今電報が届いた」エムズワース卿が言った。「二人は今日の午後、登記所で結婚するそうだ。何から何まで、困ったことだ」

「男らしく耐えろ、フレディ」マント大佐が元気づける。

どこから見ても、フレディは立派に耐えていた。彼の唇からは、怒りの声も苦痛の叫びも、まったく漏れることはなかった。ショックのあまり凍りついたのか、あるいは何も聞こえなかったのかと思うほどだ。表情に何の感情も表れていない。

実際、その話を聴いても、フレディはいかなる種類の感慨も催さなかった。ジョーン・ヴァレンタインに関するアッシュの報告がもたらした安堵感と、『グリドリー・クエイルの冒険』の作者本人に会えたという痺れるような喜びと、全体としては今やすべて世は事もなしだという気分――それらのおかげで、フレディは深い憂いに沈むことができない。

そのうえ、明らかな安堵感、具体的な解放感があった。結婚しなくてもよくなったのだ。アリーンのことは好きだったが、現実に結婚するのだと考えるたびにゾッとした。所帯持ちの男なんかダサいじゃないか……。

とはいえ、今は現状についての感想を何らかの言葉で表すことが求められているらしい。フレディは頭の中で適当な言葉を探した。

「アリーンがエマソンと逃げたってこと?」

一行は沈痛な面持ちで頷いた。フレディはまた頭の中で言葉を探した。一行は息を潜めて待っている。

「いやあ、びっくりした」フレディは言った。「夢にも思わなかったよ!」

Ⅳ

ピーターズ氏は足取りも重く部屋へ戻った。部屋ではアッシュ・マーソンが待っていた。ピーターズ氏はアッシュをどんよりとした目で見る。

「荷造りだ」

「荷造り？」

「荷造りだ。午後の列車でここを発つ」

「何かあったんですか？」

「娘がエマソンと駆け落ちした」

「なんと！」

「そこに突っ立って『なんと！』と言っていないで、荷造りしろ」

アッシュは片手をポケットに入れた。

「これはどこへ入れましょうか？」

ピーターズ氏は一瞬、差し出されている物が何かわからないまま見ていたが、すぐに全身の様子が変わった。目は輝いている。それから喜悦そのものに満ちた声でうめいた。

「やったな！」

「やりました」

「どこにあった？　誰が盗ったのだ？　どうやって取り戻した？　どうやって見つけた？　誰が持っ

ていた？」

「言うべきかどうかわかりません。騒ぎにしたくないのです。誰にも言いませんか？」

「誰かに言う？　わしを何だと思っとる？　この件を吹聴して回ると思うか？　あのバクスターってやつに背中から襲われないうちにここを抜け出せれば、満足さ。それができるなら、言いふらしたりするものか。誰が持っていた？」

「スリープウッド家の令息です」

「スリープウッド？　何のために？」

「金が必要で、これで調達しようとしたのです」

ピーターズ氏は激怒した。

「それなのに、わしはアリーンがあいつと結婚できなくなったことを嘆き、エマソンのような平民と手に手を取って逃げたのを気に病んでいたのか。あの男、エマソンは好男子だ。そのうち自力で名を成すだろう。彼には覇気がある。それなのに、あのベッドに寝そべった出目のろくでなしからアリーンを奪ったことで、エマソンを撃ち殺したいと思っていた。いやあ、アリーンがスリープウッドと結婚していたら、膝に乗せて遊ばせていた孫に懐中時計をくすね取られる羽目になっていたかもしれん。この一家は全員、どうかしとる。父親がわしのクフ王をくすね、息子がそれを父親からくすねるとは。なんたる一族！　それでイギリス屈指の血統だと。イギリスではそれが高貴な血だというなら、カラマズー（アメリカ、ミシガン州の都市）のほうがマシだ。これでわかった、こんな国に来たのが間違いのもとだった。ここでは財産が安全ではない。次の船でアメリカに帰る。

わしの小切手帳はどこだ？　すぐに君に例の小切手を切ろう。君が獲得した金だ。ところで、マーソン君。君がこれからどうするつもりか知らないが、もしこの国に縛りつけられているのでなければ、わしと一緒に来ないか。後悔はさせない。代わりのない人間などいないとよく言うが、君はほとんどかけがえがない。何年か側にいてくれたら、わしは健康をすっかり取り戻せそうだ。すでに、ここ数年感じたことがないほど体調がいい。それに、まだトレーニングは始まったばかりじゃないか。どうだ？　肩書きは君の好きなようにしていい――秘書でもコーチでも、いちばんふさわしいと君が思うものでいい。君にしてもらいたいのは、わしに運動をさせ、葉巻をやめさせ、生活全般を管理することだ。どうだね？」

それは、アッシュの経済上の必要と使命感の両方を満たす申し出だ。スカラベを取り戻した今、アッシュはピーターズ氏と袂を分かつことだけが心残りだった。この億万長者を治療半ばの状態で帰国させたくない。すでにピーターズ氏を、着手したばかりの創造的作品とみなし始めているのだ。

しかし、ジョーンのことを思うと後ろ髪を引かれる。この申し出がジョーンとの別離を意味するならば、論外だ。

「考えさせてください」アッシュは答える。

「そうか。あまり待たせるなよ」ピーターズ氏が言った。

V

火事、地震、難破などを経験した人の話によれば、そうした非常時には社会的障壁が一時的に取り除かれ、社会の最上層にいる人が上流からほど遠い人と気軽に話したり、とても礼儀正しい人が紹介されたこともない人に話しかけたりする場面が見られるらしい。アリーン・ピーターズとジョージ・エマソンが駆け落ちしたというニュースは、運転手のスリングズビーにより緑色のラシャ布張りのドアの向こうにもたらされ、ブランディングズ城の使用人区画において同様の状態を作り出した。

スリングズビーが家政婦長室に入って目上の召使いたちにその話をすることを許されただけでも前代未聞だったが、本当に常軌を逸していたのは、下っ端の召使いたちが城の滞在客の従者や小間使いとこの一件について論じたことと、それがお咎めなしに許されたことである。あのつけ上がった従僕、ジェイムズに至っては何と家令室へ入り込み、目撃者の談によれば、ビーチその人に、いくら何でもひどすぎると感想を述べたそうだ。さらに、同僚の従僕、アルフレッドは客室係に外の通路で出会ったとき、親しげに彼の脇腹を突き、片目をつむって「まったく大変な日だよな」と言ったらしい。この大騒ぎに匹敵するのはフランス革命の激動くらいのものだろう。

ビーチ氏とミセス・トウェムロウのその後の述懐によれば、城の社会組織はこの大騒動以降、二度と元通りにならなかったそうだ。彼らの見方は極端かもしれないが、この騒動が変化をもたらしたことは否定できない。スリングズビーの台頭はその好例だ。この一件が持ち上がるまでは、この運転手の地位は十分に確立されていなかった。ビーチ氏とミセス・トウェムロウを筆頭とする一派は、彼を御者の同類にすぎないとみなしていた。数こそ少ないが、別の一派はスリングズビーの人柄に心酔し、彼が使用人ホールで食事をするのは相応しくないと公然と主張していた。臨時雇いや家令室の従僕のような下っ端使用人とは格が違うというわけだ。アリーン＝ジョージ駆け落ち事件により、問題は最終的解決を見た。スリングズビーはジョージの鞄を列車まで運んだし、アリーンが客車のドアへ突進し始めた地点からわずか数ヤードのところに立っていたし、この大事件が起きるほんの五分前にジョージがチップとして渡した半ソヴリン金貨も披露できる。彼のような有名人を使用人ホールへ帰すのは不可能だ。暗黙の合意により、運転手はその晩家令室で食事をし、二度と他の部屋へ移ることはなかった。

ジャドソン氏だけは、運転手を取り囲む人垣から距離を置いていた。凋落の苦さを嚙み締めていたのだ。ほんの少し前まで、彼はフレディの上着のポケットから見つけた手紙の話で皆の中心にいた。今や彼の話の重要性はその後に起きた事件の重大性にかき消され、ジャドソン氏は生まれて初めて、人気がいかに儚いものかを思い知らされている。

ジョーンの姿はどこにも見えない。こういうときにいそうな場所のどこにも、彼女はいなかった。アッシュが捜すのを諦めかけ、裏口のドアへ向かいながら最後にもう一度見回したとき、砂利を敷いた車道をゆっくり歩いてくる彼女の姿が目に入った。

ジョーンはアッシュに微笑みかけたが、何か心配事を抱えているのが見てとれる。しばらく何もしゃべらず、二人は並んで歩いた。

「どうしたの?」とうとうアッシュが尋ねる。「何があったんだい?」

彼女は沈痛な面持ちで彼を見た。

「暗い気分なの。落ち込んでいるのよ、マーソンさん。何となく元気が出ないの。いろいろなことが起こるのが嫌だとは思わない?」

「よくわからないな!」

「そうね、たとえばアリーンの一件。大事件だわ。まるで世界全体が変わってしまったと思えるほど。願わくは、けっして何事も起こらず、人生が平和に過ぎていってほしい。私がアランデル街であなたにお説教したのとは真逆ね。たしかに、私は行動主義の急先鋒だった。だけど、変わったの。言いたいことをどうしても整理できないような気がする。ただ、自分が急に年をとったように感じるの。このところの出来事もその一里塚だわ。アリーンがあんな騒ぎを起こす前のことも、もうずいぶん昔のことのように感じる。明日になればもっとひどく感じ、明後日はさらにひどくなる。私が何を言おうとしているか、あなたはさっぱりわからないでしょうね」

「いや、わかるよ。わかるような気がする。つまり、大切な人が君の人生から去ってしまったということだね。そうだろう？」

ジョーンはうなずく。

「ええ。少なくともそれも理由の一つね。アリーンとは学校で一緒だっただけで、彼女をあまりよくは知らないけれど、あなたの言うとおりだわ。起きたことそのものより、その影響が問題ね。この駆け落ち事件が、私の人生のある段階の終わりを告げた。わかってきたわ。私の人生は方向転換の連続だった。新しい方向に向かうと、何かが起きて人生のその部分が停止して、また方向転換、そして、また一からやり直さなくちゃいけない――人生の新しい段階を。たぶん私、方向転換にうんざりしてきたの。落ち着きと継続を求めているんだわ。私は乗合馬車を引く年とった馬みたいなものよ。もしも乗客が馬車を止めずに降りていくなら、いつまででも走っていられる。疲れるのは、馬車をまた動かさなければいけないとき。ここへ来てからの私の人生の短い区間は終わり、もう永遠になくなってしまった。私はまた新しい道で、新しい乗客を乗せて発車しなければいけないのよ。年とった馬車馬は、乗客を全員降ろして新しい乗客を大勢乗せるとき、寂しいと感じるものかしら？」

激しい乾きが突然アッシュの喉を襲う。話そうとするが、言葉が見つからない。ジョーンが続けた。

「人生が無意味に思えて憂鬱になることはない？　まるで構成のまずい小説みたいに思えるの。話の筋に無関係な登場人物ばかりが大勢行ったり来たりして、やっと関係がありそうな人物が現れても、不意にいなくなってしまう。しばらくすると、どんな話だったのだろうと訝り始めて、テーマが何もないように――ただの寄せ集めみたいに思えてくる」

「テーマはあるよ」アッシュが言った。「すべてを結びつけるテーマが」

「それは何？」

「愛の大切さ」

二人の目が合う。すると、不意にアッシュの胸に自信が湧いた。頭が冴えて注意力が研ぎ澄まされ、自分を信じることができた。陸上選手として走っていた頃、ピリピリしながら待つ時間が過ぎ、スタートの号砲が聞こえたときの気持ちだ。それまでジョーンを少し怖がっていることに無意識下で気づいてはいたが、もう怖くなんかない。

「ジョーン、結婚してくれないか？」

彼女の目が彼の顔から逸らされた。彼は待った。

「それが解決策だと思うの？」彼女はささやくように言った。

「そうだ」

「どうしてわかるの？」ジョーンが叫んだ。「私たち、お互いをほとんど知らないのよ。私だって、いつまでもこんな気分ではないわ。また活動的になるかもしれない。本当は方向転換が好きだと気づくかもしれない」

「そんなはずはない」

「自信たっぷりね」

「絶対に自信がある」

「女の一人旅が最もはかどる」ジョーンが男と女を取り違えて引用した。（ラドヤード・キプリングの詩より）

「ぐるぐる回っているだけなら、そんな旅がはかどってもしょうがないだろう？　君の気持ちはわかる。僕も同じように感じた。君は個人主義者だ。角を曲がったその先に素晴らしいものがあって、頑張ればそれが手に入ると思っている。でも、そんなものはない。あるいは、あったとしても、手に入れる価値はない。人生は相互扶助団体のようなものだ。僕はピーターズ氏を助け、君は僕を助け、僕は君を助ける」

「私が何をするのを助けるの？」

「人生を寄せ集めではなくまとまったものにすること」

「マーソンさん――」

「マーソンさんなんて呼ぶなよ」

「アッシュ、あなた、自分が何をしようとしているのかわかっていないわ。私を知らないのよ。私は五年間、社会で悪戦苦闘してきたから、きついわ――筋金入りよ。あなたをコテンパンにやっつけちゃうかも」

「君はきつくなんかない、自分でもわかっているだろう。ねえ、ジョーン。君にも公平さという感覚があるだろう？　君は僕の人生に不時着し、すべてをひっくり返して、マンネリの泥沼から掬い上げて、僕の存在全体を一新したんだ。それなのに今になって、僕を放り出してもう関知しないと言い出す。それは公平だろうか？」

「放り出すなんて言っていないわ。私たち、最高の友達でいられると思う」

「そのとおり。そうなるために、まずは結婚しよう」

「迷いはないの？」

「ない」

ジョーンは幸せそうに笑った。

「天にも昇る心地だわ。あなたが私のせいで心変わりしたかと、ビクビクしていたの。言いたいことを言わずにはいられなかった、あなたに求婚したあとで、自分の尊厳を保つためにね。ええ、私は求婚したのよ。男の人って、どれほどわかりやすく話してあげても、女の気持ちがてんでわからないのね。まさか、私が本当に、アリーンがいなくなったことを気に病んでいると思っているの？　あなたを失うことになると思って、それで落ち込んでいたのに。言葉を沢山並べて言うのは柄じゃないけれど、あなたは察してくれると思った。私はほぼ本音を言ったのよ。アッシュ！　何をするの？」

アッシュは返事をするため立ち止まる。

「君にキスするのさ」

「駄目よ。向こうで洗い場メイドか誰かが、台所の窓から覗いている。見られちゃうわ」

アッシュは彼女を引き寄せた。

「洗い場メイドは楽しみが少ない。退屈な生活だ。見せてあげようじゃないか」

第十一章

エムズワース卿は病床の脇に立ち、フレデリックをほとんど優しいといえる目で見ている。

「え、何？　うん、まあ。結構ショックでしたよ、父上」

「わしもずっと考えていた。少しお前に厳しすぎたかもしれん。足首が治ったら、仕送りを復活させることに決めたから、ロンドンへ戻るがいい。田舎では楽しめんようだからな。ただ、理性的人間らしく――」

フレディはハッと目を見開き、ベッドの上に上体を起こす。

「なんと！　本当に？」

父親はうなずく。

「ああ。だがな、フレディや」哀願とも受け取れる口調でつけ加えた。「今度こそ、頼むから、馬鹿な真似はしないでほしいと切に願っとる」

そう言って彼は息子の顔を心配そうに見た。

「力いっぱい頑張りますよ、父上」フレディは言った。

訳者あとがき

本書はP・G・ウッドハウス（一八八一―一九七五）の長編*Something New*の全訳で、一九七七年刊行のバランタイン・ブックス社版を底本とした。〈ブランディングズ城〉シリーズの記念すべき第一作である本作の初版は、一九一五年にアメリカで出版された。ウッドハウスの母国イギリスでは同年、*Something Fresh*のタイトルで出版され、内容にも多少の異同があるようだ。ウッドハウスは自作に度々手直しをしたそうなので、原書の版によって内容に違いがあるかもしれないことをお断りしておく。

Something New
(1977, Ballantine Books)

本作の初刊本刊行から五十三年後の一九六八年にウッドハウスが再刊本に寄せた序文によると、彼は一九〇九年にアメリカで暮らし始めてから五年間、作品が時たま大衆雑誌に載れば御の字という状態だった。そんなとき、「あらゆる楽観主義者をしのぐ究極の楽観主義者」である代理人が本作を『サタデー・イヴニング・ポスト』紙に持ち込んだところ、編集長が三五〇〇ドルという破格の値で買い取り、連載が始まったという。当時はミドルネームつきの名を名乗る作家が多かったから、ペラム・グレンヴィル・ウッドハウスという名が幸いしたのだろうと作者は述懐し、「洗礼式ではこの名が気に入らず、激しく抵抗したのを記憶しているが……三十四年後に報われた」とユーモラスに述べている。

ウッドハウスが「ブランディングズ城サーガ（大河小説）」と呼ぶこのシリーズは六十年余にわたって書き続けられ、一九一五年出版の本作から、一九七七年刊行の遺著 *Sunset at Brandings*（ブランディングズ城の黄昏）（未訳。未完のまま作者が一九七五年に死去した後、加筆されて出版）まで、長編十作余（分類の仕方により、十一作とも十四作とも）、短編十編に及ぶ。しかし、本作を執筆した一九一四年当時はシリーズ化を考えていなかったために設定の一部に無理があることを、作者自身が認めている。たとえば、「子供時代の幸福な思い出から、何気なく城の所在地をシュロップシャーとしたが、当時の鉄道ではロンドンから片道四時間もかかることを考慮していなかった。また、『一八六〇年代、イートン校では』と書いてエムズワース卿をかなりの年輩者としたのは迂闊だった、今では百歳を超えていることになってしまう」などと述べている。なお、シリーズの他の作品で存在感をあますところなく発揮する伯爵の妹レディ・コンスタンスと、伯爵の愛豚エンプレス（「女帝」）は、本作には登場しない。

「詐称者がいないブランディングズ城はブランディングズ城にあらず」とウッドハウスが記しているとおり、このシリーズは、エムズワース卿の関係者が名前を偽って城にやって来て騒動を起こす話が多い。ただ、本作は部外者のアッシュとジョーンが名前や身分を偽って城に潜り込む冒険物語であり、庶民の目を通して描かれたイギリス貴族の世界（への風刺）という見方もできそうだ。アメリカの『サタデー・イヴニング・ポスト』紙の読者も、おそらく驚きと興味を持って読んだことだろう。

マーケット・ブランディングズへ向かう列車の中でジョーンがアッシュに説く使用人の序列や、使用人たちの食事の情景など、何十人もの召使いを抱える城の内側は興味深い。大規模な邸宅では使用人も厳然とした階級に分けられていた。ブランディングズ城では男性使用人の頂点に立つのが執事ビーチ、女性使用人を統括するのが家政婦長のミセス・トウェムロウである。男性貴族に仕える従者、女性貴族に仕える小間使いは、使用人の中でも地位が高い。従者は主人と行動を共にすることが多いので、身長が高く見栄えのする男性が求められた。本作でピーターズ氏が出した求人広告にもそのような事情が反映されている。ちなみに、ウッドハウスの代表作〈ジーヴズ〉シリーズで活躍するジーヴズも従者である。

雇用主に目を転じると、名門貴族といえども爵位を継げるのは長男だけで、次男以下は軍人など、何らかの職業について自立しなければならない。エムズワース卿もフレディに、伯爵家の次男に相応しい立派な軍人になってもらいたかったのだろう。その期待に応えられないフレディを、今度はアメリカの令嬢と結婚させて厄介払いしようというのだから、親業の苦労は身分の貴賤に関わらないことがうかがえる。なお、「エムズワース」は領地の地名、「卿」は侯爵以下の貴族などの呼称 Lord の訳なので、「エムズワース卿」はいわば肩書き、尊称であり、伯爵の本当の氏名はクラレンス・スリープウッドである。

いつもぼんやりしているが愛すべき老伯爵、有能で真面目に仕事に打ち込むのになぜか空回りしてしまう秘書、主人への忠誠心と仕事への誇りを持ちながらもゴシップに明け暮れる使用人たち。二十一世紀の私たちの周囲にもいそうな人々が繰り広げる騒動は、時代と場所を超えて笑いを誘う。

ウッドハウスによる序文には、こんなくだりもある。「この作品を半分ほど書いた頃に、私は人間の姿をした天使と結婚し、以来ずっと連れ添っている」本作は生涯を共にする女性との恋の成就、結婚と同時進行で生み出されたわけで、アッシュやジョージの情熱の活き活きとした描写には、作者自身の気持ちが投影されているのかもしれない。長命で多作だったウッドハウスの出世作であるこの長編小説は、若々しく潑剌とした筆運びが印象的である。

本作の時代設定はウッドハウスが執筆に着手した一九一四年頃と思われる。この年、ヨーロッパでは第一次世界大戦が始まったが、アメリカはまだ参戦していなかった。二十世紀初頭は世界でアメリカの存在感が大きくなりつつあった時期である。〈ブランディングズ城〉シリーズにも度々登場するアメリカの富豪とイギリス貴族との縁組は、この時代を舞台とする作品によく見られる。

作中、婦人参政権運動家のハンガーストライキへの言及がある。本作が刊行された頃、イギリスでは婦人参政権運動が盛んだった。参政権を求める女性たち（サフラジェット）が破壊活動や放火などの過激な手段に訴え、収監されると抗議の意を示すためにハンガーストライキに及ぶことも少なくなかったという。運動は第一次世界大戦中に下火になり、一九一八年に一部の女性が投票権を獲得、一九二八年には二十一歳以上のすべての女性に参政権が与えられた。

そのような時代の空気が登場人物にも反映されているように思われる。ジョーン・ヴァレンタインはサフラジェットではないが、経済的にも精神的にも自立し、独立独歩で男性と対等であることを望む女性である。いっぽう、アッシュ・マーソンはそんなジョーンに半ば惹かれ、半ば恐れをなしながら、男として体面を保ちたがる。二人の心理は、百年以上経った現代の男女にも通じるのではないだろうか。

ところで、ピーターズ氏がスカラベ奪還の報酬として提示する千ポンドは、今日ではどのくらいの価値になるのだろう。イギリス国立公文書館がオンラインで提供する通貨コンバーターで調べてみたところ、一九一五年の千ポンドは、当時の熟練工の賃金の三〇三〇日分であり、二〇一七年の五万八九九二・二〇ポンドに相当するとのこと。およそ九百万円だ。財産も後ろ盾もない若者にとって、たしかに目の眩むような大金である。
〈ブランディングズ城〉シリーズの邦訳既刊作品は以下のとおり。
『スミスにおまかせ』（創土社、一九八二年）
『エムズワース卿の受難録』（文藝春秋、二〇〇五年）
『ブランディングズ城の夏の稲妻』（国書刊行会、二〇〇七年）
『ブランディングズ城は荒れ模様』（国書刊行会、二〇〇九年）
本書の訳出と、訳者あとがきを書くにあたり、これら既刊書を参考にさせていただいた。
二年越しのコロナ禍の日々、この牧歌的な物語と共に過ごしたおかげで、春たけなわのブランディングズ城に滞在しているかのような気分に浸ることができた。本書の上梓にあたっては、校正の労をおとり下さった浜田知明氏、解説をご執筆下さった井伊順彦氏、読み易い紙面に仕上げて下さったフレックスアートの加藤靖司氏にご協力いただいた。心よりお礼を申し上げたい。ありがとうございました。

二〇二二年一月

佐藤絵里

過渡期の道標――モダニズム〝予告〟の一作

井伊順彦（英文学者）

　P・G・ウッドハウスによるブランディングズ城シリーズ第一作、『ブランディングズ城のスカラベ騒動』（一九一五。以下『スカラベ騒動』と略記することあり）は、様々な角度からの批評に耐えうる地味豊饒な佳品であり、解釈も一筋縄ではゆかない問題作だ。純然たるミステリ小説ではないものの、アメリカの富豪所有の高価なスカラベ一匹の行方をめぐって〝犯人〟探しがおこなわれ、それが縦糸の一本をなしている。それに加えて、理屈っぽいが生き方のあまりさえない探偵小説家の男と、精神的自立への意識の高い〝強き女〟との恋愛模様がもう一本の縦糸となり、作品にふくらみを持たせている。この男女二人を中心とした話は、シェイクスピアの『恋の骨折り損』（一五九八）における人間関係ほど込み入ってはないものの、なかなかにこくのある展開を見せることになる。

　佐藤絵里氏の「訳者あとがき」は、「ブランディングズ城サーガ」にほぼ共通する特徴を述べたうえで、「部外者のアッシュとジョーンが名前や身分を偽って城に潜り込む冒険物語であり、庶民の目を通して描かれたイギリス貴族の世界（への風刺）」と、『スカラベ騒動』の特徴をまとめている。むろんそのとおりだが、ほかにも読みどころはいろいろだ、じっくり探ってゆこう。なお「訳者あとがき」では、本訳書『ブランディングズ城のスカラベ騒動』を「本書」、原書 *Something New*（アメリカ版。イギリス版は*Something Fresh*）を「本作」と呼び分けているので、それに従うことにする。

スカラベをくすねた者を探そうとするアッシュ青年は、自らの推理の仕方を帰納的推理（inductive reasoning）と明言している。それもわざわざ二度も（第一〇章Ⅱ。実はのちにもう一度）。帰納的推理は、おおざっぱに評するなら、「近代」流というべき演繹的推理に対して、「現代」流の推理法だ。本質論として打ち立てた前提のもと、三段論法を駆使して結論を導き出す演繹に対し、一見して相互関連のなさそうな複数の事実に対して、想像力をまじえてなんらかの共通項を見つけ出すのが帰納だ。

R・オースティン・フリーマン作品の名探偵ソーンダイク博士が、『赤い拇指紋』（一九〇七）第三章の冒頭近くで、友人ジャーヴィス医師を相手に帰納的推理について説いている（拙訳）。

「（前略）とはいえ、ぼくはどんな事件のときでも、正統派の帰納的調査の線にのっとって歩を進めるんだ――事実を集め、仮説を立て、その仮説を確かめ、正解を求める。（後略）」

近代を代表する名探偵シャーロック・ホームズに関しては、たとえば一つのフェルト帽をもとに推理を繰り広げていった「青いガーネット」（一八九二）の場合のように、ある物体を観察した際、その物体の属性を前提として、そこから外れる事実をいろいろ探し当てて、一つの結論を下すことがよくある。これは演繹法といえる。ホームズ作品では、「推理」とはすなわち演繹（deduction）のことだ。原文を見ながら実例を挙げる。

まずは長篇から。第一作『緋色の研究』（一八八七）第一部第二章の題は「推理の学」（"the Science of Deduction"）だ。第二作『四つの署名』（一八九〇）第一章の題もまったく同じ。さらに第三作『バスカヴィルの犬』（一九〇二）第一章の冒頭近く、および第四作『恐怖の谷』（一九一五）第一部第七章では、ホームズが自分の推理法について"deduction"という言葉で説明している。

次いで短篇。「技師の親指」（一八九二）の冒頭で、ホームズははっきり「演繹的推理」（"deductive methods of reasoning"）という表現を口にしている。「入院患者」（一八九三）の冒頭では「分析的推理」（"analytical reasoning"）と言っているが、これは「演繹」の言い換えのつもりだろう。ちなみに、おそらく一度だけ、ホームズが自分の推理法を帰納法だと述べている箇所が、「六つのナポレオン」（一九〇四）の後半にある（"a connected chain of inductive reasoning"）。こうした点を捉えて、ミステリ小説論者のあいだには、ホームズは自分の帰納的推理を演繹だと誤って呼んでいると見る向きがある。たしかにその指摘も的外れというわけではなさそうだが、ここで重要なのは両推理法の内容に関する適正な区別ではない。ホームズが自分の推理法を演繹だと見ていた事実だ。

一方、帰納的推理の一例としては、アガサ・クリスティの『アクロイド殺し』（一九二六）を挙げておく。このクリスティの代表作は、二〇世紀における二度の大戦にはさまれた戦間期、すなわち本格ミステリ黄金期に誕生した現代ミステリの典型だ。結末において、犯人しかおこない得ないことを名探偵エルキュール・ポワロがいくつも挙げ、それをまとめた上で、だからあなたが犯人なのだと静かに述べる場面を思い出してほしい。

実はホームズ自身、事件を推理するに際して帰納法をずいぶん取り入れているが、言葉としては「帰納」（"induction"）を一度も口にしなかった。そこが要点だ。

本作のにわか探偵アッシュの推理法に関して、両大御所ホームズとポワロを引き合いに出して論じるのは〝豪儀〟にすぎるか。いや、これはあくまで推理の原理や方向に関する指摘であり、本作のミステリ風味は本格物黄金期を間近に控えた時期のものだ。本稿の副題が示すように、モダニズムまでもう一歩――。

モダニズムの定義や実例などについては後述のこととして、ここで本作を含めブランディングズ城シリーズに欠かせぬ人物二名に目を向けよう。

まずは執事ビーチだ。『ブランディングズ城の夏の稲妻』（森村たまき訳、国書刊行会、二〇〇七、原書一九二九。以下『夏の稲妻』と略記）の巻末にあるシリーズ紹介文で、訳者は『スカラベ騒動』について、「尊大な執事ビーチをはじめ、後の作品と比べると登場人物たちの性格づけはだいぶ異なる」と述べている。たしかにそのようだ。『夏の稲妻』のビーチは、良くも悪くも、ウッドハウス作品としてはふつうの執事だ。青年貴族バーティの〝相棒〟ジーヴズの枠内に留まっている。さらに同書の「訳者あとがき」によると、「いわゆるブランディングズ城物として一括される作品群のパターン・セッター」（四一〇頁）が『夏の稲妻』だと。つまりこの一作を読めば、『スカラベ騒動』を除く諸作でのビーチの人物像はわかる、というわけだ。ならば、ブランディングズ城シリーズのなかでは、『スカラベ騒動』でのビーチは最も手ごわく〝おもしろいやつ〟だと、そう言い切ってしまおう。異論のある向きは、第五章Ⅲの冒頭からややしばらく進んだところを読むべし。アッシュの目に映ったビーチは、怪人としか評しようがないではありませんか。

そしてもう一名。ブランディングズ城での存在感ではビーチと双璧をなすバクスター。このエムズワース卿の個人秘書の人物像については、『スカラベ騒動』とほかの諸作とでは見逃せない違いがあるものの、〝いっそ楽しくなるほどに危ないやつ〟である点は同じだ。

城主エムズワース卿自身は、秘書のことをどう思っているか。『夏の稲妻』のなかで、姪ミリセント相手に思いのたけをぶちまけている。


「あの男がここにおるときには、心の休まる間がなかった。恐ろしい男じゃ。いつもせかせか動き回りおって。いつもわしに何かさせたがりおった。（中略）そのうえ頭がおかしい。バクスターにもう金輪際会《こんりんざい》わなくていいのは神に感謝じゃ」（二一一頁）

この発言だけでも読者は目を剥きたくなるが、これだけでは終わらない。「バクスターは頭が狂っておる」、「今頃は精神病院に入っておることじゃろうて」（以上、三〇頁）、「あの男はキ××イ（伏字井伊）」（三一一頁）だそうだ。

いやあ、よかった、『スカラベ騒動』でのバクスターはそんな〝狂人〟ではない。しかし、別な面でかなり危うい男だ。第五章Ⅲでアッシュの目に留まった「同年輩の青年」の、気軽に肩でも触れようものなら、こっちの指がすぱっと切れそうな気配ときたら。どんな当主も冷ややかに支える辣腕秘書そのものの姿だ。アッシュはメイドの一人からこんな情報を教えられる。このお城のなかにいて、バクスターの目を逃れることは無理だ。「あの人がここの本当の主《あるじ》よ」（第五章Ⅴ）。むしろ『夏の稲妻』のバクスターより怖い。〝権力者〟なのだから。第五章Ⅵを締めくくる一言は、あえて原文で記そう。"Baxter *Knew*"――おお、市原悦子演じる家政婦さんどころの話じゃありませんよ。

次に、文体の特徴について簡潔に指摘しておく。作者ウッドハウスは段落の冒頭で、ときに箴言もまじえた一般論・本質論を述べ、そのあとで関連する本作の内容に入るというかたちを幾度となく採っている。冒頭から読み進めてゆけばそういう箇所はいくつも見つかる。しかも、最後までそのかたちを貫いている点は感嘆する。たとえば最終章たる第一〇章のVでは、様々な天変地異が起こることによって、むしろ社会を分断する目に見えない壁も取り払われる結果となり、階級を超えた人々の交流が一時的にせよ可能となる旨の論が冒頭に載る。次いでブランディングズ城関係者にとっての一大事をきっかけに、城内の使用人が相互間の複雑な〝階級差〟を超えて対話を進めたという流れを作っている。なんとも巧みな手さばきだ。こうした腕の冴えを楽しむだけでも本書を読む価値はある。

さてここで、本作が「現代」という時代を〝予告〟する役割を担っている点に立ち戻ることにしよう。タクシーに乗ったエムズワース卿がロンドンの街のようすに目をやりながら、自らのふんわりした幸福感をかみしめている第三章Iの終わりごろがおもしろい。豊かな貴族とは違い、ふつうのロンドン人には様々な困難があるとして、語り手が挙げているのはどういう事柄か。「ストライキ、戦争、婦人参政権運動、出生率の低下」、さらには止むことなき物質主義などだ。まさに二〇世紀の諸問題ではないか。実のところ、第一次世界大戦終結後に、実質的な二〇世紀は始まった。つまり「現代」社会が成り立った。その「現代」を代表する思想がモダニズムだ。そうして、ミステリ小説におけるモダニズムの表現形態が、一九二〇年代に黄金期を迎える本格ミステリだ。

このロンドンにおける市井の人という点についてもう少し述べると、第四章Iの前半に、アッシュの目に映じる群衆の描写がある。朝刊紙の求人広告に応じて集まってきた貧しき人々だ。表情に乏しく個性もない無名の人の群れ。ここを読んで思い出されるのは、エドガー・アラン・ポーの短篇「群衆の人」（"The Man of the Crowd", 1840）の結末部だ。語り手の「わたし」が、ふと目にしたある老人のあとをつけてゆく。老人はロンドンのどん底にうごめく人々のなかに混ざってゆく。絶望という表現でも不十分なほどの深刻ぶりを顔に浮かべているこの御仁は、「わたし」にはこう思える。「あくまで孤独にはなりたがらない。まったく群衆の人なのだ」（松村達雄訳、『カラー版　世界文学全集第13巻、河出書房新社』、一九六八、二五頁）と。この作品と『スカラベ騒動』に描かれた群衆は本質において同等だ。ポーは一九世紀中葉の近代的視点で個性なき人々の存在を鋭く捉えた。ウッドハウスの視点も、ポーの域を出ていない。この「群衆」が「政治力」を具えて社会に影響を及ぼすようになり、それゆえ「大衆」として新たな意味を帯びるようになったのは第一次世界大戦後だ。ホセ・オルテガ・イ・ガセットの『大衆の反逆』（一九二九）を一読すべし。要するに、少なくともこの問題に対するウッドハウスの視点はまだ「近代」だった。

ところで、ひと口にイギリス・モダニズム期といっても、実は定説があるわけではない。一九世紀末の唯美主義を含める向きもある。が、本稿でのモダニズムは、二〇世紀の両大戦にはさまれた約二〇年間における文化の諸現象を指す。その特徴について、わたしはかつて次のようにまとめたことがある。全特徴を網羅しているとは言わないが、おおよそ妥当だろう。

①実証主義や物質主義などヴィクトリア朝流の価値観や美意識に対する反発。
②第一次世界大戦による様々な影響（戦前の社会との遮断）に対する意識。
③反近代（ロマン主義からの脱却）にもとづく古代ギリシア・ローマ世界への回帰志向。

④引用や模倣を含め、ときに衒学趣味にも傾く主知主義的傾向。

（バーバラ・ピム『なついた羚羊』［一九五〇］、井伊順彦訳、風濤社、二〇一四、「訳者あとがき」三五六頁）

右記の特徴のうち、本格ミステリ黄金期の諸作については①と②、とくに②が重要だろう。周知のとおり、アガサ・クリスティ『スタイルズ荘の怪事件』（一九二〇）や、ドロシー・L・セイヤーズ『誰の死体？』（一九二三）などは、第一次世界大戦に対する記憶が素地をなしている。とはいえ、クリスティもセイヤーズも、モダニズムなる思想をとくに意識していたわけではなかろう。そうであれ、戦間期にこうした諸作が生まれるのは必然だった。

イギリス・モダニズム宣言の書といえる純文学作品としては、ともに一九二二年に発表された小説と長詩、ジェイムズ・ジョイスの『ユリシーズ』とT・S・エリオットの「荒地」が挙げられる（アイルランド人ジョイスの作品を「イギリス」文学に混ぜるのはどうか、という議論はひとまず措く）。そうして、*Something New* の作者ウッドハウスも、実のところモダニズムなどには知識も興味も薄かっただろうが、自分の意識を超えたところでモダニズムの予告めいた記述をしているのだ。本筋とはとくに関係ない箇所なので引用しよう。第五章Ⅲの冒頭だ。

寒さはあらゆる美を隠してしまう魔物だ。霜で凍える庭の地下には球根が隠れ、（庭師が上下逆さまに植えていなければ）歓びの色を爆発させて妍を競う時をじっと待っているが、凍える大地は魔物が去るまで花々を咲かせようとはしない。寒さが恋を抑圧するのも同じことだ。イギリスの春の夜に無蓋馬車に乗る男は、恋を忘れてはいないかもしれないが、恋は心の最上層を占める感情ではない。胸の内で縮こまり、来たるべき時を待っている。

では、右記の特徴四項目をすべて具えた「荒地」の冒頭はどうか。西脇順三郎の名訳で示す。

四月は残酷極まる月だ
リラの花を死んだ土から生み出し
追憶に欲情をかきまぜたり
春の雨で鈍重な草根をふるい起こすのだ。
冬は人を温かくかくまってくれた。
地面を雪で忘却の中に被い
ひからびた球根で短い生命を養い。
シュタルンベルガ・ゼー湖の向こうから
夏が夕立をつれて急に襲って来た。

(『世界名詩集4　エリオット　荒地／オーデン　見よ、旅人よ！／スペンダー　詩集』西脇順三郎、加納秀夫、安藤一郎訳、平凡社、一九六八、五頁)

この双方を比べると、一見したところ矢印は正反対に向かっているように思えそうだ。が、よく読めば、両者は硬貨の裏表で、実は互いにとても近いことを述べているのがわかる。

前述のとおり、現代芸術のミステリ小説版は戦間期の本格長篇作品だ。『スタイルズ荘の怪事件』（既出）とF・W・クロフツの『樽』（一九二〇）をもって黄金期の嚆矢とする。

だがここで、第一次大戦前に、そうした潮流の先駆けとなる「現代」本格物が生まれていたことに触れておこう。E・C・ベントリーの『トレント最後の事件』（一九一三）だ。「現代」ミステリ黎明期の直前たる当時は、黄金期における「現代」ミステリ概念がまだ確立されてはいなかったが、『スカラベ騒動』もほぼ同じころ、ほぼ同じくミステリを意識した作品として世に出たわけだ。ちなみに、探偵劇と恋愛劇とが融合された点でも、『スカラベ騒動』は『トレント最後の事件』と通ずるところがある。ただ、本作のミステリ小説的「謎」を明かすことはできないが、作品の締め括り方についても触れておくと、やはり一九世紀「近代小説」の範疇に留まっている。シャーロット・ブロンテの『ジェイン・エア』（一八四七）などと同じく、途中でいかに波乱万丈の展開があろうと、結局は落ち着くところに落ち着くものだという点で、『スカラベ騒動』は真の「現代」小説の域には届かなかった。

一方で、「現代」までもう一歩のところへ達したことの別の例として、活字に対する映像の利点を意識している箇所を挙げたい（第三章Ⅳ）。むろん活字と映像ではそれぞれに持ち味があり、一概にはどちらが優れているとはいえないわけだが、語り手はあたかも映像の優位性を前提としているかのごとく述べている。フランスのリュミエール兄弟の手によって、世界初の映画作品『工場の出口』を公開されたのは一八九五年のことだが、映画は疑いなく二〇世紀のモダニズム時代に開花した芸術だった。本作第三章Ⅳにおける映画関連の記述は短くさりげないものだが、本作がモダニズム到来を〝予告〟したことの傍証にはなろう。

前述した作品の締め括り方にもいくぶん関わることだが、アッシュとは別にスカラベの行方を探すことになったジョーンの人物像もまた興味深い。ジョーンは男女平等や女性解放などに対する意識が高く、アッシュ相手に何度かそのことを発言しているし、「婦人参政権をめぐる問題」（第六章Ⅱ）にも言及している。この「婦人参政権」の原語句は"the Votes for Women"だ。周知のとおり、二〇世紀のイギリスにおける婦人参政権運動には、エメリン・パンクハースト（一八五八〜一九二八）たちが一九〇三年に創設した女性社会政治同盟（Women's Social and Political Union, WSPU）などがある。パンクハーストたちが進めた婦人参政権運動を「サフラジェティズム」（"suffragettism"）といい、当該運動家たちのことを「サフラジェット」（"suffragette"）というわけだ。ジョーンはこういう用語を使ってはいない。しかし、実はWSPUの機関紙の名は"Votes for Women"だった。ウッドハウスはパンクハーストたちのことを意識していたのか。そんな想像をすると楽しくなる。

「訳者あとがき」冒頭にあるとおり本書の底本はアメリカ版（*Something New*）だが、イギリス版（*Something Fresh*）は、イギリス紙ガーディアンが二〇〇九年に実施した企画、「ガーディアンが選ぶ必読小説一〇〇〇冊：決定版」（"Guardian's 1000 novels everyone must read: the definitive list"）で、「喜劇」部門の一冊に選ばれた。英米両版は「内容にも多少の異同がある」（「訳者あとがき」）にしろ、本質は変わるまい。この「決定版」に入ったのは基本的に英語作品だが、「喜劇」以外の部門も含めて、名の挙がっているのはいずれ劣らぬ名品だ。「喜劇」全一四九作品からいくつか例を挙げると、ミゲル・デ・セルバンテス『ドン・キホーテ』（前篇一六〇五、後篇一六一五）、ヘンリー・フィールディング『トム・ジョーンズ』（一七四九）、チャールズ・ディケンズ『荒涼館』（一八五二）、サミュエル・ベケット『モロイ』（一九五一）、キングズリー・エイミス『ラッキー・ジム』（一九五八）等々。お、同じフィールディングでも、ヘレン・フィールディング『ブリジット・ジョーンズの日記』（一九九六）という〝現代の古典〟の名も見える。

ウッドハウス作品では、ほかに『恋人海を渡る』（一九一七）や『ブランディングズ城は荒れ模様』（一九三三）、『サンキュー、ジーヴス』（一九三四）、『ウースター家の掟』（一九三八）、『ジーヴスと朝のよろこび』（一九四六）も「喜劇」部門で選ばれている。つまりブランディング城シリーズのなかでは、本作は名誉ある二作のなかの一作だ（ちなみに、右記のJeevesの表記については、ここではいちおう既訳の邦題に従っておくが、本書『ブランディングズ城のスカラベ騒動』の「訳者あとがき」では「ジーヴズ」と記されている。わたしもそのほうが正しいと思う）。

前述のとおり、既訳書の訳者氏のいう「パターン・セッター」の前に刊行された*Something New*は、それだけ独自の特徴や魅力、存在感を発揮している。本稿冒頭で述べたように、本書はどんな角度から読んでも読ませる作品だ。一粒で何度もおいしい一品。ウッドハウス愛読者のみならず、小説という芸術の魅力を知る人や知ろうとする人はこぞって読まれたい。それも再読三読を。

〔著者〕
P・G・ウッドハウス
ペラム・グレンヴィル・ウッドハウス。1881年、英国サリー州生まれ。パブリックスクールを卒業後、香港上海銀行ロンドン支店へ就職。在職中から小説を書いており、1902年に第一著書 The Pothunters が発売された。翌年に銀行を退職して作家活動に専念し、ユーモア小説を中心とした短編で作家としての地位を築く。09年にアメリカへ移住してニューヨークに居を構え、55年にアメリカ国籍を取得する。1975年死去。死の直前、エリザベスⅡ世からナイトの栄誉称号を与えられた。

〔訳者〕
佐藤絵里（さとう・えり）
東京外国語大学外国語学部フランス語学科卒業。英語、フランス語の翻訳を手がける。訳書に『紺碧海岸のメグレ』、『バスティーユの悪魔』（ともに論創社）、『最新　世界情勢講義50』（ディスカヴァー・トゥエンティワン）などがある。

ブランディングズ城《じょう》のスカラベ騒動《そうどう》
——論創海外ミステリ 281

2022年3月30日　初版第1刷発行
2022年4月30日　初版第2刷発行

著者　P・G・ウッドハウス
訳者　佐藤絵里
装丁　奥定泰之
発行人　森下紀夫
発行所　論創社
〒101-0051 東京都千代田区神田神保町2-23 北井ビル
TEL:03-3264-5254　FAX:03-3264-5232　振替口座 00160-1-155266
WEB:https://www.ronso.co.jp

組版　加藤靖司
印刷・製本　中央精版印刷

ISBN978-4-8460-2129-0
落丁・乱丁本はお取り替えいたします。